CAPICÚA EN AJEDREZ

Juan Manuel Fructuoso Heredia

Capicúa en ajedrez

©Juan Manuel Fructuoso Heredia, 2021
Primera edición, noviembre 2021

Producción editorial por Las Marías Estudio Editorial
www.lasmariaseditorial.com

Publicación independiente
PoD Amazon

ISBN: 9798758381212

A Dios,

A mi familia y amigos...

A los conocidos y los por conocer...

A aquellos que aportaron lo más valioso que tiene la vida: el tiempo. Y con sus actitudes se convirtieron en el motor que nos impulsó a luchar por alcanzar este sueño.

De manera muy especial a Daniel Polanco, Jacqueline González y al equipo de Las Marías por su paciencia en la corrección de este trabajo.

PRÓLOGO

El mero hecho que el autor escriba una novela policíaca, entra en el puñado de escritores dominicanos que hace un aporte más a la narrativa de investigación, e implementa una visión diferente de sus personajes de la verdad y la justicia. Esta novela, narrada en una muda temporal, va en retrospectiva en varios hechos aislados, pero que se concatenan formando una sola estructura. Debo señalar que la enseñanza clásica de las novelas policíacas anglosajonas y norteamericanas, (el o los) personajes exaltan sus pericias lógicas y razonables ante el misterio supuestamente irresoluble, creando así; un modelo universal de la verdad absoluta y justicia. Pero, ¿qué se propone el autor y sus personajes cuando trabaja la justicia en latitudes como el Caribe? El concepto es el mismo, lo que cambia es la manera en cómo sus personajes conciben la verdad y la justicia. Aquí el detective podría ser cualquiera de los personajes. Permítanme el término "Relatividad". Desde que leí Capicúa en ajedrez, noté que sus personajes hacen de la justicia y la verdad una elección de fondo a favor de ellos; es algo manipulable que les sirve de prebenda para destacarse como personajes principales ante el protagonismo. En esta nueva entrega los hechos se dan como consecuencias de la debilidad del sistema y la tendente fortaleza del narcotráfico en medio de una política de doble moral.

La aptitud creada por el autor en sus personajes es lo que muestra la originalidad de la novela policíaca del Caribe antillano, llena de carencias y aspiraciones banales por destacarse a como dé lugar en una sociedad que la engulle el lucro a través de la corrupción. Ahora bien, ¿cuál es el modelo a seguir de esta novela titulada: Capicúa en ajedrez? Aunque había adelantado que es el mismo patrón, es una pregunta que la misma novela responderá conforme el lector vaya leyendo sus capítulos y conociendo a sus personajes que, dado su tema, el lujurioso mundo y brutal filosofía de la vida de un capo en particular que entiende la verdadera justicia de su lado.

El antagonista o villano muchas veces se asume el control protagónico ante la permisividad y complicidad de los personajes. A esto le llamo yo: "el colorido de personajes". Es un tipo de ficción que prevalece tanto en la realidad como en la novela y que intenta al final que entendamos que la justicia triunfa con el último romántico.

Daniel Olivo Polanco Valerio
Escritor y excoordinador del TLNSD.

CELADA

1

Los policías vieron salir una yipeta Cherokee negra y repararon que su conductor era el hombre que buscaban. Sabían que saldría en un vehículo así.

—Vamos, llegó el momento —clamó el coronel Familia, comandante de los agentes.

Todos se apostaron en sus puestos para ir a por él. Confiaba en que ese era el día. Instruyó por radio:

"Sigan de cerca la Cherokee y esperen mis órdenes".

Las dos camionetas que transportaban al oficial y a sus acompañantes, se alinearon tras la yipeta, cuyos cristales oscuros impedían confirmar que el buscado estaba a bordo. A Familia poco le importaba: estaba decidido a sacar de combate a quien estuviese en el vehículo que se movía a velocidad moderada por la avenida Tiradentes, en la intersección de la 27 de febrero paró en la luz roja. Su conductor se sintió amenazado, dejó su andar lento y aceleró. Cruzó en rojo el semáforo y giró a la izquierda para perder sus perseguidores.

Los agentes hundieron el pedal del acelerador y tras violar la luz roja tuvieron a la vista la yipeta otra vez. El pesado tránsito les favoreció y, cuando le pisaban los talones, zigzagueó entre varios camiones y carros que le cerraban el paso; en fracciones de segundos se escabulló penetrando al largo túnel de la vía. En el estrecho y oscuro tramo de ese corredor, avanzó rápido a la salida: un cuarto de kilometro. Los agentes en sus camionetas hicieron lo mismo y estuvieron a punto de estrellarse.

El oficial y sus hombres tenían la suerte de su lado. Al alcanzar la salida otros conductores buscaban librarse de chocar con aquellos que semejaban participar en un Grand Prix; la mayoría se hacían a un lado para permitirles el paso, y en eso la calle Emil Boyre de Moya le salió al encuentro. La yipeta, derrapando sus gomas, giró a la derecha y colisionó con un auto pequeño que venía en dirección contraria. Las camionetas no tuvieron oportunidad: pasaron de largo casi cuarenta metros. Sus conductores dieron reversa, quitándose como garrapatas la fila de carros y buses que dibujaban piruetas para evitar llevárselas por delante.

La suerte seguía con ellos, pues gracias a la colisión los agentes recuperaron terreno y en el lugar del choque vieron la cara del conductor.

—Elmes —gritó uno de los agentes.

El conductor había bajado el cristal para verificar los daños y Familia presintió que volvería a tratar de escapar.

—¡Fuego! —vociferó como loco y repitió en varias ocasiones—: ¡Disparen!

El ruido de las armas aterrorizó a todo el que caminaba por ahí; agacharon sus cabezas y casi las metieron dentro de sus hombros como jicoteas. El dueño del carro colisionado lo dejó en medio de la vía y salió despavorido. Algunos tiros impactaron la yipeta. No obstante, tal como lo presentía el coronel, siguió su marcha ladeándose, indeciso entre si virarse o no. Se adentró en el corazón del sector, giró en la Roberto Pastoriza y avanzó en contravía hasta que varios vehículos cerraron su paso.

Familia y su equipo, al igual que el fugitivo, llegaron hasta la intercepción y avanzaron doscientos metros, encontrando la yipeta con dos neumáticos desinflados sobre la acera. Se acercaron portando sus armas y confirmaron que el motor encendido y una de sus puertas abiertas eran señales inequivocas de que Elmes estaba cerca.

2

Los policías buscaron por los alrededores hasta convencerse de que Elmes no estaba. El sonido que producía el cierre de unas ventanas llamó la atención de Familia. Provenía de un laboratorio de medicinas, en la misma acera donde abandonó su yipeta. Las camionetas, dejadas en medio de la vía, entorpecían el tránsito; los choferes de otros vehículos pegaban bocinazos para que se les permitiera seguir su camino. En poco tiempo la paz del lugar se perdió y los residentes seguían atentos la situación. Todo indicaba que Elmes se había refugiado en algún lugar cercano.

En el laboratorio, pensó el coronel.

Antes de que decidiera ir hacia allá, dos fornidos hombres, con ajustados uniformes deportivos y ademanes amanerados, orientaron a un policía que les había preguntado.

—Vimos correr a alguien hacia allá —señalaron en dirección contraria al laboratorio.

Por la descripción que ofrecieron, Familia quedó convencido de que se referían a Elmes, y corrió con parte de su equipo hacía donde le indicaron. Solo los agentes que hacían de conductores quedaron allí descongestionando el tránsito.

Familia y sus hombres penetraron por un callejón y catearon las deprimidas casas que encontraban a su paso. La noche comenzaba a caer sobre el lugar; llamaron a por refuerzos y sitiaron con más ahínco todo, hasta que la oscuridad los arropó y dejó de ser seguro permanecer allí. Era un barrio de mala muerte; un semillero de pobreza, hacinamiento y desesperanza, que brotaba en el ombligo del Evaristo Morales, un sector de clase media alta. Familia descubrió con aturdimiento que los pasadizos se entrecruzaban como un laberinto, conduciendo a todas y ninguna parte al mismo tiempo.

La búsqueda se extendió por varias horas. La mirada de una luna llena timorata que se escondía tras algunas nubes era acompañada por las miradas inquietas de los habitantes de la zona, en su mayoría, adictos a las drogas, pedigüeños y excluidos de la suerte. Un conglomerado humano que guardaba resentimientos contra cualquiera que representase la autoridad. Aquella que, por el simple hecho de ser pobres, algunas veces los golpeó y en muchas otras los puso bajo rejas. Autoridad que esa noche desvencijaba sus casuchas sin que nadie pudiera pedirle explicación, ni decirle nada.

Al final los agentes tuvieron que aceptar que el barrio se había tragado a Elmes.Salieron de allí cansados y frustrados, convencidos de que la suerte los había abandonado y con el peso de una misión infructuosa.

3

Habían pasado ocho años desde que el entonces coronel José Pola lograra la captura de Angelito, el criminal más buscado. Mismo tiempo que tomó superar la frustración que le causó no haber sido ascendido a general. Ahora, de Angelito solo Pola se acordaba en sus parrandas, en las que explicaba como lo apresó, resolvió el crimen y recuperó el fusil del occiso.

Nunca faltaban las exageraciones poniendo de más o de menos. Sus contertulios atribuían la disparidad de su relato al alcohol.

—Buenas tardes, general Pola —dijo la voz nerviosa al otro lado del hilo telefónico.

—Diga, guardia.

—Señor, respetuosamente, el jefe desea verlo en su despacho.

—Ok, voy seguido, gracias. Sabiendose impuesto en el cargo de director de investigaciones criminales, meditó antes de atender el requerimiento. Tenía razones: en el pasado, imponer por sobre de la voluntad del jefe siempre acarreó problemas. Esta no sería la excepción. Ninguna historia de éxito se había contado. El destino de la carrera del general se tornaba lúgubre e incierto. No obstante, retenía en su mente lo que dijera el emperador romano, Julio César: "La suerte está echada". Pola confiaba que su amistad con el jefe del cuerpo de ayudantes militares del presidente podría librarlo de terminar fracasado. Era su carta bajo la manga, pero sabía que no era seguro.

La DICRIM, como se le conocía popularmente a la dependencia que dirigía Pola, la conformaban más de tres mil hombres que tenían la tarea de esclarecer los crímenes y apresar a los responsables de cometerlos para luego someterlos a la justicia. Al general le preocupaba que el jefe de la policía no estuviera a gusto con que él ocupara el cargo, pues sustituía a uno de sus hombres de confianza, quien para muchos había sido un desastre en el puesto.

Gerinaldo era un un jefe de policía atípico. Nunca fue a la Academia de la institución y algunos decían que no lo necesitaba. Era hijo de una familia con raíces castrenses tan profundas, que su padre y su abuelo habían sido jefes de la institución, como ahora lo era él. Incluso, su padre lo había sido dos veces. Esto le concedía poder político y hacía que hasta los demás generales le temieran, incluido Pola.

—Buenas tardes, jefe —dijo mientras hacía sonar los tacos en el umbral de la puerta del despacho.

Un ligero movimiento de cabeza recibió en respuesta. Pola no se dio por enterado y continuó tratando de obtener permiso.

—Respetuosamente, señor —repitió en voz más alta.

Las palabras del jefe volvieron a brillar por su ausencia. Pola no había visto al jefe desde que tomó posesión del puesto; lo había intentado, pero al parecer no le habían informado, o no le interesaba su visita. Ahora le había mandado a buscar.

¿Para qué sería?, se preguntaba Pola mientras avanzaba hasta el frente del escritorio.

Se detuvo detrás de tres sillas que parecían hacerle guardia al jefe policial.

—A su orden —exclamó Pola, aparentando cortesía.

4

La Montblanc con la que tomaba nota cayó a plomo sobre su escritorio. El jefe se recostó en su mullido asiento de cuero. Escrutó a Pola, quien respiró profundo, permaneció en silencio y, tranquilo, pero solo en apariencia, numerosos pensamientos revoloteaban como mariposas en su mente. Entre estos, no desaparecía la pregunta:

¿Para qué me mandó a llamar?

La Dirección Nacional de Control de Drogas manejaba un presupuesto de cuarenta millones de pesos mensuales y buenas relaciones con los americanos. Sin contar las ayudas en equipos tecnológicos, transportación y otros beneficios de la DEA, que podían quintuplicar su presupuesto. Sin embargo, la mayor motivación era que para los duros de la droga allí estaba Dios, dirigiendo el mundo y a sus habitantes. Decidiendo quién vive y quién muere, quién prospera y quién quiebra.

Los guardias no querían soltarla. "Una teta que daba mucha leche", decían. Era el tesoro de los militares, en especial del que ayudaba y velaba la seguridad al presidente. Desde hacía algún tiempo él recomendaba a quien se designaba allí.

Poco antes de la fuga de Elmes, el jefe había roto el hechizo que unía a los guardias con la agencia antidrogas en el país. El presidente designó a la cabeza de ella a uno de los policías de Gerinaldo. Su primer director también fue policía, pero hacía mucho tiempo. Y ya nadie lo recordaba. Ese nombramiento desató los demonios y provocó que los guardias buscaran desquitarse: el ayudante del presidente logró que nombrara a alguien, que, aunque policía, respondiera al interés de los militares; pusieron a Pola en la DICRIM. Gerinaldo, a pesar de su poder, nada pudo hacer para evitarlo.

—General, ya que se ha hecho cargo de sus responsabilidades al frente de la DICRIM... —Levantó un dedo al cielo y continuó—: Trate de servir a la patria, al gobierno y a esta institución con honor. Que cuando le despidamos no estemos arrepentidos de su paso por aquí.

En el país, desde el gobierno de los doce años, los jerarcas militares reclamaban su espacio de influencia enfrentándose. Tenían poder. Hubo quienes aseguraron que aquello constituía una estrategia para controlar las insaciables ambiciones de los soldados. Un maquiavelismo: "divide y vencerás". Pero, sacado de la presidencia en el año 1978, un nuevo gobernante, que, pese a ocupar el más elevado cargo del país conservó sus raíces humildes y campesinas, fue capaz de reducir a los uniformados a decretazo, convirtiendo a cualquier mierda en general y a cualquier general en una mierda.

La gente que había vivido en el poder de los militares, al ver cómo el nuevo presidente enfrentaba sus rebatiñas, empezó a pronosticar que no terminaría bien, y así fue: salió del gobierno con los pies por delante, dijeron. Por un tiempo, los problemas entre guardias y policías desaparecieron. No habían vuelto a aflorar, sin embargo, las designaciones de Pola y Decolores despertaron el monstruo dormido que se creía muerto. Renació en las mentes Gerinaldo y Berigüete.

—General, ¿está usted enterado de la fuga de Elmes?

5

Pola había trabajado desde capitán en la DNCD, como se conocía la agencia antidrogas. En esa agencia todos lo conocían. "¿Cómo no conocer a un hombre esplendido?", decían y agregaban: "Nos mata el hambre y nos resuelve los problemas, sin importar el trato que le demos a su negocio, pues de todos es el más generoso. ¿A cambio de qué?", se preguntaban. De nada; bastaba mirar para otro lado.

Como todo en la vida no era perfecto, sabían que lideaban con Elmes, un narcotraficante. Sin embargo, consideraban que no era su problema sino de la justicia.

—No señor. ¿Quién es ese tal Elmes y cómo fue?

El jefe no le creyó y lo examinó con atención. Trató de descifrar un huidizo brillo que traslucía su esquiva mirada. Pero no revelaba suficiente y desistió.

—Se trata —dijo el jefe— de un narco buscado por Estados Unidos. Responsable de introducir allá toneladas de cocaína.

Pola movía la cabeza en señal de comprensión.

—La DNCD y las agencias que le colaboran lo ubicaron, y ayer tarde, por desgracia, se le escapó a un equipo que lo persiguió por la ciudad. Así que, general Pola, póngase en contacto con Decolores, para que... en el menor tiempo posible, demos con su paradero y lo mandemos de vuelta a la chirona.

—Sí señor —respondió sin argumentar.

Quería poner punto final a su primer encuentro que, por alguna razón, le resultaba incómodo. Cuando se despedía, Gerinaldo le interrumpió.

—Es su primera prueba, general —le advirtió, sin quitar-le la vista de encima—. Si desea continuar en la silla donde pone su enorme trasero... dedíquese. Espero que no pase mucho tiempo sin que me informe que lo tiene.

Pola repasó en su mente que no era una prueba sencilla. Más bien la consideraba la forma empleada por Gerinaldo, con el objetivo de que, al final, cuando no pudiera cumplirla, lo desacreditaía con el presidente, para después recomendar a otro en su puesto.

6

La yipeta Cherokee abandonada fue trasladada a la sede de la DNCD. Los generales Decolores y Pola observaron dos neumáticos desinflados, un pequeño bulto de mano y un juego de llaves sobre la alfombra, por debajo del guía.

—Imagino —dijo Decolores— que Elmes observaba a los policías buscándole desde algún lugar cercano.

—¡Observarba! —repitió Pola—. Creo más bien se burlaba de los que le buscaban. El hombre no es un *fly al cátcher*.

—El coronel Familia es uno de los mejores oficiales que tenemos. Si Elmes logró escapar tuvo que contar con la ayuda de alguien. Solo no hubiera podido. Es la ventaja de los narcotraficantes: siempre consiguen colaboración; por dinero, miedo o complicidad...

—¿Qué se hará con lo que se ocupó en el vehículo, comando? —interrumpió Pola.

—Nada —respondió Decolores—. Aún no se toca. Esperamos al fiscal para revisarlo todo y tomar decisiones.

Ambos se conocieron en la academia. No eran buenos amigos, pero se toleraban. Decolores era un año más antiguo, por lo que, por un tiempo, ejerció superioridad sobre Pola.

Eso hacía que, aunque ostentaban el mismo rango, cuando Pola se dirigía a él le llamara comandante.

—Acaba de llegar el fiscal —le dijo, taconeando un alistado.

Esperaban que llegase un fiscal adjunto, sin embargo, quien se había presentado era el fiscal titular. La importancia del caso lo obligó a participar de las pesquisas, aclararía después. Era un catedrático a carta cabal. La docencia había sido su vida y ostentaba la decanía de la Facultad de Derecho de una de las universidades más importante del país. Cuando apareció ante Decolores y Pola, los generales vieron que llevaba tintado el pelo sobre unas gafas Thom Browne con bifocales de color claro oscuro que hacía juego con sus bigotes encanecidos y realzaban su intelectualidad. Por compañerismo de partido, el presidente Fernando Rivera le había nombrado en esa posición, y a partir de entonces su prestigio académico, que se sobreponía a cualquiera de las actividades que desempeñaba, fue superado por su afán de procurar justicia. Le cogería el gusto a aquello y después continuaría en la carrera judicial en otras funciones.

Los generales y el fiscal realizaron la inspección. El bulto de mano fue lo primero que examinaron. Su peso era considerable y olía a cuero. Tras manipular la cerradura salieron de su interior dos fajos de billetes verdes. Ninguno se detuvo a ver sus denominaciones. El fiscal continuó hurgando en los demás compartimientos. Halló documentos de escaso valor; una factura de compra de varios cubos de pintura, manuales y catálogos de tiendas. Entonces se enfocó en las llaves que reposaban en el piso. Una de ellas, que aparentaba ser de un vehículo Mercedes Benz, pendía de una argolla repleta de controles.

—La llave de la Cherokee no apareció —aclaró Decolores, al cruzar su vista con la del magistrado.

—¿Elmes se la llevó al fugarse? —preguntó Pola agarrándose el mentón.

Nadie respondió. El fiscal volvió a centrarse en un bolsillo interior del bulto que continuaba pesado. Encontró otras siete llaves. Sin pensarlo dos veces, enviaron un equipo al edificio donde vieron salir a Elmes. Al mismo tiempo, iniciaron una investigación para entender aquello.

Mientras el equipo enviado visitaba el edificio, el fiscal y los generales interrogaban a Familia.

—Los agentes no tienen culpa —respondió Familia—, el operativo lo ordené yo. Quería atraparlo, darles esa sorpresa a mis superiores y traérselo para que... decidieran su entrega a la justicia americana y después, si querían reconocérmelo, conseguir un ascenso o al menos una carta de encomio...

—¿Cómo conseguiste la información de su paradero? —interrumpió Pola, dando poco crédito a lo que el oficial desdibujaba con sus palabras.

—Una fuente, señor —repuso, levantando la cabeza para verlo.

Se arregló el Duke de Kent bien hecho que anudaba la corbata y prosiguió con aire de seguridad.

—Las fuentes consiguen las cosas, se las tiran a uno a la cara, pero no explican cómo la consiguieron y uno, como interesado, pocas veces les pregunta —pausó para tragar saliva y continuó—: Ustedes conocen mejor que yo como es esto.

Entre todos los presentes, Familia era, sin duda, el de mayor experiencia tratando delincuentes de la categoría de Elmes, y lo reflejaba en la autoridad con que sus palabras respondían los cuestionamientos que el trio le hacía.

7

El equipo enviado al edificio, un fiscal adjunto y varios agentes de la DNCD, llevaban las llaves encontradas. El fiscal había instruido a su homólogo vigilar sus acompañantes para evitar problemas. El vehículo paró frente a un enorme portón de metal y observaron que eran vigilados por cámaras de seguridad. El adjunto presionó varias veces uno de los controles del llavero. No sucedió nada. Luego hizo lo mismo con otros dos: mismo resultado. Presionó un cuarto control y escuchó el crujir de las hojas metálicas que cedían a la fuerza de un brazo hidráulico camino a la apertura. Antes que las puertas volvieran a cerrarse, accedieron a los parqueos soterrados. Dentro apreciaron atónitos las luces del techo encendidas como brillante sol de mediodía y el piso limpio y cuidadosamente señalizado. La camioneta recorría despacio los tres niveles de parqueo. Ellos observaban los autos que ocupaban los estacionamientos. Tenían en común menos de tres años de fabricación: Ferrari, Maserati, Porche, BMW y Mercedes Benz; y otra marca que leyeron como Bulgante, pero en realidad era un Bugatti.

A la vez, el adjunto presionaba los botones de la llave encontrada en la yipeta de Elmes. "Una Mercedes blanca, modelo Clase M", respondió. El vehículo encendió sus luces y se aproximaron. Abrieron las puertas para echar una mirada al interior: en la guantera solo estaban los manuales. Nada había sobre los impecables asientos de piel color crema, ni en los bolsillos de las puertas. Accionaron un botón y abrió automática la compuerta trasera al compás de una alarma con un bip ensordecedor. El equipo se movió hacia allá y cuatro grandes bultos negros ocuparon su visión. El adjunto se acercó a uno de ellos, corrió el cierre y vio aparecer una montaña de dinero. Nervioso volvió a cerrar el maletero, se apartó del resto de sus acompañantes y telefoneó al fiscal.

—No le ponga la mano a nada. Traiga todo para acá.

8

Una máquina contadora de billetes entorpecía el dialogo de los generales en la DNCD. A pesar de las circunstancias favorables del caso, el fiscal se apreciaba desanimado o de mal humor.

—Ya hemos terminado —dijo un contable.

—¿Cuánto tenemos? —preguntó Decolores.

—Cuatro millones setecientos veinte y seis mil en cada uno de los bultos..., para un total de diecisiete millones setecientos cuatro mil dólares. —Se pasó el dorso de la mano por la frente para secarse el sudor—. Espero no haberme equivocado.

—¿Cómo puede una gente, trabajando honradamente, tirar tanto dinero en el baúl de un carro? —Pola soltó un bufido y no dejó claro si se trataba de una pregunta.

Volvieron a ignorarlo.

—Ahora terminemos nuestro trabajo. Enviemos a allanar ese apartamento. La orden la dio el juez. Lo hizo a regañadientes, porque, según él, no había mucho que justificara su decisión. Pero creo que ahora le alegrará saber lo que tenemos avanzado —dijo el fiscal, que continuaba con la cara amargada.

Dos vehículos repletos de policías y dos fiscales salieron presurosos a cumplir la orden. Llevaban el papel que autorizaba el allanamiento. No tardaron en pisar la lujosa recepción del edificio. Aquello podría confundirse con el *lobby* de un hotel cinco estrellas: maceteros exuberantes, arreglos de orquídeas adornaban las mesas de centro y lateral; una alfombra blanca y acorchada suavizaba las ásperas pisadas de los visitantes. En el centro del tapiz se leía: "Paradise".

—Buenas tardes —dijo el de más rango.

Mostró su carné. Llevaba la foto de un rostro sonreído que no provocaba miedo ni respeto. Consciente de ello, no dio suficiente tiempo al conserje y la guardó. En cambio, sacó un pañuelo con el que se enjugaba las gotas de sudor que bajaban por su frente. El conserje, un joven delgado con barros en la cara, comprendió. No necesitó explicación. Los acompañó al décimo quinto piso. Fácil ubicar el lugar: solo había un apartamento por piso. Tocaron a la puerta y una señora abrió sin rubor, a pesar de estar poco vestida. El conserje presentó a los visitantes y regresó a su trabajo.

El apartamento de cuatrocientos metros cuadrados atisbado de muebles, cortinas, alfombras y cuadros de todo tipo, era una dura tarea para requisar. Debían recolectar evidencias que condujeran a la captura del fugitivo. La búsqueda prometía ser ardua y los policías, en cada oportunidad, procuraban quedarse con las pertenencias, como si se tratase de botín de guerra. Los fiscales salían al paso a sus apetencias, al tiempo que controlaban sus propios impulsos puestos a prueba por aquel derroche de opulencia. La protección de las prendas, a todas luces valiosas, y del dinero que aparecía por doquier, se convirtió en un dolor de cabeza. Una habitación con una bola de cristal colgada del techo, un jacuzzi y luces de neón, guardaba cientos de cintas de videos y decenas de armas de fuego. La desconfianza mutua los mantenía más ocupados que la confiscación de las propiedades. Los celos fueron sus guardianes por temor a que uno pudiera llevarse algo y el otro se fuera con las manos vacías.

El allanamiento se extendió hasta otro apartamento ubicado un nivel más arriba; se descubrió en el cuestionamiento a la mujer india que los había recibido, quien con su disminuta vestimenta seguía deleitando la vista de los más libidinosos. Hubo que procurar una nueva orden para requisar el otro apartamento. En una loma de papeles encontraron los títulos que indicaban que las viviendas pertenecían a Soraya, nombre con el que se identificó la sensual mujer.

Pasada la medianoche las evidencias recolectadas llenaron la parte trasera de un camión. Solo llevaron las que a juicio de los fiscales eran útiles para la captura del fugitivo, y aquellas que consideraban probar algún ilícito. La mujer fue parte de lo que llevaron: la india esbelta, de ojos color miel y mirada desafiante; de labios carnosos y con rostro de mandíbula cuadrada enmarcado en un pelo largo, atado en una cola que dejaba apreciar sus bien formadas orejas y el largo de su cuello. Alguien comentó que podía confundirse con Selena, la cantante tejana asesinada en 1994.

En el camino, la mujer detenida dijo tranquilamente que era la esposa de Elmes. Los fiscales repararon en que hacía sentido que los documentos estuvieran a su nombre. La burla que siguió al descubrimiento hizo que ella enmudeciera y se negara a contestar las otras preguntas que le hacían.

9

Las indagatorias contra Familia y su equipo tuvieron que aplazarse. El resultado de los allanamientos fue demasiado importante para concentrarse en otra cosa: lo ocupado y los cuatro bultos con los dólares que contenían, reposaban sobre una larga mesa de caoba frente a Soraya. Ella, sentada en un extremo, observaba inquieta; había conseguido que le permitieran cambiarse de ropa. "La anterior era una provocación innecesaria", afirmó el fiscal, quien con lápiz y papel en mano ocupaba asiento en el otro extremo.

Los ojos llorosos de la detenida reflejaban la incertidumbre que le embargaba. Pero su semblante marmóreo contradecía ese sentimiento. Revelaba seguridad y falta de arrepentimiento. Sobre la foto que le fue tomada para la ficha, Pola dijo:

—Tiene o porta una tristeza oculta detrás de una actitud petulante. Cinismo —concluyó.

—¿Qué tiene que decir de esto, señora? —preguntó el fiscal señalando los objetos sobre la mesa.

Ella levantó la cabeza, no lo suficiente para mirar, y permaneció callada.

—¿Es todo suyo? Los títulos de los apartamentos... Piense antes de responderme, porque todo lo que hemos encontrado en ellos... Digo, si es que se atreve a decirlo. Aclárame algo: ¿también es suyo el dinero encontrado en el baúl?

Los ojos de Soraya se tornaron huidizos, antes que se alzaran y recorrieran toda la mesa sin detenerse en parte.

—¡Vamos! Colabore con nosotros y díganos que esto no es suyo —le animó con mueca risueña—. Le prometo que la creeremos.

Soraya levantó la mirada y la dirigió a uno de aquellos rostros de tez acraterada, ojos saltones, pómulos salientes, calvicie pronunciada y barbilla cuadrada.

Lo he visto en algún sitio, se dijo, sin concluir adonde.

Decolores vio cómo le miraba y frunció el ceño. Entonces, ella con dramatismo masculló.

—Nada... No tengo nada que decir, no sé de qué me hablan.

—¡¡¡Barbarasa!!! —Se sobresaltó Decolores—. Te atreves a decir que no sabes nada delante del fiscal. Esto estaba en el apartamento donde te detuvieron. Oye bien, más te vale que sepas y aclares el lío en que estás metida. No eres esposa, eres una querida y... Tu marido no es Elmes, sino otro hombre. Ya investigamos y lo sabemos todo. ¿Oíste? Todo.

Decolores iba a decirle cuero viejo o maldita perra, pero se ahorró el insulto. Un destello de luz irradió en los ojos de la mujer, que se hallaban anegados. Pensaba en las palabras de ese general: hirientes. Pero eran nada comparadas al dolor de no tener noticias de Elmes. ¿Estará vivo o muerto? Pensaba que durante el trayecto los policías se burlaban dejándole entrever que lo tenían. Todo era confuso, repasó los rostros de los tres hombres que tenía en frente y dedujo a vuelo de pájaro, que el que estaba sentado en el otro extremo de la mesa, intuía que debía ser el jefe, el impecable traje gris verdoso que traía puesto superaba el de los otros dos. Quizás se equivocaba, pero tenía pocas opciones.

—Quiero hablar a solas con usted —dijo, sosteniendo la mirada en el fiscal.

Los generales y el fiscal analizaron la repentina solicitud unos segundos. En susurros discutieron la conveniencia. Cabizbaja, Soraya fingía no prestar atención, pero los escuchaba y se gozaba para sí de lo que su ocurrencia había causado. Confiaba que Elmes siguiera con vida y la sacara del apuro. Luego, los oficiales y el fiscal se pusieron en pie y se apartaron a un rincón del salón. Continuaron discutiendo en tono bajo, cortándole la posibilidad de escuchar. El fiscal manipuló su celular y se lo colocó en el bolsillo de la camisa para grabar discretamente la conversación. Los generales abandonaron la sala con cara de enojo.

—¿Qué quiere hablarme? — le instó a su regreso.

—¿Qué pasó con Elmes, señor fiscal?

—Luego hablamos de eso. Empiece contándome de los objetos que se le ocuparon. ¿Qué usted tiene que ver con ellos?

—Antes necesito un abogado.

10

Una llovizna refrescaba la temperatura en el salón que se antojaba caluroso. A pesar de ser un amplio espacio poco amueblado, carecía de aire acondicionado y suficientes ventanas que lo ventilaran. La madrugada, que siempre bajaba la temperatura, no había podido hacer mucho ese día para que los ocupantes del lugar se sintieran frescos. La fama de hombre decente que tenía el fiscal empezó a desaparecer, y estaba a punto de perder otras cosas. Se cuestionaba:

¿Qué ocurrencia la de esta mujer?

Su cara de ordinario, blanca y pálida como papel, se puso más roja que un tomate y se sintió incómodo con el nudo de su corbata. Lo aflojó moviendo la cabeza de un lado a otro para respirar mejor. Luego se puso en píe para sacarse la chaqueta. Se arrepintió al recordar el celular.

—Creo que usted no me entendió. Me iré —amenazó, resoplando como un toro—. La policía se encargará de usted y le aseguro que podría pasarla horrible. Aproveche la oportunidad que yo le brindo. Hable ahora conmigo, ¡carajo!

Soraya se espantó. Quien parecía remanso de paz, le había gritado y hasta puñeteado la mesa. ¿Qué seguirá ahora?

—Magistrado fiscal, todo lo ocupado, los apartamentos, el dinero e incluso las yipetas, son míos —dijo Soraya con voz queda.

Tras unos segundos de calma, el fiscal se sintió realizado. Experimentó la agradable sensación del reconocimiento de su autoridad. La tenía en sus manos y, apoyado en ello, negociaría con la detenida la entrega de Elmes o la revelación de su escondite. El resto sería pan comido y tarea de la policía. Después iría a casa a terminar de pasar la noche en brazos de su mujer.

—Falta un bulto —dijo Soraya como al que se le cae un vaso de cristal en el piso y lo ve hacerse añicos sin espanto.

El fiscal borró la risa que había empezado a dibujarse en su rostro y frunciendo el ceño miró hacia la mesa. Los cuatro bultos seguían allí. Repasó el conteo en su mente: *uno, dos... cuatro.* No entendía a qué ella se refería.

—¿A qué se refiere, señora? —interrogó, recuperando su mal humor.

Explicó que eran cinco bultos. Cada uno con la misma cantidad de dinero, y que solo cuatro estaban en la mesa.

—Y... ¿Cómo sabe que...?

—Yo misma los metí en la yipeta.

La conmoción que le causó la noticia impidió al fiscal seguir preguntando. La lengua se le bloqueó y su mente quedó en blanco. No concebía que desapareciera un bulto con tanto dinero en sus narices. Se negaba a creer que sus adjuntos fueran idiotas, que los policías se burlaran de ellos de esa forma. Lo peor, lo que lo hacía sentirse más impotente, *¿Los adjuntos y los agentes se robaron el bulto?* Movió la cabeza como para despertar de una pesadilla; mandó a pasar a los generales. Quiso que ellos también escucharan. Lo hicieron. Quedaron tan sorprendidos como él. Enviaron a la cárcel a Soraya. Necesitaban meditar sobre el asunto, pero su aturdimiento era tal, que ni siquiera se les ocurrió preguntarle de dónde provenía tanto dinero.

En la puerta de la DNCD, los reporteros de canales de televisión aguardaban noticias. La fuga de Elmes corroía los cimientos de una sociedad morbosa, abatida por el flagelo del narcotráfico y la corrupción. Las muertes por encargo, los robos, asaltos y secuestros eran atribuidos a las drogas. Gerinaldo, tras ser enterado, se presentó allí y se mantuvo iracundo. La información bullía como agua hirviendo en su estómago y, unida a la desaparición del capo, le traía los nervios de punta.

Demasiadas malas noticias. Por suerte, no podían ser peores, se consoló.

Los agentes y los fiscales eran sospechosos del bulto faltante; el coronel Familia y su equipo, de la fuga de Elmes. Y como las cosas malas no llegan solas, los gringos empezaban a presionar: querían al prófugo de nuevo en su cárcel.

11

El reloj en la recepción de la DNCD marcaba las diez de la mañana. El fiscal se había marchado una hora antes; los reporteros interceptaron a Gerinaldo al salir.

—Jefe —preguntaron, cámaras y micrófonos en mano—, ¿qué sabe la policía de la fuga de Elmes y el apresamiento de su mujer?

Fue lo único que escuchó en medio de un mar de voces que se sobreponían. Las luces de las cámaras y el sol, que había salido vigoroso esa mañana, traspasaban la visera rameada de su quepis de general y llegaban a sus pupilas revelándose al polarizado de sus Ray-Ban.

—No podemos adelantar detalles —respondió en aparentemente calma—. Estamos trabajando y pronto le daremos los pormenores.

El jefe pidió permiso entre dientes y, con la cara dura que le caracterizaba, se marchó en medio de empujones que sus escoltas daban a los reporteros, para abrirse paso hacia el vehículo. Esa conducta era una de las razones que hacía que los medios nunca estuvieran conformes con Gerinaldo. Buscaban de cualquier forma sus pifias, y las resaltaban en sus informativos con el propósito de ridiculizarlo. Además de que el asunto llegara a la única persona que podía sacarlo del cargo: el presidente Fernando. Pero eso no era todo. Desde que el jefe ocupaba el puesto, hacía varios años, los periodistas que cubrían las noticias en esa institución habían perdido privilegios, y eso, menos lo perdonaban: tickets para el combustible, asignación de efectivo semanal para sus gastos, que utilizaban en su diversión y viáticos para los viajes. Todos los jefes anteriores honraron ese compromiso no escrito que representaba cientos de millones de pesos. Gerinaldo lo dejó en el pasado. Un gasto innecesario, dijo. Los periodistas y sus directores aseguraban que ese dinero, en lugar de ahorrarlo, el jefe se lo llevaba entre las uñas. Disgustados con sus decisiones, si no encontraban errores para denostarlo, con gusto se los inventaban.

La noticia de la desaparición de un bulto repleto de dólares ocupaba las primeras planas de los periódicos vespertinos, y en una actualización de internet lo destacaba en su portada el único periódico digital que existía. La radio y la televisión reproducían la misma información, y ya en la noche pocas personas ignoraban lo ocurrido. Todos indicaban que el jefe tenía que ver con ello.

La batahola llamó la atención del presidente. Fernando Rivera dejó sobre una mesa el libro que leía y pulsó un control remoto. Apareció ante él la hosca figura de Berigüete. El oficial presentaba cara sería en público, y de bromista, lisonjero y encubridor en privado. Como hombre de confianza del presidente, atesoraba los más inconfesables secretos de Rivera. Los funcionarios solían describir a Berigüete como el poder detrás del trono y ni siquiera la embajada americana pudo persuadirlo de deshacerse de él. A pesar de todo, seguían juntos; tan unidos como tortuga y caparazón.

—Ordene, su excelencia —dijo Berigüete con el entrecejo arrugado.

Las horas de lectura del presidente eran sagradas; no las interrumpía por nada ni nadie y, sorpresivamente, las había suspendido. Pero el asombro en Berigüete solo era apariencia. Sabía por qué le procuraba Fernando, y se alegraba de ello.

—Necesito al jefe de la policía esta noche —instruyó a secas.

—Sí, señor.

El militar dio la espalda y salió risueño a cumplir lo ordenado. Frotó sus manos en el camino; conociendo al presidente, no tenía dudas de que esa interrupción en su rutina significaba bastante. En cualquier caso, que estaba molesto. También que se acercaba el final de su rival y que pronto se libraría de la tachuela en el zapato en que se había convertido Gerinaldo.

12

Gerinaldo daba pasos de un lado a otro en su oficina. Se pasaba la mano por su lacia cabellera plateada y miraba en todas direcciones. En su mente, las investigaciones, los americanos y el bulto; problemas que chocaban y se disputaban el orden de prelación. Afuera, un cielo azul turquesa anunciaba un hermoso día. Atendió una llamada de su mujer.

—(...) Sí, sí... No, no... —Gerinaldo respondía con monólogos.

De pronto, le cortó para atender otra. Una mujer de voz seductora le indicó que debía acudir al despacho del presidente a las once de la noche. El jefe pensó que significaba, con probabilidad, que sería atendido pasada la medianoche, ya que, por costumbre, Fernando empezaba a recibir a sus invitados a las diez. Después de esa hora, los convidados dependían de cuanto conversara el mandatario con el primero y, con escasas excepciones, ese primer turno terminaba antes de las doce.

—No hay nada que añore más que una buena noticia —dijo Gerinaldo a su esposa, que había vuelto a telefonearle.

Con entusiasmo, Danixa, la esposa de Gerinaldo, se refirió a los regalos para su segundo nieto que estaba por nacer. Hijo del mayor de los hijos de la pareja. Al primero, su marido lo hizo retratar con uniforme y un quepicito rameado al cumplir su primer año. Después de Rafa le tocará la jefatura, decía Gerinaldo. Pero estas no eran palabras suyas; antes las había proferido su abuelo a su papá cuando él cumplió sus quince.

—Me alegra escuchar eso. Con las malas noticias toqué fondo. No me cabe una más. Tengo que dejarte. Esta noche voy a ver al presidente...

—Amor, ¿estás escuchando? —interrumpió Danixa con voz agitada.

—No, ¿qué?

—En la radio. Consigue una y ponla pronto... alguien te menciona.

Gerinaldo tenía treinta años casado con Danixa, la conoció en Chile cuando su papá fungía de embajador y él estudiaba la secundaría. Ella, por su parte, siempre preocupada con los asuntos policiales de su marido, solía estar pendiente de lo que decían en los noticieros. El jefe procuró la emisora sin necesidad de que su mujer le indicara cual. Tenía su frecuencia fijada en dial, ya que se especializaba en política y seguridad, ambos temas relacionados con su trabajo.

La emisora tenía años realizando su papel, y no le podía ir mejor. Recibía pingües beneficios a través de un fino y velado apremio que pocos percibían como tal y que se aceptaba como algo que debía agradecerse. Toda una proeza de la economía. Al poner la estación, escuchó una voz desconocida decir:

—Yo estaba en el restaurante La Esquina y vi cuando desde un vehículo se cayó un bulto.

Un comentarista reconocido por su fama de culto, repuso:

—Eso es grave, Billy.

La voz que había hablado antes continuó:

—Y vi cuando la policía, para evitar que el tipo pudiera pararse a recogerlo, le entró a tiros. Se salvó *a tablita*, porque fueron varias ráfagas las que oí. Una tras otra. Debe haber varios heridos aún sin reportar por ahí.

Otra vez el famoso comentarista tomó la palabra:

—El presidente debe mandar a investigar —dijo—. ¿Y quién se quedó con el bulto lleno de dólares que recogieron frente al restaurante La Esquina?

Comerciales interrumpieron la transmisión.

Gerinaldo se tornó inquieto. Abordó su vehículo y le ordenó a su chofer conducir a la emisora. Consideraba importante escuchar cara a cara al denunciante y conocer los detalles. Si tengo que ver al presidente esta noche, lo mejor es que esté bien informado. Seguro querrá saber del paradero de ese maldito bulto.

Una nueva llamada lo sacó de sus cavilaciones.

—¿Usted escucha la radio, jefe? — preguntó Decolores.

—Una parte. —No le especificó cuál y continuó—: Voy camino a la emisora. Luego quiero que tú o Pola me acompañen al restaurante La Esquina. Quiero que investiguemos esa ridícula denuncia.

—Señor, eso fue hace un momento —aclaró Decolores—. Ahora está hablando otra persona. Dice ser Elmes. No puedo creer que ese tipo tenga la *cachaza* de hacer algo así. Que sea tan descarado, que se atreva a llamar a una emisora, sabiendo que lo buscamos como aguja en un pajar y tenemos todos sus teléfonos pinchados.

Decolores acercó su teléfono a las bocinas del radio y el jefe escuchó, antes que mandara a encender la radio de nuevo, que había mandado a apagar tras los anuncios. Una voz chillona decía:

—¡Avemaría, eso es correcto! Pero no puedo en este momento decil mucho. Ya sabe, estoy ajorao. No quiero que me rastreen la línea. Les prometo que vuelvo a llamar. Estaré *alicate* para ustedes.

El director del programa intervino:

—No cabe dudas de que se trataba del propio Elmes. Un palo que solo esta emisora puede ofrecer. En cualquier momento tendremos contacto con él nuevamente, así que manténganse en sintonía. Repetimos, el señor Elmes nos ha llamado y afirmó que el jefe de la policía y el director de drogas quieren asesinarlo, nada más y nada menos. Asegura que con el propósito de evitar que él denuncie los vínculos de estos oficiales con el narcotráfico. Y…. ha prometido volver a llamarnos para dar más detalles. Lléeeeevatelo…

—¿Escuchó todo, jefe? —Decolores preguntaba al silencio. El jefe ya no estaba en línea.

13

Una secretaria de trasero protuberante, cintura de avispa y piernas bien torneadas luchaba con su rubia cabellera al hablar por teléfono mientras organizaba unos documentos sobre su escritorio. El procurador de Justicia, Gerinaldo y dos agentes de seguridad, cruzaban miradas desconfiadas en el antedespacho del presidente. La espera se hacía larga y tediosa. El procurador degustaba a sorbos una taza de té. El humo subía hasta desaparecer próximo al techo. Rodríguez tenía varios años en el cargo. En sus años de temperamento apacible, nadie ignoraba su cercanía a Fernando: una de las personas de confianza. Compartían un bufete privado que ahora ninguno de los dos atendía. "Culpa de los asuntos de Estado", se excusaban. Continuaba abierta solo para casos especiales y le llamaban "la otra". Lo hicieron al graduarse en la Universidad del Estado; el presidente obtuvo el título con mención *summa cumme laude* y él, lo suficiente para aprobar la carrera.

La puerta de caoba centenaria se abrió a la 1:25 de la madrugada. El frío se coló en la sala de espera. La secretaria se cubrió el cuello con una bufanda y los agentes de seguridad asumieron actitud de listeza. Dos ministros salieron y saludaron al procurador y a Gerinaldo con abrazos sonoros palmoteando sus espaldas; luego siguieron alegres su camino. Ellos no pudieron evitar seguirlos con la mirada hasta que desaparecieron por el largo pasillo. Un asistente surgió del interior y le indicó al jefe que pasara. El procurador ingresó también. Gerinaldo, sonando sus tacones en el reluciente piso de mármol, se presentó ante el presidente y esperó le viera. Fernando se paró del sillón que ocupaba, y con un gesto le sugirió tomar asiento. El jefe y el procurador obedecieron, mientras el presidente caminó hacia un corredor contiguo con un teléfono sujeto a su hombro. Gerinaldo aprovechó para chequear su celular. Tenía varios mensajes de texto. Los chequeó con la esperanza de encontrar alguna novedad en relación al caso, pero no apareció ni una. Exhaló.

—Señores, disculpen —dijo el presidente, al tiempo que Gerinaldo y Rodríguez se pusieron de pie para estrechar su mano.

El presidente hablaba pausado, como si el tiempo no corriera para él, pero también con esa seguridad que caracteriza a los que dirigen las cosas.

—Por favor, tomen asiento. Necesito que se esfuercen... Cada uno en su...Ya saben, sus respectivos cargos, pues, debemos... —Pausó para mirarlos a la cara— resolver el asunto del prófugo y su mujer.

Entonces, Fernando se enfocó en el jefe.

—¿Qué se sabe de...?

—Nada, señor —respondió Gerinaldo y aclaró la garganta—. Pero varios equipos lo buscan y creo que...

—Bien —interrumpió el presidente moviendo la cabeza hacia el procurador que había levantado su mano para intervenir.

—Su excelencia, el fiscal me comunicó que mañana se le conocerá medida de coerción a la detenida. No hay mucho para acusarla porque... Bueno, tenemos el dinero, aunque no se le encontró encima para acusarla de lavado. Los apartamentos... están a su nombre, pero eso tampoco es un delito. El Mercedes... figura como propiedad de un diputado... Ya usted sabe: una de esas exoneraciones del congreso que... luego las usan los *dealer* para importar...

El presidente hizo una "V" con sus dedos índice y mayor debajo de su mentón y enarcó sus cejas. Rodríguez prosiguió más cauto.

—Um, um... —Tosió —, no se ocupó droga y, en realidad, ella ni siquiera es la esposa del fugitivo, solo una amante. Eso... debemos manejarlo con tacto, pues también está casada con otro hombre.

—¡Sí...! —dijo el presidente interesándose.

—Hasta ahora su verdadera pareja no ha dado la cara. —Se adelantó a explicar, antes que Fernando preguntara—. Lo raro es que... Todos los testigos investigados y, hasta ella misma, afirman que el prófugo es su marido.

Rodríguez quiso asegurarse de tener la atención del presidente, cuyos diminutos ojos solo se alcanzaban a ver cuando llevaba sus gafas de lectura y no las traía.

—¡Imagino qué magia le hizo! —El presidente mostró una dentadura amarillenta pero bien cuidada.

—Por suerte —continuó Rodríguez, animado—, ella se incrimina. Dice que todo le pertenece y reclama un bulto con dólares que alega, para decirlo de forma elegante, la policía lo tomó prestado y... no lo ha regresado.

Los ojos de Fernando aparecieron grandes y claros.

—Los fiscales no lo tienen consignado en sus actas. —Rodríguez giró para ver a Gerinaldo como si le pasara la bola.

—¿Qué se sabe del bulto, general? —quiso saber el presidente.

—Hasta ahora... nada, señor. Por cierto... en el allanamiento trabajaron fiscales y policías. El bulto, si existe o existió, pudo haberlo tomado cualquiera de los que estaban ahí. Pero no es mi intención adelantarme a las cosas, ni defender a los agentes, confío en las investigaciones. Les pido que tengamos paciencia, Pronto tendremos respuesta.

—Todo esto está causando mucho ruido —dijo el presidente moviendo la cabeza de un lado a otro y agregó—: Yo no quiero que se mantenga por largo tiempo. Hay que procurar hacer las cosas bien para sacarlo de los medios lo antes posible. A propósito, supe que se produjo una llamada a una emisora. ¿Se confirmó que la hizo el prófugo? —Sin esperar respuesta volvió a preguntar—: ¿Se rastreó para saber su procedencia?

—No, señor —respondieron ambos en coro discorde.

—Bien, hagan lo que tengan que hacer —repuso—. Que el DNI se encargue de la llamada. No quiero más piedras en el camino. Se acercan las primarias del partido y en dos años tenemos elecciones. Evitémosle a la gente disgustos innecesarios. No permitamos, ni por asomo, que comiencen a dudar de nuestra honorabilidad. Tampoco le demos motivos a la oposición, de lo contrario, perderemos todos. Pasen buenas noches.

—Señor, me gustaría decirle algo en privado.

—Ahora no, general, yo le mandaré a llamar esta semana.

—Como usted ordene, su excelencia.

Se encaminaron a la puerta de salida. Antes de alcanzarla, Berigüete tomó del brazo al procurador Rodríguez y le susurró al oído. El procurador evitó la salida recta hacia el estacionamiento para funcionarios y giró a la izquierda, escapando del campo visual de Gerinaldo que, ante la imposibilidad de escuchar, no supo la razón del desvio.

14

En la marquesina, Rodríguez se encontró con el presidente. Se apartaron para que los asistentes no los escucharan. Los vehículos de la escolta presidencial en la marquesina esperaban para salir.

—Oye bien —dijo el presidente apuntándolo con un dedo—, necesito te encargues de que a esa mujer no la dejen presa. Haz lo necesario para que le sigan el proceso judicial en libertad y si hay alguna evidencia... ¿ya sabes?, que comprometa a los nuestros del partido... destrúyela. ¿Comprendes a qué me refiero?... ¿Verdad? No podemos dar el mínimo motivo a la oposición. Proteger nuestra gente es lo más importante en este momento. Tú sabes que no fue fácil llegar al poder. Si no nos movemos rápido, podemos perderlo en un abrir y cerrar de ojos. Pero escúchame bien, Juan, tampoco te descuides de los nuestros. Ellos... no piensan como nosotros.

—Okey, Nando —respondió el procurador con menos respeto y protocolo que antes—. Te entiendo; quédate tranquilo, yo me encargo.

Rodríguez había llamado al presidente por el apodo con el que su madre solía hacerlo y lo mismo había hecho Fernando al llamar a su amigo por su nombre de pila. Así eran las cosas en privado: compañeros de estudios.

—Si puedes, y crees que no nos trae más problemas, encarga a alguien de la Otra para que sea su abogado. Uno profesional con experiencia y que no nos falle.

—Sí, está bien. Así lo haré. Tengo en mente al indicado.

—Bien. Cuento con eso. Gracias y duerme bien.

El presidente le dio un abrazo, abordó su vehículo y se marchó. El procurador quedó meditabundo:

Mi amigo dice, sin decir, un juego de palabras similar a un acertijo donde hay más insinuaciones que revelaciones. Si bien quiero saber cuál es su interés, no ignoro que en el Estado algunas cosas es mejor no preguntarlas.

Se fue a su casa con las dudas a cuestas y un nudo atrancando su garganta.

15

Al día siguiente la prensa cubría el juicio de Soraya.

—Nada más importante —dijo Ramiro al mandar a sus reporteros—. Pero otra llamada de Elmes a la emisora demostró lo contrario. Resultó el doble de importante. Amenazó matar al jefe, Decolores y sus familias, si su mujer quedaba presa o le pasaba algo.

Elmes no nombró a su mujer, pero quedaba claro que se refería a Soraya. Además, por si alguien lo dudaba, insistió en que faltaba un bulto y, no perdió tiempo en llamar corruptos y ladrones a Gerinaldo y Decolores.

—Ellos se quedaron con el dinero del bulto desaparecido —dijo y añadió—: Los tengo investigado a todos. Sé dónde viven y lo que hacen. Me lo van a tener que devolver por la buena o la mala.

Los reporteros se olvidaron del juicio, se dirigieron al cuartel policial. Buscaron localizar a Gerinaldo o Decolores. No aparecieron, ni contestaban sus teléfonos.

—Más prófugos que Elmes —bromeó un reportero.

En el tribunal, un hombre gordo de calvicie pronunciada hacía compañía a Soraya. La toga y el birrete lo hacían sudar copiosamente. Un pañuelo amarillento ahogaba las gotas de sudor que resbalaban por su calva. Los jueces se habían retirado para deliberar y ella miraba al abogado con recelo. Recordaba una función de circo a la que había asistido de niña en su pueblo natal y entre las atracciones hubo una que jamás olvidó: un hombre vestido de negro con un sombrero mágico cubierto con un paño rojo. De su interior sacó varias cosas, entre ellas un conejo. ¿Cómo lo hizo?, se preguntó. Nadie le explicó, por ello. Aunque tenía la misma inquietud, ahora prefería permanecer en silencio y asumir que Elmes lo había enviado para que la sacara del problema.

Pola, Decolores y el jefe veían el juicio por televisión. La estrecha sala con escasos curiosos y prensa se revelaba ante sus ansiosos ojos. Los magistrados regresaron, el presidente del tribunal le extendió un papel al secretario, quien tomó la palabra:

—En consecuencia, queda usted en libertad.

Un ruido espantó los presentes en la sala cuando el mallete sonó en la madera. Los jueces desaparecieron por donde habían entrado y empezó el forcejeo de los periodistas. Al salir, trataban de entrevistar a Soraya, quien, ataviada con un chaleco antibalas y un casco militar, rodeada por cuatro policías corpulentos.

16

Un hombre rubio de ojos azules y cabeza afeitada se asomó al vehículo. Metió medio cuerpo por la ventanilla trasera para mirar; requirió identificaciones y en machucado español les pidió aguardar un momento. Las diez de la mañana y un sol radiante arropaba la ciudad. La puerta que impedía la entrada empezó a rodar y el hombre se acercó al vehículo para devolver los documentos.

—*Auteraisado* —masculló.

Tras estacionar, Gerinaldo se desmontó y caminó hacía el recibidor observando el jardín: flores blancas lo engalanaban. *Se ve primaveral,* pensó. Pero vivía el otoño. En el trópico hay pocas diferencias entre una y otra estación. Son casi iguales: calor, sol y a veces brisa fresca. El jefe repasaba en su memoria las palabras del presidente: "Los altos mandos irán a la embajada a reunirse con la embajadora estadounidense para hablar del caso y quiero que usted participe representando su institución".

Santo Domingo hacía que Janes Hayly se sintiera como en su casa. Desde su arribo al país, la embajadora compenetró con el calor criollo. Le fue fácil asumir el reto de ejercer la diplomacia en un país del tercer mundo que vivía los estertores del año 2009: avances tecnológicos y la industria del turismo. Janes, de ascendencia puertorriqueña, no era ajena al extraño clima tropical, la gente y sus costumbres. Le evocaban los mejores años de su juventud, cuando por primera vez pisó tierra dominicana. Su pelo recortado y húmedo llamó la atención de los presentes: el secretario de las fuerzas armadas y su estado mayor; el jefe de la policía, los directores de los departamentos, nacional de investigaciones, migración y control de drogas, quienes ocupaban asientos en una mesa junto al cuerpo diplomático de Washington.

—Buenos días —dijo la embajadora detrás de unas gafas que desproporcionaba sus ojos en relación con su cara—. El presidente de los Estados Unidos les ofrece a través nuestro la más cordial bienvenida. Es su interés hacerles saber en este momento cuán preocupado está por el auge del narcotráfico en el mundo y en especial aquí.

El encuentro inició revestido de cortesía y amabilidad. Nadie sospechó que terminaría mal. Después de agotar una primera ronda de explicaciones y comentarios, acompañados de picaderas, copas de whisky y vinos, las cosas empezaron a cambiar y cada quien despotricó del que le quedaba al lado. Insultos salían disparados de las bocas de los militares, que no pensaron un segundo dónde se encontraban ni delante de quién. Se culpaban entre ellos y sacaban los trapos al sol. Se echaban en cara riquezas de cuestionables procedencias. Los funcionarios americanos se limitaban a observar, ninguno intervino en las discusiones hasta que escucharon a alguien vociferar:

—Elmes es un maldito espía gringo.

La situación se tornó en un barullo. Los funcionarios de la embajada discutían también. La embajadora gritaba por el micrófono para hacerse escuchar. La anarquía continuaba. Janes golpeó sus nudillos contra el atril. ¡Coño...! Llamaré a seguridad si no paran esto, pensó. De repente, el silencio regresó. "La sangre no llegó al río", dirían los presentes luego.

Pensé que terminaría peor, se dijo la embajadora. Observó cómo recuperaban su compostura. En su mente resonaba la voz que pronunció aquellas palabras: "Elmes es un...", pero era incapaz de saber quién las dijo o de qué lugar del salón salieron. También reconoció su error al invitar a aquellos militares maleducados. Sintió culpa y vergüenza.

—Lo siento —dijo Hayly—. Las cosas se salieron de control y... creo que es tiempo de terminar con...

—Su excelencia —interrumpió el director del Departamento Nacional de Investigaciones—, me conformo con saber sobre la placa diplomática que usa el vehículo de Elmes. De acuerdo con nuestras investigaciones esa placa...

Una brigada de camareros irrumpió en el salón. Recogían del piso restos de comida desperdigados. La embajadora con rostro enrojecido le hizo una señal de alto al director y después que salieron los empleados explicó.

—La placa diplomática es nuestra.

Un estremecedor murmullo llenó el lugar.

—Señores, por favor —clamó Gerinaldo.

—No lo negamos —Janes levantó la voz para hacerse escuchar por encima del cuchicheo que se negaba a desaparecer—, estaba en desuso hace tiempo. Uno de nuestros funcionarios la perdió y lo hizo constar en su informe al Departamento de Estado. Siento no poder decir más sobre el asunto, pues es información clasificada hasta el 2039.

17

Decolores y Gerinaldo, al terminar la reunión en la embajada americana, salieron juntos en el mismo vehículo para comentar sobre lo acontecido.

—Al final quedó en cero. Ni coordinaciones ni avances ni nada. El mar de intrigas batió todo. Una vez más se demuestra que los militares son como el agua y el aceite: no se ligan —comentó Gerinaldo.

Decolores se mantenía pensativo.

—Gracias a Dios —continuó Gerinaldo—, al menos nos dieron chance de saber que Elmes vivía aquí desde el 2001. Estados Unidos tenía conocimiento que, al extraditar a su compatriota, el apodado Amarillo, Elmes continuaba preso en la DNCD y, que supuestamente los atentados del 9/11 distrajeron a la DEA y se les pasó el asunto...

—La DEA, jefe —interrumpió Decolores—. Había obtenido esa información a partir de cotejar las huellas dactilares de varios detenidos en la DNCD. El resultado nunca fue enviado aquí y Elmes fue liberado.

—Ellos tienen más culpa que nosotros de que la cosa esté tan jodida. Sobre todo, de lo que el maricón de Elmes ha hecho.

—Eso no es todo —continuó Decolores—. Ojee los documentos que nos entregaron los gringos. Dicen que su nombre es José, no Elmes; que le apodan Junior Bala. Luego, el expediente tiene varias hojas tachadas con tinta negra. Creo que lo eliminado con las tachaduras es lo que se relaciona con su fuga.

—¡Muy extraño! —dijo Gerinaldo frunciendo el ceño.

—¿Usted sabe por qué? Porque no les interesa. No quieren que sepamos cómo se fugó o... quizás, eso nunca pasó. Pura patraña. No descarto que sea un espía como se dijo en la reunión: "un maldito espía gringo"; infiltrado para jodernos con sobornos y prebendas. Documentan todo y después, ¿qué cree que hacen con eso...? Lo sacan a la luz en el momento oportuno y así consiguen todo lo que les dá la gana. Nos chantajean. ¿Cómo le dicen a eso...? ¡Ah! Chantaje político.

Gerinaldo lo miró enarcando las cejas. Disfrutaba oyendo sus análisis. Reconocía que con frecuencia hacía deducciones un poco alocadas y forzadas a encajar en una realidad fantasiosa, pero eso le permitía valorar un ángulo distinto al de los demás. *Mi contrapeso racional*, decía.

—¿Estás hablándome de conspiración, Decolores?, ¿de verdad crees en esas pendejadas?

—Estoy hablando de algo que ellos están harto de hacer en todo el mundo.

—Más que en cualquier parte, en las películas, ¿verdad...?

Discutieron todo el trayecto hasta que escucharon el eco de las tripas. No fueron suficientes los bocadillos del frustrado encuentro.

—¡Hora de almorzar! —exclamó Gerinaldo, quien desde que todo empezó solo lograba aplacar la ansiedad comiendo.

Su rostro reflejaba un envejecimiento de diez años. Gerinaldo, a sus cuarenta y cinco, aparentaba más de cincuenta. Su sonrisa se había distanciado de sus labios y dos bolsas se sembraron debajo de sus ojos. El jefe pensaba: *Elmes y el bulto con los casi cinco millones de dólares; la presión por la solución del caso que llegaba de todas partes: el presidente, los gringos, la prensa...* Pero el crepitar de una radio lo sacó de sus cavilaciones.

—¿Escuchó, jefe? —preguntó Decolores con el rostro pálido.

—No, no... ¿pasó algo?

—Señor, se llevaron a Soraya.

—¡¿Qué, dónde, cómo, quién?!

—Pola —aclaró Decolores alarmado— me acaba de informar que varios tipos armados la sacaron de un salón de belleza y la montaron por la fuerza en una yipeta, desapareciendo del lugar a toda velocidad.

—¡Maldita sea, otra vaina!

18

Ramiro Gomera recibió el palo noticioso del día. Salió corriendo a la redacción. Llevaba un papel en la mano y relojeaba por el encargado de producción. Miró su reloj: medio día. El vespertino saldría en una hora. Buscó el diagramador sin desprenderse del papel, quien le confirmó que había hecho su trabajo. Pidió lo hiciera de nuevo; la noticia era demasiado importante, mientras reflexionaba: *Tiene que salir en esta edición, de lo contrario, va a ser un desperdicio y lamentaré que otro medio la publique primero, en cuyo caso, no valdrá la pena ni siquiera mencionar el asunto.*

Vio salir los primeros ejemplares; su temor era un hecho: no alcanzó a llegar a tiempo para incluir el palo noticioso que ahora reposaba doblado en su mano. En lugar de quedarse de brazos cruzados, Gomera impuso su autoridad y echó al zafacón las primeras tiradas. Dio instrucciones en alta voz y resolvió la situación. Al concluir estaba tan fatigado, que tuvo que irse a su casa a reponer fuerzas. Sus setenta años le pesaban.

El Nacional, convertido en el líder de las tardes. Superaba su única competencia: el *Última Hora.* Luchaban contra el periódico digital, que empezaba a ser la nueva tendencia para informarse. Pero Gomera, catalogado un viejo zorro del periodismo, dirigía el primero con sagacidad. De fama incorruptible, conseguía lo necesario para que la primera plana fuera sensacional. Decía Ramiro: *Que no sepa tu mano izquierda lo que hace tu derecha,* una frase del evangelio de san Mateo, que ponía en práctica.

En el cuartel, Pola bromeaba sobre la suerte de estar soltero. Había estado enredado en muchas faldas, pero siempre lograba librarse de pisar el altar o verle la cara al juez. Gerinaldo y Decolores pensaban en un destino seguro donde enviar a sus familias. Tomaban en serio la amenaza de Elmes. El capo había jurado venganza si algo le sucedía a su mujer, quien raptada por unos desconocidos e ignorándose su paradero constituían suficiente motivo para que la cumpliera.

—Miami no me gusta. —Señaló un asesor de la embajada, enviado por Janes para ayudar a los generales a proteger a sus familias—. En mi opinión sigue siendo peligroso. Los capos de la droga tienen protección en los países comunistas, y esos cubanos están allá por las ventajas que les ofrece Estados Unidos. Pero en el fondo siguen esa ideología. Son castristas infiltrados.

El caso Elmes seguía sin resultados positivos. Se habían conseguido nombres, refugios, armas, drogas, vehículos y efectivo. Pero el paradero del fugitivo, y ahora se le sumaba el de su mujer, eran inciertos. El tiempo, verdugo inexorable, continuaba su agitado paso, y la fiscalía, la DICRIM y la DNCD, avanzaban poco con tantos casos a la vez.

—¡Extraño! ¿Nadie ha solicitado recompensa? —preguntó Gerinaldo, saliéndose del tema.

—¿¡Qué tal si están juntos!? —soltó Pola.

Todos se vieron a la cara, paralizados por fracciones de segundos.

—¿Si es un secuestro, por qué no han pedido recompensa? —insistió el jefe buscando una reacción como quien necesita la palmadita en el hombro que no requiere la gastada frase "lo estás haciendo bien".

—El narcotráfico, jefe —repuso el asesor—, cuando secuestra a personas de bandas rivales no pide recompensa, señor. No es como ocurre en los secuestros que podríamos llamar "normales". El dinero no es su problema. No lo necesitan como aquellos que secuestran para ganarlo. A veces la recompensa está relacionada con control de rutas, puntos o plazas de droga. Incluso, puede ser solo mandar un mensaje, que podría ser: "aquí mando yo".

El celular de Gerinaldo timbró y atendió antes que el asesor terminara su explicación.

—Jefe —dijo Ramiro en la línea—, le mandé el ejemplar del periódico de esta tarde. Excúseme que no se lo entregue personalmente. Tuve que venir a casa para meter los pies en agua caliente. Me duelen, y hasta hinchados están. Encontrará, como buen investigador que usted es, una pista importante para resolver el caso de la muchacha que se llevaron del salón.

—¿Te refieres a Soraya?

—Me gusta hablar con gente inteligente. Por eso usted es el jefe. Espero le sirva para algo y pueda resolver eso pronto. Buena suerte, comandante —se despidió.

A Gerinaldo le hervía la sangre. No le gustaba la forma burlona en que le enrostraba su pericia investigativa. Él sabía que no era un ducho investigador. No obstante, era el jefe, y mantenerse ahí era lo único que le importaba. Mandó a buscar el envío: un sobre manila sellado con cinta adhesiva. Ansioso lo abrió y lo desveló frente a todos. En la primera plana figuraba una foto del rostro de Soraya. La imagen ocupaba un tercio de página. Una mano blanca empuñaba una pistola que apuntaba a su cabeza. El titular en letras rojas rezaba: SORAYA SECUESTRADA. Confirmaba el hecho que minutos antes debatían. Siguió intrigado la indicación del desarrollo de la noticia y encontró otras fotografías en las que se le veía arrinconada en el piso de una habitación atada de pies y manos, y amordazada. Estaba vestida de negro, con un pañuelo del mismo color envuelto en la cabeza. La crónica decía que un hombre había llevado las fotos a la recepción con indicación de que las entregaran al director y que de inmediato se marchó con rumbo desconocido.

—Hay que moverse a indagar en qué y con quién andaba el hombre que llevó las fotos —dijo Pola poniéndose de pie.

—No creo —repuso Gerinaldo echándose hacia atrás en su asiento. Preguntó sin dirigir la pregunta a alguien en particular—: ¿Ramiro me ama tanto como para darme algo que me favorezca?

Gerinaldo, sin explicar el motivo de su ausencia, salió raudo junto al asesor a visitar la sede del periódico, dejando a Pola y Decolores petrificados sin saber qué hacer para ayudar, e ignorando qué pensaba. *Si alguien va a resolver este caso tengo que ser yo; no voy a permitir que sea otro, y muchos menos este.*

19

El jefe regresó y encontró a los generales en el mismo lugar donde los había dejado. Les compartió las noticias: las cámaras del periódico estaban dañadas; no captaron la imagen del hombre que entregó las fotos; la recepcionista tenía una vaga idea del tipo y los técnicos de retrato hablado no pudieron dibujarlo. Sin embargo, la conversación con Ramiro sirvió para descubrir ciertos elementos.

—Las fotos se ven montadas —comenzó diciendo el jefe—. Si está secuestrada y le tienen las manos y los pies atados ¿por qué no se le ve asustada?, ¿por qué tiene el pelo recogido con un pañuelo?, ¿a qué secuestrador le importa el pelo de su víctima?; otra cosa importante: ¿por qué Elmes no había vuelto a llamar amenazando? Y... esa foto donde aparece una mano empuñando un arma apuntando a su cabeza...

—¿Cómo es que ahora descubren que las cámaras de video no estaban funcionando? —interrumpió Decolores.

—¡Extraño! ¿Verdad? —cuestionó el asesor enviado por Janes.

Gerinaldo no hizo caso a la cuestión y continuó reflexionando sobre la foto, al tiempo que repetía la amenaza de Elmes: "si algo le pasa a mi mujer...". Un escalofrío recorrió su cuerpo. Se tragó lo que pasó por su mente sobre las imágenes. *Así es mejor,* se dijo, temiendo de Pola. Si bien la necesidad los traía unidos, el corazón le saltaba en el pecho al mirarlo: un caballo de Troya.

ELIMINACIÓN

1

Ocho meses antes, los militares y policías compartían la mala fama de matones a sueldo. El sicariato, sumado a lo que llamaban la industria del secuestro, componían los brazos que sostenían el narcotráfico. Ramiro Gomera lo escribió como opinión en una sección de su periódico:

Los capos se imponen, eliminando a todo el que les traiciona. Desobedecer uno de sus códigos es sentencia de muerte. El secuestro es solo una advertencia. Similar al regaño del hijo desobediente. La tortura suele recapacitarlo. Después el cumplimiento está garantizado. Cuando recae sobre un pariente, que nada tenía que ver con el negocio turbio de su familiar, es un escarmiento difícil de olvidar. A los narcotraficantes no les importa que la víctima de sus tropelías sea inocente. Tampoco el tamaño de la falta. Si la "cagas" la limpia, suelen decir.

La traición es intolerable. No hay perdón para ella. Su filosofía es que, al precio que sea, hay que castigarla. Por ello, en cualquier esquina es fácil encontrar dos tipos: uno dispuesto a pagar para que maten y otro a recibir el pago. Las personas, en su necesidad de conseguir dinero, parecen convencidas de que matar puede cualquiera y aceptan el reto sin temor a las consecuencias. Muchos fallan y pasan a poblar nuestras cárceles.

El país, puente del narcotráfico hacia Estados Unidos y refugio de narcotraficantes, ahora utiliza a los sicarios para arreglar cuentas, sin autoridades capaces de evitarlo. Políticos, empresarios y personas de cualquier clase social arreglan sus diferencias con los sicarios. Una mujer despechada busca un matón para castigar a su pareja o a aquella con la que la engaña. Santo Domingo y Santiago se disputan la principalía. La vida vale poco en esas ciudades. El azaroso trabajo de quitar del medio a alguien se realiza por sumas tan risibles como cuarenta dólares americanos. Sin embargo, lo peor está por venir. Los sicarios ganaron prestigio. Combatían el crimen con el crimen mismo. Daban balazos por doquier. Arremetían contra delincuentes que, si bien se lo merecían, la forma constituía una aberración.

Esos balazos al margen de la justicia eran "muerte en acción legal por intercambio de disparos", según los fiscales. Abortaban la responsabilidad del que lo hacía, quien, la próxima vez, realizaba con mayor esmero el mismo servicio. Por matar se ascendía. Los agentes que cargaban las lapidas sobre sus hombros eran admirados por sus pares, respetados por sus superiores y sobre todo, acumulaban fortunas que luego derrochaban en vidas licenciosas. Un sistema de mercenarios que hallaba justificación en la guerra contra las drogas...

El artículo, ampliamente difundido en todos los canales de televisión, abonó el miedo. La gente se encerró dentro de sus enrejados hogares. Disparó todas las alarmas. La contratación de guardianes se hizo necesidad. El país dejó de ser seguro. Las cámaras de video también se hicieron imprescindibles, pero estas no protegían y su pretendida disuasión no era tomada en cuenta.

2

El coronel Amado Gómez, surgió de las entrañas de ese sistema, porque también hubo policías entre los sicarios. Un gatillo alegre fue su boleto para codearse con los jefes y ascender vertiginosamente. Egresó de la academia y cuando sus compañeros eran tenientes, ya él envejecía las insignias de mayor. Conservaba rostro de niño, andar acompasado y sonrisa de muchacho travieso. Su físico escuálido no causaba temor a los delincuentes. Sin embargo, su trabajo de policía era áspero. Un poco más allá de lo necesario, pero distinto al de los demás.

Creció en un hogar humilde y aprendió de su madre el don de la persuasión y a preservar sus amistades. Si te hacías su amigo era para siempre. Hacía todo lo necesario para que fuera así. De su padre aprendió a aprovechar las oportunidades, también a reconocer el tiempo de terminar algo sin que significara rendirse.

Sin saber lo que el destino le deparaba, Amado se hallaba en el patio del cuartel esperando salir a almorzar y observando resplandecer el Meridiano en La Romana. Escuchó bocinas de guaguas anunciadoras hacer alusión a un concierto de Juan Luis Guerra, en Altos de Chavón, la Ciudad de los Artistas. El escándalo interrumpía el sueño que amenazaba vencerlo cuando un hombre lo abordó por un favor. El sujeto ataviado de harapos pintaba ser una de esas personas que los policías despectivamente llamaban: "Quita tiempo". Los distraían de salvar vidas y propiedades. Amado, aunque de costumbre poco dispuesto a ayudar a los demás, le prestó atención y, por alguna extraña razón, lo ayudó con presteza.

Después del almuerzo, volvió a la sombra del árbol a recuperar el terreno perdido. Durmió la siesta sin inconvenientes. Pero pasado un tiempo, sintió que algo le importunaba.

Abrió los ojos. Encontró un sobre en su pecho. Examinó el exterior: sin remitente. Lo abrió y encontró dos boletas para el VIP del concierto de esa noche. El valor de cada una superaba doce veces su sueldo. Junto a las entradas, una nota sin firma refería: *Espero conocerlo en el concierto y agradecerle por sus servicios.* Le asaltó la duda. Tuvo que preguntar en el cuartel.

—No quería despertarlo, comando —aclaró afligido el oficial de guardía, dejándole saber que había sido él quien colocó la carta en su pecho.

Ese día, cuando llegó la noche el coronel asistió con su esposa al anfiteatro. Ella se pellizcaba para convencerse de que estaba despierta. No podía creerlo. Él miraba inquieto a todos lados procurando encontrar a quien le había hecho la invitación. Recordaba la nota: "Espero conocerlo..." cuando nadie apareció por allí.

3

Al terminar el concierto, la multitud se dispersaba. Amado se enrumbaba a la salida y una señora interrumpió su paso. Su vestido y olor la colocaban sin duda en una clase social elevada. El coronel y su mujer se sintieron apocados por la matizada figura.

—Hola, coronel. Me da gusto conocerle.

—Hola —respondió tímido Amado.

—Mi marido y yo quisiéramos que... usted venga a cenar con nosotros.

—Ok. Pero... ¿quién es usted?, y, ¿quién es su marido? —preguntó para disimular la vergüenza que le producía que la señora parecía no darse cuenta que estaba acompañado de su esposa.

—Usted no nos conoce —respondió mirando a la mujer del costado sobre su hombro—. Mi marido se llama Felipe. Es ingeniero y le encantará conocerlo. No pudo asistir al concierto y me pidió que lo convenciera de acompañarnos. Es cerca de aquí, en Casa de Campo. Y... no se preocupe por mí, yo no importo.

Luego, la desconocida que invitaba con expresa sensualidad, acercó sus rojos labios al oído para secretearle algo a Amado que su esposa no escuchó y él asintió.

—Tiene deseos, mucho... deseos de conocerle. No creo sea buena idea despreciar... ya sabe.

Amado reparó en que la había visto sentada a dos sillas de distancia. Su extraña belleza: india canela, pelo lacio y pómulos salientes, no pasaba desapercibida. Al principio, por su cara ni redonda ni cuadrada, y tomando en consideración que era fácil encontrarse en Chavón con figuras del arte, creyó que veía a Angelina Jolie, pero, ahora que la escuchaba, no tenía dudas de que solo se asemejaba.

—Ella es mi esposa Bernarda.

La mujer arqueó una de sus cejas y la miró sin decir una palabra.

—Mucho gusto —dijo Bernarda perpleja.

—Sígame, coronel. —Señaló hacía una yipeta Mercedes blanca donde aguardaban dos fortachones aceitunados.

El ingeniero Felipe y Amado compartieron la velada. La extendieron hasta que salió el sol y resultó corta. Un tema suplantaba otro. Lo mismo sucedió al día siguiente. Se repitió durante la semana y toda la noche durante el mes. En poco tiempo desarrollaron gran familiaridad y salían juntos a muchos lugares. Compartían gustos en los deportes, las ropas, los perfumes y sobre todo, las mujeres. Luego empezaron los favores: pequeños al principio, después otros más importantes.

El coronel demostraba su eficiencia en todo lo que hacía y Felipe se mostraba complacido con los resultados. De pronto desaparecieron los secretos, pero no se mostró sorprendido al enterarse que su amigo nada sabía de ingeniería; su oficio era otro, y su esposa no era la mujer india que conociera en el concierto; además, por si algo faltaba, Felipe no era su verdadero nombre. Amado se veía cruzando la línea entre el bien y mal: como policía jugaba en el equipo contrario.

Poco tiempo después, el coronel Amado encajaba a la perfección con su nuevo amigo y todo parecía ir bien hasta que un día le sorprendió la invitación a la jefatura de la policía.

—Siéntese —instruyó ceñudo Gerinaldo mirando un informe sobre el escritorio como si fuese un bicho extraño.

Amado obedeció la orden, resuelto.

—Quiere decir —expuso mientras pasaba las páginas— que usted se liga con personas de mala reputación.

—No sé a qué se refiere, señor.

—¿Necesita que sea más preciso?

—Si usted quiere.

—¿Qué es eso?, ¿olvidó la disciplina? Se debe decir: si usted quiere, señor. No olvide enfrente de quien está, coronel.

—... si usted quiere, señor corrigió desganado.

Las fosas nasales de Gerinaldo se ancharon. Su respiración era profusa y la figura de Amado le causaba repugnancia. No estaba acostumbrado a semejante desafío. Los subalternos no solo lo respetaban, también le temían.

—Jefe —dijo Amado, aprovechando el silencio que generó el disgusto—, si está seguro que me junto con gente de mala reputación hágame la prueba.

—¿Qué prueba?

—El antidoping.

—¡¿El antidoping?!

—Sí, señor.

—Eso no es necesario.

Amado levantó su delgada figura y se apartó la silla. Sacó su arma de reglamento, la manipuló. El jefe se mantuvo inmóvil con los ojos bien abiertos. Sin darse cuenta descolgó el mentón. El coronel apuntó la pistola a su cabeza, repitiendo como un poseso:

—Me hacen la prueba o me mato, me hacen la prueba o…

4

Un médico entró a la oficina del jefe. Llevaba el maletín con todo lo necesario. Luego de varios minutos de tenso dialogo, consiguió que Amado depusiera su voluntad suicida, pero permanecía con el arma empuñada. Un grupo de oficiales que irrumpieron en la oficina del jefe, observaban sin atreverse a intervenir.

—Terminamos —dijo el doctor chorreando sudor.

—¿En qué tiempo están listos los resultados? —preguntó Amado.

—Cuarenta y ocho horas.

—Ok. Bajó la manga de su camisa y salió sin despedirse.

El jefe y los agentes no hicieron más que verlo alejarse tranquilo como si nada hubiese pasado. Dos días después fue llamado nuevamente, le entregaron su cancelación y, con la mayor sumisión, entregó las pertenencias de la institución. Preguntó por la prueba y nadie le dio respuesta.

—Demasiada indisciplina. Dejarlo activo, después de lo que hizo, constituía un mal ejemplo, —escribió Gerinaldo en el documento trámite de su salida.

De vuelta a La Romana, Amado le contó a su amigo lo que le había pasado. Elmes recibió la noticia con una carcajada. Él le miró ofendido.

—En realidad —repuso Elmes aún risueño—, solo te sacaron de la nómina. Presiento seguirás allí de una forma distinta.

Amado no entendió, pero era tarde para arrepentimientos. En poco tiempo descubriría que su nuevo oficio era mejor. Le daba la oportunidad de verse a la cara con el dinero. Un bien escaso en su vida que le había privado de la felicidad que ahora disfrutaba. El dinero pasaba por sus manos: para pagar a las autoridades, a los del trabajo sucio y a partir de su salida, también el de comprar las drogas.

Nunca supo el resultado de su prueba de dopaje, pero seguro de no consumir drogas, la incógnita no le importó. Su terapia fue reservarse parte del dinero. En poco tiempo, esas pequeñas reservas se volvieron mucho. No había lugar para guardarlos sin llamar la atención. El excoronel ideó esconderlos en el baúl de su carro. Dentro de un bulto de ropa sucia. Un secreto que incluía a su esposa.

Así como no hay nada oculto bajo el sol, un día Elmes lo descubrió. Amado esperó por la reacción, pero no fue sino seis meses después, cuando encontró en uno de los vehículos del capo un bulto con dinero. Esa noche bebió hasta perder la conciencia. Al recuperarse era de mañana. Llegó a su casa y vio a Bernarda esperándolo con los brazos en jarra. Para apaciguarla no tuvo más remedio que contar el secreto a su mujer. Ella fingió sorpresa, pero hacía tiempo lo sabía.

—Mi amigo —dijo, además—, no es ingeniero, es un narcotraficante. Un *fucking* narco, ¿oiste?

5

Elmes adicionó el desayuno a sus encuentros con Amado, a quien ahora le sobraba el tiempo. La Boulangerie, una cafetería en Piantini, era el lugar predilecto para hacerlo. Se sentían en familia: su propietario era el suegro del excoronel. Rafael Soto sentía un cariño especial por los dos, que no solo disfrutaban de la suculenta comida, también mataban el tiempo hablando sobre sus cosas. El día anterior había corrido la sangre y un periódico abierto frente a ellos lo mostraba. "Varios muertos en un cañaveral", decía el titular.

—¿Dónde es Paya? —preguntó Elmes señalando la foto.

—En el sur —respondió Amado con la boca llena de comida—: ¿Recuerdas dónde a veces nos paramos a comprar dulces?, ¡¿el de coco tierno que tanto te gusta?!

—¿Paya? ¡La zona del Moreno!

Amado se persignó. Le habían contado sobre el Moreno y su fatal destino. Ganó fama como uno de los narcos más duros, hizo del sur su feudo personal y desde la frontera movilizaba los cargamentos a cualquier punto del país, franqueados en ambulancias con sirena y centella encendida. Los vehículos le abrían paso y las autoridades se prestaban al juego. Nadie dijo por qué, pero todos lo imaginaban.

—Te refieres a Rolando..., bueno... sí, exacto.

—Ese lugar... parece que está par *diache*. Últimamente de ahí sale todo lo malo. Hace falta un pana que se haga cargo. Alguien que coja la cabeza del party. Desde que Florián y Quirino cayeron presos: uno allá y el otro aquí, los colombianos han querido hacerse cargo, pero ellos son buenos haciéndola y todo, sin embargo, no saben venderla. Son unos fregaos —explicó Elmes sin poner atención al comentario.

Se puso la mano en el mentón y clavó la vista al vacío.

—Les falta... ¿Cómo decirlo? ¿Autoridad? Ahí se necesita mano dura. Alguien con braguetas. Un militar o algo así, que siempre ande *emperifoyao*, ¿sí que sabes?

Amado captó la indirecta. Miró a Elmes por el rabillo del ojo y permaneció mudo.

—¿Por qué no te encargas de eso? Eres bueno mandando, fuiste militar y veo cómo los guardias te respetan.

—Policía —corrigió.

—Eso mismo.

—No, no es lo mismo; de todos modos, gracias por tenerme en cuenta, pero... Tengo otros planes.

—¡Planes! ¿Cuáles planes?

Percibió interés en los ojos de Elmes. Partiendo de lo bien que le conocía supo que su idea calaría. Elmes insistió en la explicación y el excoronel calló. Se tomó el tiempo necesario para aumentar la ansiedad del capo.

—Anda, suelta la jodida sopa, ¿o vas a esperar que te ruegue, maldito pato?

—Por la situación —dijo—, debemos resguardarnos.

—¿A qué te refieres?, ¿escondernos o algo así?

—No exactamente —aclaró—. Me refiero a tener nuestro equipo de... sicarios.

Elmes torció la boca.

—Gente que... nos responda. Incondicionales nuestros. Pagados mensualmente no harán trabajos a nadie más. Como si fueran... ¿qué sé yo?, empleados de una fábrica. Pero gente experta, nada de chivitos jarto e′ jobo, sino tipos de verdad —se explayó Amado.

Observó a Elmes mover la cabeza de un lado a otro y se convenció de que había dicho el disparate del siglo. Puso a flor de labios la expresión: "bromeaba" y, antes de pronunciarla le escuchó decir:

—No es mala idea, ¿pero no es lo mismo que hace Lantigua?

6

Omar Lantigua, lugarteniente de Elmes, se encargaba de las muertes y secuestros. Tenía gente capaz de resolver esas cosas cada vez que era necesario. Pero ese recurso era tan frecuente como cepillarse los dientes. Tipos que hacían lo que sea, aunque eso significara cambiar el sentido de la gravedad. Elmes confiaba en su lugarteniente y este en sus hombres.

—Conozco quienes podrían hacer mejor trabajo que la *gente* de Lantigua.

—Hasta ahora Lantigua lo hace bien (...) ¿Te has enterado de algo, Amado? —preguntó Elmes que odiaba dejar las cosas a media y en ese instante sentía que lo hacía.

—Sí, quiero decir no. Pero... yo me refiero a gente que va a ser nuestra. Que solo nos sirvan a nosotros y a nadie más. Nuestros propios "obreros".

—Bueno, no entiendo la diferencia.

—La diferencia es que nadie más los usará. Usted sabe que la gente de Lantigua... le hace trabajo a todo el que le paga y un día soltarán la lengua con los enemigos o la policía y caeremos en *una vuelta.*

Elmes, como exsicario, le valía nada la exclusividad. Nunca pasó por su mente soltar la lengua, y en su tiempo, el que lo hacía clavaba un cuchillo en su pecho. *Algo no encaja,* pensó Elmes. Lo único claro que sabía era que, si hacía lo que le pedía, provocaría celos en Lantigua.

Poco tiempo después de aquel desayuno, la tortilla se viró. Eventos inesperados molestaron a Elmes y lo empujaron a encontrarle sentido a la expresión: "Un día soltarán la lengua con... y caeremos en una vuelta". El capo dio luz verde al plan de sustitución. La Maquinaria, como se hizo llamar el nuevo grupo de matarifes, estaba integrada por dos expolicías, un corredor de autos de carreras, un convicto, cuatro militares activos, dos coroneles de la policía y media docena de mujeres de la vida alegre; varias chicas de familias acomodadas (hijas de papi y mami) y un par de destacadas modelos de programas televisivos.

Un grupo numeroso que se manejaba en la sombra. Poco tiempo después de su conformación empezaron los reportes de víctimas. La alarma llegó a los periódicos: ¿quiénes son estos desalmados que actúan con tanta libertad? Para algunos eran extranjeros y para otros dominicanos deportados desde New York, quienes después de cometer los crímenes regresaban en yola por Puerto Rico. Los investigadores no daban abasto. Un caso tumbaba a otro. Los calificaban como *ajustes de cuenta.* De modo que, por un lado, calmaban la sed de justicia en una sociedad nerviosa, que buscaba explicación, y por el otro, de unos parientes que para evitar ser señalados como narcos, se desentendían de reclamar esclarecimiento del crimen que lo victimizaba.

Las cosas salían bien para Elmes, quien junto al excoronel Amado y su Maquinaria festejaban. Lantigua participaba de la celebración, pero en su mente retenía: "Me reemplazó por un maldito mono".

7

El restaurante D'Sophy se convirtió en uno de los más concurridos. No exhibía muros destacados, ni cuadros extraordinarios; tampoco contaba con decoración atractiva. Estaba dotado de estrechos espacios entre mesas, blancas paredes y mobiliario típico de ambientes clásicos. Nada en D'Sophy impresionaba, salvo la buena comida, las atenciones y sus visitantes. Los funcionarios del gobierno asistían tan frecuentes que, parecía pensarse que sus oficinas estaban allí.

Su propietario, el secreto de su éxito. Provenía de una familia acomodada y conocida en la alta sociedad. De temperamento afable, cuerpo atlético y rostro angelical. "Sembraba amigos a cada paso y su perfil prometía un futuro candidato presidencial", comentaban sus amigos. Él no se dejaba impresionar por ello. Con humildad se mantenía trabajando. "Es un pasatiempo para distraer mi mente", decía. Quienes lo conocían no lo dudaban. "Sus cuentas están llenas de ceros y lo que gana en el restaurante significaba poca cosa", solía aclarar a sus íntimos que se interesaban por saber sobre el beneficio de operar ese negocio.

Solo dos personas sabían, pero para ser el dueño de ese lugar el dinero no era el único requisito; se necesitaba más que un rostro de eterna juventud sobre su metro setenta, y unos brazos fornidos; más que un pelo largo, sedoso y negro. El dueño de D'Sophy se arriesgaba a perder los escrotos en cualquier momento.

Allí funcionaba un centro de inteligencia criminal. La mayor parte de sus visitantes comían y bebían cortesía de la casa. Algunos se alzaban con el premio del día: una *megadiva,* una hermosa y joven mujer instruida para satisfacer fantasías de todo tipo y en especial sexuales.

Al abrir el restaurante, Simón pagó una deuda. Se metió en problemas al acercarse a un narcotraficante del sur, hijo de un senador que le prometió hacerlo más rico de lo que era y darle protección frente a cualquiera, incluidas las autoridades. El hijo del político rivalizaba con Elmes y junto a unos colombianos traficaban drogas por las costas de Baní, Azua y Barahona. Las acopiaban en una casa denominada la oficina, aprovechando el vacío que dejó la desaparición del Moreno y rápidamente empezaron a adueñarse de la zona. Pero en un punto sus planes chocaron con los del capo y comenzaron los problemas.

8

Al principio, las operaciones de la oficina eran solo para abastecer el mercado local y Elmes no se interesaba por ello, tampoco por la cacareada bonanza de los sureños. Los negocios del capo estaban orientados a Estados Unidos y sus lanchas salían de la Marina en Casa de Campo y cruzaban sin problemas el Canal de la Mona para atracar en las costas boricuas cargadas de material y regresar por la misma ruta con efectivo. El mercado de Europa también era suyo; accedía en la barriga de aviones: vuelos chárteres por el aeropuerto Cacata de La Romana que aterrizaban en España y Holanda. Luego por tierra abarcaban los demás países del viejo continente.

Los narcos del sur habían empezado negocios en Estados Unidos y Europa y, eso, descompuso la tranquilidad de Elmes que estaba convencido de que le robaban su mercado. La mercancía pasaba frente a sus narices rumbo al aeropuerto de Punta Cana, en Bávaro. La Oficina logró contactos allí y a través de valijas diplomáticas en vuelos comerciales enviaban a Francia, España, Alemania e Inglaterra. Y mulas que iban a Estados Unidos con el ano y la vagina repletos.

El reinado en el narcotráfico que hasta ahora había tenido Elmes, se derrumbaba estilo efecto dominó, si no hacía algo para detenerlos. Junto a Lantigua pensó en un plan.

—Esto lo veo como un desafío —dijo.

—Para mí lo es, *compa.*

—¿Qué tal si lo aplastamos como a esa...? —preguntó mirando a Lantigua que se entretenía tratando de atrapar una mosca que se metió en un vaso de cerveza que tomaba.

—Estoy de acuerdo. Amado puede encargarse de ello... con la gente que le propuso —dijo Lantigua con desdén.

—Por favor. Ya olvide eso. —Se adelantó convencido que su compadre aún seguía dolido por lo de la Maquinaria.

Ambos quedaron en silencio mirándose a la cara. Elmes consideraba la posibilidad de tumbar los cargamentos en su camino al aeropuerto. Pero se detenía pensando que sería obvio y sabrían su responsabilidad. Luego pensó en infiltrar al grupo de los sureños, convencer a una de sus cabezas para que sea su informante. Algo sencillo, como hombre básico y poco letrado. Persuadir a alguien preguntándole: ¿de mi lado o en contra? Si respondía lo primero no tendría problemas, pero si elegía lo segundo, sus días estaban contados.

Lantigua, por su parte, seguía entretenido con la mosca escuchando la voz de su "compadre" como un eco. Sin embargo, su mente no se mantenía en blanco, se gozaba la preocupación y sabía que era la oportunidad de retomar su antigua posición. Pensaba que Elmes le pediría que buscara una solución al problema y que una responsabilidad de esa naturaleza no se la confiaría a un polizón, como a veces le llamaba.

Después de discusiones y ruegos llegaron a un acuerdo. Seleccionaron una víctima: alguien que valía mucho para cualquiera y más para los suyos. Su familia no le perdonaría que rechazara la oferta de salvación que ahora llegaba a sus manos.

—Primero Dios y después sus santos, pero vivo —dijo la esposa de Simón y continuó—: No olvides que acabas de convertirte en papá. Las gemelas y yo te necesitamos. Imaginas una vida de sobresaltos, corriendo por el mundo con ese tipo respirándote en la nuca. Definitivamente no sé lo que piensas hacer, pero de mi parte quiero dejarte claro: no es la vida que soñé contigo y las niñas no se lo merecen, ¿oíste?

Simón quedó conmovido por aquellas palabras. Su corazón no era de un material capaz de soportar algo así y ellos lo suponían. Estaba dispuesto a perder lo invertido en la oficina, con tal de salvarse y salvar a los suyos. No quería privarse de ver a sus gemelas hacerse mujeres sin él.

9

La inauguración del restaurante fue por todo lo alto. Asistieron Estanislao y sus compañeros sureños. También Elmes y los suyos. Después serían incontables las ocasiones en que se encontrarían. A veces poco faltó para comenzar balaceras. Oportunas intervenciones sofocaron los conatos, mientras Simón se mantenía flotando en dos aguas.

Un día en el restaurante, fingiendo saludar y abriéndose paso entre dos mujeres que le escoltaban, Simón se le acercó a Elmes.

—Hoy llega —le susurró.

—¡Ah sí! ¿A qué hora? —preguntó Elmes.

—No lo sé.

El capo ocupó la mesa de siempre: pegada a la pared del fondo. De las dos mujeres, Simón reconoció a la rubia de ojos azules. Trabajaba en la televisión y era esposa de un jefe militar. No obstante, se besuqueaba con el capo. Elmes le hizo seña a Simón para que volviera.

—Esta es la tercera vez que me dices lo mismo.

—No es mi culpa —respondió tosiendo por los cigarros de las mujeres que, fumando tabaco, echaban el humo en la cara de Simón.

—Recuerda que la tercera es la vencida.

—La culpa es del mar. El mal tiempo. Conoces mejor que yo de eso...

Elmes levantó una mano pensando que Simón intentaba recordarle aquellos tiempos en que fue capitán de botes y que ya constituían agua pasada. Simón paró en seco, consciente de que no había sido una buena idea.

—Perdone, ingeniero —dijo y se retiró.

Disfrutaba que le llamaran ingeniero. De niño soñaba serlo y, aunque la vida había desviado su camino por otros rumbos, no descartaba cuando se retirara; inscribirse en la universidad para estudiar esa carrera. Pero dejaba de lado que de la mafia nadie se retiraba y el mundo del narcotráfico eras la mafia. Si se quería lo mismo en otra dimensión. Los narcos con frecuencia lo olvidaban, pero la vida se lo recordaba.

10

Las horas avanzaban y D'Sophy seguía concurrido. Elmes se levantó. Tenía que organizar las cosas. Un diputado se acercó a la mesa esforzándose por mantenerse en pie. El capo imaginó lo que buscaba y le alcanzó un sobre que sacó de una mariconera. El congresista intentó guardarlo, pero se le cayó al piso y dejó al descubierto un par de fajos. No faltaron los mirones, pero al alimón simularon no ver nada; entre mesas continuaron conversando. El diputado recogió los dólares y los metió en los bolsillos de una chaqueta decorada con lamparones rojos.

Un camarero tomó por el brazo al legislador y juntos se encaminaron a la salida haciendo eses. Elmes aprovechó el reperpero de risas para marcharse. Las dos mujeres salieron después. La noche se mostraba más oscura y templada que de costumbre: ni nubes, ni estrellas. El capo manejaba calculando en el tiempo. *Si llega hoy, mejor estar preparado,* se dijo. Su vehículo avanzaba despacio y, desde la avenida, el mar Caribe se apreciaba calmado, semejando una autopista plana como aquella por la que transitaba.

La luz roja de un semáforo lo detuvo. Aprovechó para enviar un *bbm* a Lantigua: – "el amigo dijo que llega hoy, ¿preparamos?". Segundos más tarde su celular sonó: – "¡¿seguro jf?!, ¿no será lo de siempre?". Elmes tardó en contestar. En dos ocasiones anteriores no había pasado nada, excepto que se corría la voz, se hacía bulla y las autoridades se enteraban. De todas formas harían poco para evitarlo. Al capo solo le interesaba mandar un mensaje de escarmiento a los traviesos. – "¿Qué te parece, la mitad?", textió. – "Ok", leyó después.

En la mañana, un rayo de sol se clavaba en el centro del televisor cuando Elmes abrió los ojos. Miró su Patek sobre la mesita de noche. Faltaba un cuarto para las diez. Besó a Soraya en el cuello. Estaba despierta y permanecía acostada dándole la espalda. Imaginó lo que quería. La noche anterior ni siquiera la tocó. Al llegar encendió un porro y se abandonó al sueño. Esa mañana se reivindicaría. Encendió el televisor: la música ayudaba su concentración. Podía hacer bien ambas cosas, pero no tuvo tiempo de buscar algo de su agrado. Sacaron sus ropas y tiraron las almohadas al piso. El terreno ya estaba listo cuando escuchó:

… repetimos: hasta el momento son once los cadáveres encontrados en un cañaveral de Paya, Baní. Los cuerpos aún no han sido levantados por las autoridades. Se desconoce el móvil del crimen, pero se presume se trató de un ajuste de cuenta por narcotráfico…

Elmes empujó a Soraya que había empezado el sexo oral. De un respingo se paró y cogió su BlackBerry. Activó una de sus teclas: el aparato destelló. Tenía varias conversaciones sin leer. Buscó las de Omar y se enteró.

11

La investigación iniciada determinó que los occisos eran colombianos; que algunos residían en Baní, una ciudad del sur, a 60 kilómetros de la capital y habitantes en su mayoría españoles con historia.

—El cartel de Cali conocía esa residencia como la oficina dominicana —explicó director de DNCD—. Nadie reclama aún los cuerpos que permanecen en la morgue. Si no lo hacen pronto, los enterrarán en una fosa común por ahí. Una luz al final del túnel: uno quedó vivo. Un buen samaritano lo trasladó a una clínica. Lo intervinieron de un balazo en el abdomen.

—¿Cómo se llegó a estas conclusiones, Delegado? —preguntó el jefe.

—Interpol Colombia —respondió Pérez en su lugar, director de la DICRIM y agregó—: ellos nos pasaron la información.

Tras el hecho, el presidente Fernando nombró una comisión investigadora: los generales Delegado Gálvez y Ernesto Pérez, de sus respectivas direcciones, y el coronel comandante del departamento de homicidios la conformaban. Rendían su primer informe. Explicaron que, custodiado, trasladaron al sobreviviente hasta el hospital de la policía. Por seguridad quedaría allí hasta recuperarse y estar en condiciones de poder ofrecer su versión. Habían intentado hablarle, pero apenas articuló algunas palabras ininteligibles. Los atribuían a su estado de salud, pero tenían dudas.

—¿Creen que sea colombiano? —preguntó Delegado sin que alguien se aventurara a responderle.

—¿Cuál fue el resultado de las huellas que se envió a Colombia? —quiso saber Gerinaldo.

—Fue el único que no consiguieron identificar, señor —respondió el coronel de Homicidios.

—Casi todo lo que me han dicho ya lo sabía. ¿Algo nuevo del caso? —preguntó Gerinaldo mirando en dirección a su amigo.

Pérez bajó la cabeza y respondió con el silencio.

12

La comisión investigadora terminó una taza de café y se fue a continuar su trabajo. Concretaban planes en el despacho de Delegado Gálvez. Se había desenvuelto con éxito en diferentes funciones en la DNCD y ganado el respeto de sus colegas desde que era un oficial de baja gradación. En el antedespacho sus pasos fueron interrumpidos por el excoronel Amado.

Susurró algo al general que no pudo escuchar su amigo, el coronel Familia, que le acompañaba. Delegado lució impresionado y, como si se tratase de un muñeco, se dejó arrastrar por el codo hasta una oficina cercana. Hablaron a solas mientras los oficiales de la comisión se impacientaban aguardando su regreso. Algunos aprovecharon el tiempo para mofarse del aspecto descuidado que lucía el excoronel.

—Vestía impecable cuando era parte de la institución —dijo Pérez.

—Es cierto, le apodaban "el bonitillo". Ahora, a solo meses de haber salido, no parece el mismo. Le cayó carcoma —aseveró el coronel de Homicidios.

Todos rieron con estridencia, menos Familia, quien no movió un musculo de sus labios.

—Dime —dijo Delegado con visible ansiedad al llegar al lugar.

—Supe lo que pasó en Paya y tengo información de todo —dijo.

—¿A qué te refieres?

—Información cien por ciento segura.

—Anda, dime, que no tengo todo el día para esto.

—Lo ayudaré a resolver el caso de una vez, pero debe prometerme algo antes.

Delegado estaba interesado, pero empezaba a incomodarse.

—Anda, dime la información y luego te prometo lo que esté a mi alcance.

—Claro que está a su alcance, comando. Lo que quiero que me prometa es que no le dirá a nadie que yo le dije, porque si ellos le llegan a esto, me prenden. ¿Mi vida? Ay mamá... vale menos que una guayaba podría.

—Ok, ok. Te lo prometo. No le diré a nadie.

—¿Palabra de honor?

—Sííí.

—Básicamente lo hago porque usted es mi papá. Le agradezco mucho, por el trato que siempre me dispensó cuando estuve activo, y porque aprendí mucho de usted, mientras trabajábamos juntos.

Lo único que no entraba en discusión, de toda la palabrería que Amado le lanzó a Delegado Gálvez, era que trabajaron juntos. Pero de eso hacía tiempo; tanto, que ni lo recordaba.

Le llegaban reflejos del pasado y visualizaba al joven cadete de cuarto año, junto a otros de su promoción realizando su pasantía batiéndose a trompadas con los *tecatos* en el barrio de San Carlos. Reflexionaba que, si se trataba del mismo, debían seguir siendo arrojado y valiente, pero reconocía también que la vida lo había virado como una media. *Así es todo,* se dijo. *A veces nos coloca de un lado, y de buenas a primera despertamos en el otro.*

13

Después de la matanza de Paya, Elmes y su gente estuvieron quietos. No por ello dejaban la cancha al adversario. D'Sophy mantuvo su ritmo. Nadie sospechaba que, en ese lugar, se habían planificados esos abominables crímenes. El capo simplemente ganaba tiempo estudiando la mejor salida a la situación, antes que mojadas las plumas no pudiera alzar vuelo. El desayuno de Elmes con Amado en La Bolangerie, en el que parecía ignorarlo todo, fue su última salida. Ahora estaba alojado en un zulo. Allí se reunía oculto con Amado y Lantigua. En ocasiones, recibía a algunos policías vestidos de paisano, que participaban del lleva y trae, buscando agradecimiento y un par de pesos.

Algunos militares le dejaban saber orgullosos que fueron parte del operativo de Paya. Elmes los veía con rabia, pero disimulaba. En el refugio llegaron a juntarse investigadores e involucrados, sin que uno ni otro lo supiera. Informaban del avance de la investigación, sobre quiénes recaían las sospechas y de quién debía cuidarse. A veces el capo bromeaba: "El que acaba de salir anda buscándote".

—Tranquilo —decía riendo y añadía—: el muy animal no te conoce.

Un día, malhumorado, reprimió a Lantigua. Hasta entonces su lugarteniente y compadre se pavoneaba como el salvador de la organización por haber acabado con la Oficina y el intento de los sureños de adueñarse del negocio.

—Creo que te pasaste —dijo Elmes mirando a su compadre a la cara.

—¿A qué te refieres?

—Se te fue la mano. No había necesidad de matar a tanta gente. Lo peor, esos no eran nuestros enemigos. Si hubiesen sido Estanislao y su grupo no fuera na´. Pero... esos muertos tienen dueño, ¿sabes? Lo tienen.

—No tuvieron opción. De lo contrario, los muertos hubieran sido ellos, *compa*. Es tan difícil de...

—No me digas, ¿quién te dijo eso? —interrumpió airado.

—Ellos estaban armados hasta los dientes. Fue una balacera de parte y parte, le querían reventar a plomo.

—No fue así.

—¿Acaso vas a creerle a la policía que fueron ejecutados? ¿No fue así? Esos cabrones... siempre mienten para arreglar las cosas a su favor.

—¡¿A su favor?!

—Sí, a su favor.

Elmes destrozó una pelota de goma con la que ejercitaba su mano, mientras pensaba que esas muertes le habían metido en una madriguera... como una vulgar rata. Que tenía que salir de allí lo antes posible porque no era la policía gran problema, pues le daba igual que ellos descubrieran su paradero. Mas le preocupaba iniciar una estupida guerra, que solo dañaría el negocio. Sobre todo, que sus socios venezolanos se lo habían advertido: "No deseamos pasar por la experiencia de Colombia y México. *Mierda, mierda, el tumbe... eso era lo que yo quería. Ahora esas muertes traerán más muertes y tarde o temprano las represalias, se recriminaba.*

Elmes detuvo la reflexión y preguntó:

—¿Qué cantidad de drogas se consiguió?

—¿Mil doscientos cincuenta paquetes?

—¡¿Qué?! ¿Quién los contó?

—Yo los conté.

—Entonces, alguien se quedó con los cincuenta faltantes.

—¡¿Faltantes?! Solo llegó esa cantidad.

—Nadie *brega* así. Tú traes doscientos, quinientos, mil doscientos mil quinientos o dos mil —aclaró con conocimiento—. Siempre números redondos.

Elmes se quedó en silencio por un instante.

—Alguien debe tener el resto *clavao*. Quiero saber quién fue el *maricón* que lo hizo. A mí no me van a ver la cara de pendejo. ¿Oíste?

A la mente de capo llegaban pasajes del tiempo en que fue capitán y, a menudo, recibía o entregaba cargamentos. Sabía que la droga es marca registrada de sus dueños y, cuando se pierde, la buscan por todas partes. Si consiguen, aunque sea un kilo, halan del hilo hasta llegar al cilindro y en la punta del carrete se encontraba él.

—Hay que investigar y conseguir esa droga dondequiera. Y... luego partirle el culo a quien sea que la tenga —dijo.

—Ok, claro. Hay que investigar —repitió Lantigua, confuso.

14

La matanza de Paya fue titular de todos los periódicos y seguía siendo noticia día tras día. Detrás de las primicias, disputaba una alocada. Los operativos, las detenciones y las conjeturas eran comidas que saciaban el apetito de las redacciones. En una rueda de prensa convocada por la policía, bautizada "Caña Brava", el vocero policial explicó: "Casi todos los que habían encargado drogas fueron detenidos, y serán traducidos a la acción de la justicia. Una parte de los muertos había venido al país por el mar, a bordo de una lancha rápida de dos motores fuera de borda. Los occisos iban a entregar dos mil kilos de cocaína a sus compatriotas en una residencia de Baní, donde los receptores vivían y regenteaban una oficina de acopio y distribución. Al llegar la mercancía, los narcotraficantes sureños se apropiaron del cargamento, que ellos mismos habían encargado. Para borrar evidencias mataron a las víctimas y hundieron la lancha. Pero afortunadamente uno quedó vivo y está colaborando con las autoridades. A los prófugos, les exhortamos por este medio buscar la vía que consideren conveniente para entregarse y así evitar derramamiento de sangre".

—¡Una pregunta, general! —gritó una periodista.

El general, con parsimonia ensayada, le concedió el turno.

—¿Recuperaron la droga?, ¿se sabe de qué organización colombiana eran los muertos?

—Perdone, repita la pregunta —dijo el vocero.

—¿Qué si la policía ocupó la droga que trajeron los colombianos, y de cuál organización eran?

—No. Como les dije antes, la droga se la llevaron los del sur. Pero tengan la seguridad de que tan pronto se entreguen, daremos más detalles. ¡Ah! Lo olvidaba, pertenecían al cartel de Cali.

Un torbellino de murmullos y comentarios por lo bajo inundó el salón. Cada espacio de los 35 metros cuadrados del lugar se apreciaba ocupado por un corresponsal y el calor agobiaba. Otro periodista levantó la mano por encima de muchas que se agitaban por un turno. El general Nelson premió el esfuerzo, señalándolo por entre todos.

—Gracias, general —dijo—. Se comenta en las calles que los muertos fueron ametrallados con armas de alto calibre, de las que suelen usar las tropas especiales. ¿Qué tiene la policía que decir?, ¿participaron militares o policías con los sureños?

—Es probable. Lo único seguro, repito, es que los muertos pertenecían al cartel colombino que les dije, el cual, no obstante, debilitado por el apresamiento y expatriación de sus cabezas, continúa siendo peligroso. En cuanto a las armas, es bueno que sepan que los narcos tienen todo tipo de armas. Si su pregunta persigue sugerir que fueron militares los que cometieron los hechos, hace falta profundizar las pesquisas para saberlo. Pero si usted tiene algún dato, suminístrelo a Delegado. Está al frente de la comisión. Él se lo agradecerá. Además, en caso de que haya militares o policías, estoy seguro de que no pasará de un raso o un cabo. Les aconsejo que no especulen insinuando que militares de alto rango están involucrados. No se adelante y esperen las investigaciones que están en proceso.

Un murmulló de voces interrumpió.

—¿Cómo se llama el jefe de los sureños, general? —preguntó otro periodista sin esperar que le concedieran el turno.

—Estanislao Vásquez.

Los empujones entre periodistas y policías que resguardaban el orden hacían imposible continuar con la rueda de prensa, dentro de un salón cada vez más caliente; el vocero contestaba la desordenada andanada de preguntas. No se avizoraba fin y, luego, como pudo, caminó a la salida. En eso, alguien preguntó lo que a Nelson le interesó responder. Se detuvo justo debajo del umbral.

—La policía —dijo— se enteró por una fuente que se acercó al general Delegado Gálvez y le reveló lo acontecido. Si quieren saber más sobre esto vayan y pregúntenle a él.

—¿General, cómo se llama la fuente?

Nelson, además de general, era un veterano periodista y un buen abogado; hacía de catedrático universitario en su tiempo libre. Por su pausado andar, como si contara sus pasos, le apodaban "la calma hecha persona". Dibujó una mueca maliciosa en sus labios imitando una sonrisa y atinó a contestar con los ojos casi ocultos entre sus parpados caídos:

—"Las fuentes no se revelan".

15

Elmes celebraba con champaña rodeado de su gente. Desde un cómodo sillón vio por televisión "Caña Brava", la rueda de prensa que realizaba la policía. *Todo va bien,* se dijo y se sintió victorioso. ¿Sería pírrica? Para qué pensar en eso. Por el momento estaba seguro y confiado. Era lo único que importaba. Delegado recibió su recompensa. Lo merecía por haber terminado de sacar del juego lo poco que quedaba de los sureños y, lo mejor, les había bendecido la droga robada.

—Gracias, dígale al amigo que una chaqueta como esta nunca sobra en el perchero —dijo Delegado al recibir su premio.

Amado había utilizado la vieja práctica del libro con las papeletas dentro. Era especialidad de abogados y jueces corruptos. "Una obra siempre hace falta en el librero". La chaqueta llevaba un forro extra: dinero.

Gerinaldo se mantenía escéptico. Pasaba noches en vela pensando en lo absurdo de la investigación que hizo la comisión, cuestionándose si Delegado era bruto o se hacía. Y, además, que no había un gramo de droga recuperado, ni una pistola, aunque fuese de mito, y ni medio testigo que corroborara aquello. En ese ambiente era muy difícil poder sostener esa fantasía. En definitiva, consideraba que todo no era más que una teoría. ¿Cómo creer que quien encarga la droga cambia de idea y la tumba?, ¿sabiendo que le conocen? Pero peor aún, ejecuta a los vendedores. ¿Dónde estaba lo que probaba ese desbarro?, se preguntaba sin encontrar respuesta.

Si Gerinaldo estaba en lo cierto, resultaría pan comido para los dueños de la mercancía saber qué pasó. Saben quiénes son sus clientes y, en consecuencia, saben también quienes mataron su gente. En el mundo del narcotráfico, las bandas solían responsabilizar a alguien por lo que pueda pasar con su producto. Antes era distinto, la droga la comercializaba un desconocido, quien tiempo después, cuando cobraba el dinero, pagaba a los dueños. Los tumbes aparecieron y el sistema cambió por las muertes, las drogas o el dinero. La cuestión es que las circunstancias hicieron que, en lugar de pagar con efectivo, se pagara con la droga misma y el jefe lo tenía sabido. Lo que ignoraba era que las cosas habían vuelto a cambiar; ahora funcionaba como las compañías telefónicas: prepago. Gerinaldo no aceptaba que fuera tan fácil. *Imposible*, se decía. Mientras más analizaba el asunto, menos entendía. Sospechaba que Delegado, a quien no veía con buenos ojos por ser hombre de su archienemigo, Berigüete, escondía gato entre macuto. Mezclaba verdades con mentiras, que se le hacía cuesta arriba separar.

16

El jefe contaba los días aguardando la llegada del intérprete. Necesitaba entender al sobreviviente, quien, pese a continuar interno, iba en franca mejoría. El cabello de Gerinaldo, otrora lacio y sedoso, lucía descuidado, largo y canoso. Las blancas patillas se tejían con los pelos que sobresalían de sus orejas. Desde que supo la dificultad de comunicarse con el herido procuró un traductor. Le costó mucho trabajo, pues debía traducir al español el extraño lenguaje que salía de la boca de aquel hombre. No era por tanto un traductor cualquiera el que necesitaba, ni uno fácil de conseguir. Fue necesario apelar a sus buenas relaciones con Interpol, quienes encontraron a alguien con capacidad de entenderse con el herido Onín, único capaz de aclarar lo que pasó aquella noche en el cañaveral. Gerinaldo se alegró al recibir el aviso y decidió participar en persona de las entrevistas que le realizarían.

Gerinaldo, sentado al centro de una mesa como un miembro más de la comisión, observo al traductor intentar en varias lenguas infructuosamente, luego escuchó al herido responder y gesticular en señal de entendimiento. Entonces, el traductor, dirigiéndose a los agentes, aclaró:

—Mangue.

—¿Mangué? —preguntó Gerinaldo.

—No, mangue —repuso el traductor—. Es un dilecto de una tribu nicaragüense llamado lengua arauca.

Los integrantes de la comisión se miraron conscientes de que, desde allí había zarpado la lancha.

—Pregúntele si reconoce a estas personas —le indicó Delegado al traductor, al tiempo que le mostraba varias fotografías.

Las observó por un momento, ladeando la cabeza al pasar cada una, y respondió: —Negativo.

Todas eran de los sureños. Luego, Pérez quiso saber sobre su viaje y Onín afirmó que venía por primera vez. Continuó decidiendo:

—Mis compañeros y yo vinimos a traer mil trescientos kilos de cocaína por encargo del cartel de Cali.

Tras presentarles las fotos de los cadáveres, dijo que algunos eran sus compañeros de viaje y los otros, quienes recibirían la mercancía.

El jefe lo supuso desde el principio. *Las piezas no encajan*, se decía. Lo que más lo disgustó fue escuchar el relato completo de los hechos. Todo quedaba lejos de lo que había declarado la policía en su rueda de prensa. Sentía que la supuesta fuente y Delegado le tomaban el pelo y le veían la cara.

—Un grupo de militares entró a la casa, minutos después que llegamos. Nos apuntaron con sus armas e hicieron que entregáramos las nuestras bajo amenaza de matarnos. Nos montaron en sus vehículos y más tarde desmontamos en el lugar donde nos dispararon. Fuimos obligados a tener la cabeza hacia abajo, en un todoterreno con olor a nuevo y de color oscuro. Los militares cargaron con la mercancía y se llevaron el dinero que estaba dentro de dos bultos impermeables, nos llevaríamos en las lanchas; a pesar de que vinimos bien armados y advertidos de que aquí era peligroso, nunca imaginamos que sería tanto —dijo Onín a través del traductor.

—Pregúntele cómo sabe que eran militares y qué pasó con las armas que trajeron —sugirió el jefe.

—Estaban uniformados de marinos —respondió el traductor después de escuchar a Onín—; las armas también se las llevaron.

—¡¿De marinos?! —repitió el jefe rondando con la vista a sus colegas.

Delegado no pudo sostenerle la mirada. Gerinaldo solicitó que le preguntara: ¿cómo sabía que eran marinos? El intérprete advirtió que los ánimos se habían caldeados. El director de la DNCD permanecía con la mirada perdida, como ajeno a lo que pasaba; el comandante de Homicidios lucía absorto, trataba de asimilar aquello, tomaba notas y tachaba algunos escritos. El tercer miembro de la comisión, el general Pérez, al notar que todo se torcía se levantó de su asiento y pidió excusa: compromisos familiares, explicó.

—Dice —apuntó el traductor—: Conozco las insignias de la marina, son diferentes a las del resto de las instituciones castrenses, pero iguales a las de la marina de todos los países. De eso no tengo dudas. Al llegar los militares, temí caer preso, convencido que realmente era un operativo antidroga y, por eso, me fijé bien en aquellos galones. Sin embargo, luego descubrí que no era así. En el cañaveral, al empezar los disparos, supe que se trataba de otra cosa. Uno de mis compañeros cayó herido sobre mí, pude sentir como propia su lastimosa agonía hasta que dejó escapar su último aliento. Se me ocurrió hacerme el muerto. Me esforcé para mantenerme inmóvil y no llamar la atención, esperanzado que se marcharían. Y todo indicaba que así sería: hablaban por lo bajo y empezaban a abordar los vehículos, pero uno no lo hizo. Empecé a escuchar más disparos. No ráfagas como al principio, sino un tiro y segundos después otro. De reojo veía la silueta moviéndose de un lugar a otro antes de disparar: nos remataba.

El traductor paró y tomó agua de una botella que tenía delante. La vació de un sorbo. Respiró profundo y su rostro enrojeció con ojos inundados. Tragó saliva dando la impresión que no podría continuar.

—¿Se siente bien? —preguntó el jefe al percatarse.

—Sí, sí —y continuó traduciendo—: Al sentir que los pasos y los disparos se acercaban, apreté mis ojos y esperé lo peor. Algo caliente me ardía por el estómago. Un dolor insoportable que no sé describir. Luego escuché el sonido de un disparo sobre mí, El ardor en el área estomacal continuaba y tuve que morderme la lengua para permanecer en silencio, hasta que creí que los atacantes se habían marchado. Salí caminando por un camino en tinieblas. Andaba a prisa, sin rumbo. Guiado por el deseo de vivir, llegué a trompicones a una carretera. También oscura. Me detuve en la orilla apretándome la herida que sangraba profusamente. Visualicé las luces de un vehículo que se acercaba. Pensé: *los militares volvieron.* El ruido del motor era idéntico. Me tendí sobre el piso. No supe si me vieron.

El intérprete volvió a detener el relato. Ahora ponía cara compungida, como si resistiera un dolor de muela. Destapó otra botella de agua que había reemplazado la vacía y tomó hasta dejarla por la mitad.

—Minutos después vi los focos de otro vehículo. Esta vez, las luces eran más altas. Imaginé que igual debía ser el vehículo que se acercaba. Me levanté y salí al medio de la carretera. Hice señal de parada. El vehículo pegó los frenos y con un chillido espantoso se detuvo. Traté de abordarlo, pero no pude. Alguien me ayudó. No puedo precisar quién. Durante el trayecto, escuchaba a varias personas. Todos hablaban a la vez. Después no supe más de mí hasta que desperté en el hospital.

Gerinaldo no dejaba de pensar en los motivos que llevaron a Delegado a inventarse lo de los sureños. Pidió excusas y salió del salón convencido que no existió la cacareada fuente. Dispuso reforzar la protección de Onín Bill. Temía que desde la propia institución se atentara contra su vida. Había sido valiente al revelar aquello, que constituía una daga que se clavaba a sí mismo, pero además una afrenta a lo que había declarado la comisión. El jefe caminó ensimismado devuelta a su despacho. Varias ideas zumbaban como moscas en su cabeza, más una en particular, la de que Delegado tenía que ser apartado de las investigaciones del caso y quizás también de su cargo en la DNCD, pero era consciente de que esa decisión solo la podía tomar el presidente Fernando Rivera. Entonces pasó a pensar en Nelson, el vocero de la instiucion, y se dijo: *Tendrá una tarea difícil, al tratar de explicar los nuevos hallazgos que contradecían enormemente a los dados a conocer en Caña Brava, para convencer a la prensa.*

17

Ese día, sin saber qué pasaba en la policía con Onín, Elmes abandonó la casa refugio, pero antes había mandado a cambiar la envoltura de la droga conseguida. La que tenía, un águila con las alas extendidas, una corona y tres barras, le podía acarrear otros problemas. *Sus antiguos dueños no tardarían en dar con ella por ahí*, pensaba. No obstante, después de la rueda de prensa sentía seguridad, volvía a ser "el capo de capos". Las sombras y nubarrones del pasado se disipaban y aprovechaba para ver a su esposa: sus hijas estaban bien. Compartió con ellas una comida, intercambiando pocas palabras, luego fue a matarse las ganas donde Soraya. Tuvo que esperar, fumándose un tabaco de yerba, a que su marido se marchara, quien comprendió que estorbaba y se inventó salir a resolver asuntos pendientes.

Por varios días el capo estuvo entre las sábanas calientes de Soraya. No sabía qué en ella le hacía volverse loco y olvidarse del mundo, porque lo cierto era que mujeres como ella, y mejores, tenía por montones en todas partes. Sin embargo, cuando la relación se desarrolló, extrañamente algo en él cambió: dejó de pensar que ella no era el simple juguete sexual que eran las demás; aunque no podía negarse lo mucho que disfrutaba su sexualidad, a su lado era como un jinete a galope de una yegua salvaje. Soraya era de aquellas que no escatimaban esfuerzos por lograr satisfacer a su hombre. Eso a Elmes le encantaba. La luna de miel que iniciaron en ese instante se hizo tan dulce, que el capo fue incapaz de imaginar lo que después vendría.

Esa misma mañana, a kilómetros de allí, Richard Pereira se paró tarde de la cama. Aprovechaba su día libre. Quiso permanecer tumbado más tiempo, pero su mujer se anteponía a su deseo. Por teléfono, ella explicaba a su madre que su marido había cambiado; ahora estaba impertinente y le hería el misterio en su cara al responder sus llamadas con un hermetismo exagerado al punto de parecer que secreteaba, pero solo eran simples sospechas que su mujer quería aclarar.

Richard tenía diecisiete años militando en la marina y, recientemente, había ascendido a capitán de fragata. Su ascenso fue un premio de consolación. Un accidente donde prestaba servicio había sido el precio pagado. La desgracia aconteció durante un ejercicio en cubierta: una cuerda salió de su carretel y fue a parar donde se hallaba, arrancándole de cuajo uno de sus ojos. Se hizo todo por salvarle la visión. Inútil. Desde entonces le apodaban el Tuerto y, al principio, aquello le disgustaba, pero después se acostumbró.

Nunca ocupó puesto de importancia en su institución y su situación económica no era buena. Vivía frustrado y de malhumor porque mientras sus compañeros progresaban, él tenía que conformarse con una vida de carencias. Aportaba lo que podía en el hogar, pues la carga la llevaba sobre sus hombros su mujer. El empleo de ella generaba recursos para enviar a los hijos a buenos colegios y comprar ajuares dignos. El Tuerto tuvo que someterse a lo que ella decidía. Él no era quién para contradecirla y por ella todavía eran pareja: evitó que las necesidades mataran al amor.

—Es cierto que ahora aporta más en la casa —aclaraba la mujer a su madre—, pero debe ser que alguna otra lo ayuda. Estoy segura. De lo contrario, ¿cómo se explica, mami? Él sigue haciendo el mismo trabajo y en la marina no han aumentado el sueldo, ni le pagan especialísimo, ¿de dónde saca dinero? No hay otra explicación, se levantó una mujer rica. Estoy desesperada, ya no sé qué hacer.

Richard continuaba sentado en la cama escuchando el palabrerío de su mujer cuando recibió una llamada. La miró con disimulo, se apartó de ella como pudo y susurró entre dientes. Luego, entró de prisa al baño, se lavó la cara y se cambió de ropa. Dejó el desayuno sobre la mesa, abordó su vehículo y arrancó dejando el hollín en el aire.

—¡¿Te das cuenta, mamá?! —dijo la mujer de Richard llorosa—. Es incorregible, volvió a hacerlo.

Manejando temerariamente, en escasos minutos Richard se puso en el Isabelita, un barrio al Este de la capital. El oficial de la marina no hizo caso a la inconformidad de su mujer, pues tenía prisa en llegar allí. Trataba de estacionarse cuando un hombre moreno, escuálido, con la camisa desabotonada y empapado de sudor le salió al frente vociferando:

—Patlón, problema. Lo mono se llevan to', se llevan to'.

18

Pola escuchó la radio y su operador instruir:

Deténgalo y llévelo con la droga al destacamento del Isabelita... ¿dígame si va copiando?

El destacamento, ubicado en el sector que lleva su nombre, en la zona oriental, era responsabilidad de Pola. Desde hacía un año fungía como su director. Su condición de exmiembro de la DNCD, no le dejó pasar por alto lo escuchado. Se interesó por el caso y decidió involucrarse, antes que el detenido fuera enviado a su destino.

En los últimos meses, ese lugar, infectado de pandillas y pleitos con machetes, se había vuelto tranquilo. Algunos lo asociaban a la designación del general. Hasta él mismo estaba convencido de ello. Los revoltosos, convertidos en adultos, casados y con hijos, se sentían viejos para seguir en esas andadas. En esas circunstancias, cualquiera que hubiesen designado habría tenido el mismo resultado. ¿Quién podría saberlo? Desaparecidas las bandas, el director se pasaba el día atendiendo casos de raterías, invasiones de tierra y riñas entre vecinos, o jugando dominó, follando y visitando amistades. La ocupación de droga ese día constituía la excepción: algo importante. En lo que canta un gallo, Pola se presentó al lugar.

El detenido no tenía identificación. El sol de mediodía resplandecía en su ensortijado cabello, y vistiendo ropas andrajosas, uno tenis rotos completaban su figura. Sus manos callosas revelaban su oficio y de su cuerpo manaba un olor rancio.

—Un haitiano —dijo el agente que lo custodiaba.

En una mochila cargaba quince kilos de cocaína.

—El contraste del bulto con su aspecto fue lo que nos llamó la atención —explicó el otro patrullero.

Pola, con su mano en el mentón, asintió al tiempo que reflexionaba que la mochila era nueva y él parecía todo menos su propietario. Instruyó lo acercaran a la ventana de su yipeta e inmediatamente el vaho bofeteó la nariz del general. No obstante, lo interrogó.

—Soy el general comandante de la zona. Te voy a hacer una pregunta y... bueno, no pienso repetirla, así que presta atención y espero que entiendas español porque, si te equivocas... prepara las nalguitas para lo que viene... —Hizo una pausa y lo miró con encono—. ¿Dónde conseguiste la mochila?

El hombre enmudeció y Pola imaginó que, como lo supuso el agente, se trataba de un extranjero y no sabía *ni pío* de español. Empezaba a olvidar el asunto cuando el detenido señaló en dirección a una casa en construcción. El general ordenó que lo subieran al patrullero y se movieron hacia allá. Recorrieron algunos metros y se encontraron con ella. Sus bloques ennegrecidos sugerían que el proyecto tenía tiempo detenido. Solo quedaba en duda por un vehículo estacionado en su marquesina. El carro patrullero con el preso abordo no se detuvo en frente, continuó dos cuadras y Pola, a quien se le hacía fácil interpretar señales, entendió el movimiento. Continuó detrás de la patrulla, llamaron a por refuerzo y entre todos planearon un operativo.

Uno de los patrulleros estacionó frente de la casa en construcción, los demás aguardaron a distancia prudente. El general podía apreciar desde donde se encontraban ados sujetos en una especie de discusión. Sus gestos denotaban reclamos. *El más bajo parece mellizo del detenido y el otro de aquí,* pensó.

—Saludos —dijo un agente caminando hacia ellos.

Los sujetos no respondieron y siguieron en lo suyo.

—¿Ustedes son los dueños? —interrumpió el policía.

—Sí —respondió el más alto y a quemarropa preguntó—: ¿Tú qué quieres?

—Tenemos a un preso ahí y ...

—¿Y qué? —Interrumpió molesto.

—Le ocupamos drogas. Dice que...

El tipo levantó una mano, al tiempo de desenfundar un carnet que acercó a la cara del agente.

—Soy coronel, no tengo nada que hablar con usted. Párece en atención, policía; salude, dé media vuelta y retírese. ¿Oyó?

Dicho esto, se encaminó a trancos al vehículo. El agente no tuvo tiempo de reaccionar. El hombre abordó el vehículo estacionado en la marquesina y lo puso en marcha dejando al otro parado como estatua frente al policía que le cuestionaba. Aceleró de reversa y en medio del humarazo, un poco atolondrado, el uniformado tomó la radio para dar la voz de alarma. La rapidez con que el supuesto coronel se movió, y los nervios, evitaron que articulara las palabras precisas, antes que la radio saltara de su mano. El vehículo abandonaba el lugar en medio del chirrido de sus neumáticos, sacudiéndose con una especie de tos que evidenciaba un fallo en el motor.

Pola y el otro patrullero seguían atentos a los acontecimientos. El carro se movía en dirección a uno de ellos. Le cerró el camino una vez estuvo cerca. Tuvo que parar. El conductor salió increpando a los que obstruyeron su paso. Ellos no reaccionaron. Sacó su arma y los encañonó. Los componentes de la patrulla hicieron lo mismo. Ambas partes se vociferaban improperios y hacían fintas sin apretar el gatillo.

—¡Muévanse, coño! Soy oficial superior y voy a una emergencia —dijo esgrimiendo el carnet.

—Aléjese del carro —respondió uno de los patrulleros apertrechado tras la puerta—. Entréguese, tire su arma al suelo y levante las manos.

El otro agente no decía nada. Se mantenía detrás del volante apuntando con igual actitud que su compañero.

—¡¿Entregarme?!, ¿estás loco? A un militar no se le detiene, maldita sea. Atrévanse a disparar y mañana los dos estarán cancelados.

Observó que sus palabras surtían efecto y se sintió fuerte.

—Bajen las malditas armas. ¡¡¡Háganlo ya, coño!!! —gritó.

Ninguno obedeció. El supuesto oficial ocupó su asiento al volante y empezó a girar para marcharse por donde tenía la espalda. En ese instante, llegó el patrullero que le había abordado en la casa, seguido por la yipeta de Pola. Los policías se desmontaron y lo rodearon. El hombre volvió a salir del carro, pero esta vez desarmado, reconociendo las insignias en el cuello: un escudo con una estrella en la parte inferior. ¡Un general!, se dijo.

Con las manos en alto y su cartera en una de ellas el hombre se acercaba a Pola, siendo detenido en seco por los otros agentes de la ley.

—¡Alto! No avance —le advirtieron sin dejar de apuntarle.

—Soy oficial superior de la marina, señor —dijo, ignorando a los policías y dirigiéndose al general.

—No me importa, hínquese. Está preso —le respondió.

20

Todos encañonaban al sujeto mientras este pedía que no le dispararan.

—¿Está armado? —preguntó el general.

—No, señor.

Pola tomó la cartera que pendía de su mano. La escrutó y luego puso atención al carnet: *oficial superior,* leyó.

—¿Por qué intentaba escapar desobedeciendo la orden?

—Mi mujer, señor, me llamó diciéndome que sentía malestares. Está preñada, señor y... ya usted se imagina. Solo quería llegar rápido a mi casa, señor.

—Este documento dice que usted es capitán de fragata de la marina. ¿Es así?

—Sí, señor, yo...

—¿Qué hacía en esa casa, capitán?

Desde el momento que se vio acorralado por los agentes, el oficial no dejó de pensar en lo que respondería, si le hacían esa pregunta. Estaba preparado. Tenía la coartada a flor de labios. Tosió para aclarar la garganta.

—¿Qué? ¿Qué hacía en la casa en construcción? —repitió.

Miró en esa dirección antes de responder.

—Sí — confirmó Pola.

—Le estaba preguntando al haitiano, señor, si la vendían. —Y añadió, en pos de convencerlo—: Desde hace tiempo, señor, paso por aquí y siempre veo que está abandonada, señor. Parece que los dueños se desencantaron o se largaron del país. Buscaba aprovechar la oportunidad, señor.

—¿Dónde presta servicio?

—¡¿Servicio, señor?!

—Sí, ¿tiene problemas en los oídos?

Pola le hizo una señal para que se pusiera en pie. El calor sofocante de los rayos del sol se percibían el doble de caliente bajo el gris plomo de su uniforme.

—No, señor. No tengo problemas. Trabajo en la marina, señor.

—¿Qué función desempeña allá?

—¡¿Función, señor?!

—¡Ah qué vaina! Sí, guardia, función... ¿sabe lo que es?

—Para servicio interior, señor.

Entre preguntas, la tensión se fue diluyendo y los oficiales entraron en conversaciones amistosas, refiriendo algunos oficiales que uno y otro conocían. Los patrulleros bajaron la guardia y enfundaron sus armas. El haitiano preso se mantuvo esposado en la parte trasera del patrullero. Pola había posado varias veces su mirada en el carnet, sin embargo, no había reparado en que en el documento tenía sus dos ojos intactos. En cambio, la persona que tenía en frente le faltaba uno. El ojo derecho. ¡Qué extraño! Que yo sepa no alistan a nadie con defectos físicos a la marina, pensó el general.

—¿Qué le pasó? —preguntó Pola, señalando el ojo.

—¿Qué? ¿En el ojo, señor?

Asintió, hostigado de escuchar repeticiones. Empezaba a hartarle esa ridícula forma de hablar.

—Un accidente, señor —respondió.

Los vehículos seguían en medio de la calle y los curiosos empezaron aglomerarse. Con cortesía no propia de su estilo, Pola le pidió comprensión y prometió que tras ir al cuartel se ocuparía de despacharlo rápido. En minutos podría irse a casa a resolver lo de su esposa. Ir al cuartel era un procedimiento rutinario, en virtud de que los jefes estaban enterados de la situación.

—¡¿Los jefes?! ¿Enterados de qué? —preguntó el marino.

—Relájese. Vamos al cuartel y allá le explico.

21

En el corto trayecto al cuartel nadie habló. A su llegada se encaminaron al despacho del general. Tomaron agua fría para apaciguar el calor.

—Excúseme, comandante. Necesito que venga a ver, señor —dijo un oficial que abrió de repente la puerta.

Pola lo siguió hasta el vehículo del marino. El baúl estaba levantado y dentro observó diez paquetes de cocaína. Pensó en la droga que le habían ocupado al haitiano.

—¿Dónde están los paquetes que faltan? Eran más si... mal no recuerdo.

—Comandante —aclaró el policía—, estos son otros. Los que se ocuparon al de la mochila están en Casa de Guardia.

—¿Y estos de dónde salieron?

—Hay que preguntarle al marino, comando.

—Tráiganmelo con las esposas puestas —bramó como un toro.

Frente al baúl de su vehículo, el marino, rodeado de subalternos y engrillado, trató en vano de no mirar a la cara al general, quien no le dirigió la palabra hasta asegurarse que sus vistas se cruzaban:

—Guardia, ¿usted creía que iba a relajar conmigo? ¿Verdad?

El marino permaneció en silencio. Quizás avergonzado, quizás arrepentido, pero siempre tratando de apartar sus ojos de los penetrantes ojos marrones de Pola.

—Considérese cancelado. Haré que le rompan la ropa encima y le aseguro que irá con sus huesos a la cárcel. Por esta droga y la otra. La que se le ocupó al haitiano. Ya también es suya, aunque no lo sea —afirmó el general.

El militar intentó replicar y Pola lo interrumpió levantando un brazo y tirando un silbido.

—Ya dije... también es suya, *coñazo*.

22

Delegado Gálvez cayó en desgracia. Se convirtió en historia con la incongruencia de sus investigaciones y, en especial, por aquella entrevista con el sobreviviente de la matanza de Paya. La duda que había sembrado en la cabeza de Gerinaldo germinó y comenzó a dar frutos cuando convenció al presidente de removerlo del cargo. No valió su amistad con Berigüete, ni ser de su confianza; tampoco las otras razones que lo mantenía unido al cargo. El jefe contó: "Antes, afirmaba orgulloso que había resuelto el caso, y que en un operativo posterior, había recuperado dos kilos de la droga desaparecida. Los acontecimientos demostraron que pretendía engañarnos: el análisis de los paquetes resultó negativo: no era droga, solo una mezcla de harina y otras sustancias blancuzcas endurecidas, envueltas en plástico marcado para que pareciese droga real. La tapa al pomo fue el cuento de que los sureños eran los compradores y tumbadores; así como los asesinos de los colombianos. El único sobreviviente de esa masacre negó todo y afirmó, en cambio, que lo hicieron un grupo de militares. No consiguió una sola evidencia que vinculara a esos narcos al hecho".

El resultado no incomodó a Gerinaldo, quien consiguió anotarse un tanto. El presidente le entregó la responsabilidad de la comisión y designó a un oficial recomendado por el jefe en la DNCD. Un tipo taimado, con cara de perro ofendido, de apellido Decolores. A pesar de no ser un experto en el asunto, lo consideraba capaz de hacer el trabajo.

Al día siguiente, el nuevo director y su equipo analizaban el caso cuando llegó la información.

—Acabo de hablar con los del laboratorio —dijo uno de la comisión—. La droga ocupada al coronel de la marina... el apodado Tuerto. Tiene las mismas marcas que los paquetes ocupados al haitiano. Aquel que señaló la casa y cargaba la mochila. No solo eran los dibujos: un águila con las alas extendidas, una corona y varias barras; también era igual la composición química.

—Entonces no hay dudas de que el marino es el dueño de todo —razonó Gerinaldo.

El jefe sabía que el director de esa zona, el general Pola, no estaba lejos de la verdad cuando dijo que debían acusar al marino de ser el dueño de toda la droga por tratar de burlar la autoridad, pero no quería darle la razón.

Algo igual de evidente pasaron por alto: la droga que buscaban estaba en su poder. Otros lo supieron al instante. Al someter al Tuerto, la policía exhibió los paquetes, ofreció los nombres de los involucrados y las circunstancias en que los incautaron. Con la noticia, los colombianos enviados por el cartel, tuvieron la respuesta que buscaban.

23

Soraya abandonó su casa dejando casi todo. Solo cargó con su hija de doce años, pero la chica pasaba más tiempo con su padre, que en papeles seguía siendo su esposo. Elmes la había instalado en un apartamento de lujo: Arco Paradise, conseguido con un pago en naturaleza de un negocio de los suyos en el mercado local, que ahora controlaba. *Más de trescientos metros son demasiados para una mujer resistirse,* meditó el capo antes de hacerle la oferta.

No era casualidad que ellos se entendieran. Pájaros de un mismo nido vuelan juntos, dice el dicho. Vivían sumergidos en una burbuja de sexo y droga, obedeciendo una regla: todo vale. En su lecho despertaban dos o varios; las caricias y besos se posaban en los lugares más oscuros y los juguetes nunca faltaban.

La noticia del Tuerto preocupó a Elmes. Tomó su BB y escribió a Lantigua: – *"compa*, ponga la televisión para que vea lo que faltaba". Lantigua contestó minutos más tarde: – "sí, *compa...*, esa es la vaina". "Hay que hacer algo..., coordinaré con Amado", "¿quiere que yo resuelva?", preguntó Lantigua. – "No, espero que pronto ese maldito vaya a su lugar de descanso... ¿sabes?".

—Hay que resolver con el Tuerto —dijo Elmes, convencido del peligro.

Amado lo comprendió. Pensó que no sería difícil, pues en la cárcel sucedía casos similares con frecuencia; el anterior rival de Elmes, Florián, al que apodaban el moreno, era uno de ellos, había hecho tienda aparte y al adueñarse de la frontera con Haití acaparó el negocio de esa zona como si le perteneciese "Nadie pasa por aquí sin mi permiso", decía. Desde allí franqueaba con ambulancias sus cargas hacia cualquier lugar. Las patrullas le ayudaban abriéndole el camino al "enfermo". Pero el jueguito llegó a su final cuando Lantigua se encargó de terminarlo. Consiguió, a cambio de un par de maletines y un poco de fama, que un coronel lo apresara en el resort de Juan Dolio donde todos sabían que se alojaba cuando visitaba la región Este, pero nadie se atrevía a buscarlo. Después de preso bastó pagarle a un par de prostitutas. Para que amanecieran con él, lo embotaran de alcohol y drogas. Luego, el muy pendejo desafió al encargado de la prisión y en medio de la discusión llegaron los plomazos.

—¿Te acuerdas del moreno? De nada le valió hacerse construir un fortín dentro de la cárcel y rodearlo con sus matones, que se habían trancado ellos mismos, dizque para protegerlo. ¿Quizás desconocía que todos tienen su precio?

Elmes creía que el poder, más que en el dinero, reposaba en la habilidad para evitar llegar a la cárcel; a menudo decía que un narco preso y nada eran la misma cosa: algo frágil, vulnerable. Lesiones aprendidas del pasado.

—Pablo Escobar, el Chapo Guzmán y los hermanos Orejuela fueron menos que... moscas cuando estuvieron en prisión.

24

La comisión, ahora encabezada por Decolores, interrogó al Tuerto. Necesitaba amarrar los cabos sueltos y Richard Pérez era uno. Sabiéndose metido en problemas, no tenía valor para quedarse callado y chuparse el caramelo solo. Al mandarlo a buscar ahorró los rodeos y contó lo que sabía.

—Esa noche —dijo—, varios compañeros de la marina y yo fuimos buscados para tumbar una droga. Nos escondimos tras unos arbustos en la playa para esperar la llegada de la embarcación. No sé cómo, pero las cosas al final se salieron de control. Quien nos contrató sabía lo que iba a pasar con la mercancía, pero lo de los muertos ni nosotros lo imaginábamos. Dos veces tuvimos que abortar la operación. Por alguna razón la mercancía no llegaba y creo que eso fue parte de lo que incomodó a algunos del grupo. El asunto es que cuando vino conseguimos quitárselos.

—Y también... consiguieron otras cosas —comentó Decolores.

El oficial detalló paso a paso desde el inicio hasta la matanza. Pero faltaban los nombres. El Tuerto condicionó revelarlos demandando un acuerdo.

—Concedido —dijo el fiscal al enterarse.

El trato incluía protección para su familia y reclusión en una cárcel civil con identidad cambiada; lejos de la ciudad y separado de sus cómplices, aquellos que, gracias a él, recién se conocía de su existencia y pronto serían apresados.

Antes de que se materializara el acuerdo, el presidente adicionó a la comisión otros miembros: un señor de cejas gruesas y calva pronunciada, consejero de drogas del gobierno que había destacado como abogado por sus histrionismos discursivos; al procurador de justicia, Rodríguez, y al jefe de la marina (exdirector de la DNCD, reconocido varias veces por los americanos), además del propio Gerinaldo.

Pronto estuvo al corriente de todo y se planteó varios escenarios: los dos haitianos no se someterían, pero había que repatriarlos para que no soltasen la lengua y aumentaran las dificultades de apresar los prófugos, recomendaban algunos. *Los marinos no se localizaban. Posiblemente desertaron,* pensó el jefe de la marina. Hacía falta recuperar el resto de la droga, las armas y apresar a los contratantes. Debían hacerlo con la precisión de un cirujano. A todos, en especial a Gerinaldo, les preocupaban otras cosas: los del sur (en prisión) eran narcos y lo más conveniente era que permanecieran allí. Sin embargo, se preguntaba: ¿qué pasará con la nueva versión del Tuerto? La real versión del caso conduciría a mandarlos para sus casas y recuperarían sus vidas delictivas. Lo peor era que tendría más gente en su contra. Ahora podrían unirse a Elmes para vengarse.

La supercomisión no la tenía todas consigo. El Tuerto insistía en que no conocía a los del *pitazo.*

—Cuando apresen a mis compañeros, señor —se justificaba respondiendo—, uno de ellos lo identificará. En ese negocio, los quehaceres se dividen como el cuerpo humano: cabeza, tronco y extremidades. Estoy seguro de que aunque sea uno, tiene que formar parte del tronco y, ese, conoce la cabeza, señor.

Antes de concluir el interrogatorio, el abogado y director del consejo de drogas tomó la palabra.

—¿A ti quién te contactó? —hizo una pausa y continuó—: Ese, como tú dices, seguro es parte del tronco, ¿o no?

—No lo sé, señor —respondió el Tuerto—. A veces, señor, no pasa así. Yo mismo conseguí a dos de los que participaron y no soy parte del tronco, señor.

—Ok, ok. ¿Quién te buscó? —reiteró el jefe de la marina.

El Tuerto meditó. Miró hacia el piso y se tapó la boca con las manos, como si no quisiera que las palabras salieran.

25

Los miembros de la supercomisión no revelaron nada, pero en privado discutieron el asunto: el alférez Mario Rodríguez había reclutado a un oficial de mayor jerarquía como el Tuerto. En algunos cuerpos castrenses se escuchaban rumores acerca de inferiores que mandaban a sus superiores. Nunca los comandantes le dieron crédito, pero ahora tenían una muestra que no solo mostraba la indisciplina reinante y confirmaba los rumores, sino, también, el nivel de infiltración del narcotráfico. "¿Será que hemos perdido la guerra contra las drogas?", se cuestionaban.

Luego, el sobreviviente de Paya confirmaba lo dicho por Richard Pérez.

—Sí, ese es uno —dijo Onín Bill cuando le mostraron la foto del Tuerto.

—¿Por qué tan seguro? —preguntó el procurador Rodríguez a través del traductor.

—El parcho en el ojo. Eso se me quedó grabado en la memoria. Al verlo aquella noche, a mi mente vino la imagen de un pirata. Recuerdo que reí hasta que las cosas empezaron a ponerse feas, entonces la risa se me borró con el trato hostil y ni hablar cuando empezaron los tiros.

Las fotos de los marinos que señaló el Tuerto no fueron reconocidas por Onín, excepto una: un joven blanco, pelada tipo militar y ojos grises. La miró varias veces y la comparó con las demás. Se colocó una mano en el mentón y movió la cabeza en forma afirmativa. Habló al intérprete y una mueca se clavó en su cara.

—Dice que fue el quien le disparó y luego los remató —dijo el traductor.

Los de la comisión se pusieron de pie para ver la imagen en la foto elegida: Mario Rodríguez.

26

Elmes lanzó una silla a la pared. La redujo a pedazos. *Estoy tan incómodo que si como maíz cago gofio,* se dijo. Quería al Tuerto muerto ya, y los aprestos de Amado avanzaban lentos. Hacía días el excoronel buscaba los ejecutores. Ahora se convencía de su error. Lantigua era más práctico para esas misiones, pero tenía orden de mantenerse al margen. En la calle sonaba que había contratado a los marinos y un periódico lo señalaba sin mencionar su nombre. Sin embargo, era evidente que se trataba de él; la policía había empezado a buscarlo.

Además, el compadre de Elmes tenía otra tarea. Delicada como la de Amado, o quizás más: "Esconda la droga y las armas en un lugar seguro", le pidió el capo. Los marinos, antes de recibir su paga, entregaron lo conseguido.

Las armas tenían numeraciones que permitían su rastreo y eso era peligroso. Había que estar loco para enfrentársele. Cali seguía siendo un cartel fuerte y, de seguro, no se quedaría de brazos cruzados, pensó Elmes. En muchas partes, fuera de las fronteras, se comentaba el hecho. Amado estaba apurado a agilizar sus acciones y fue directo a ver a los encargados.

—El resto vendrá cuando se haya completado el trabajo —dijo alargándole un fajo de billetes.

Hablaba apoyado en los barrotes. No era día de visitas, pero había conseguido comprar un pase especial. El recluso lo guardó en su ropa interior después de olerlos. Sabía que bastaba una requisa para perderlos. La cárcel se levantaba en una comunidad con escasa población que llevaba su nombre.

La ganadería, la agricultura y, sobre todo, los presos eran el sostén de su gente. El lugar, más conocido por la cárcel que por cualquier otra cosa, figuraba llamarse así por la prisión, y no al contrario. Si alguien decía: "Voy a La Victoria", debía aclarar que iba al pueblo, pues todo el que escuchaba figuraba que iba preso.

Los presos eran los clientes principales. Gran parte de sus hombres eran reclusos y a sus cabezas les llamaban los Mesías. A través de ellos se facilitaba el contrabando. *Más fácil encuentras lo que buscas dentro que en el mercado de la comunidad,* decía orgulloso el alcaide. Entre la cárcel y el pueblo se producía una especie de simbiosis: el penal la salvación de la comunidad y viceversa.

—Un trabajito fácil, manito —dijo el Mesías, y mostrando los billetes al otro, aclaró—: Matar un preso.

—¡Ueeepa! Esos mojosos servirán pa´´tar un rato tranquilo.

En lugar de dinero veía perico en las manos de su compañero.

—¿Por qué tanto cuartos? —preguntó después, intrigado.

—Porque al que hay que pelá e un militar.

—Jum... ¿No será un gancho?

—¡Qué gancho va sé, men...!

—¡Qué biberón, manito! Tú sabe que a los militare preso lo protegen má que el diablo.

—Me da lo mismo, *men.* No voy a devolvé esto cuarto y, ademá, ya no me caben má año —repuso, enseñando los pocos dientes que poblaban su boca.

Al final, mandaron a la justicia a Richard y los haitianos. Las detenciones de los otros cómplices se producían según los localizaban y luego corrían la misma suerte. Apresados, ninguno admitió su participación en los crímenes, pero uno de ellos no se localizó. Huyó con rumbo desconocido. Sus compañeros, sabiendo que una pieza faltante impedía se completara el rompecabezas y dificultaba que recobraran su libertad, lo delataron en un santiamén. El Alférez Mario Rodríguez trató de salir por un aeropuerto del Cibao.

La prensa señaló que vestía de mujer cuando interpol, que seguía sus pasos, le dio alcance: sentado en el retrete del avión. El vuelo que ya se encontraba en el aire fue devuelto al país. Luego, inexplicablemente, los periodistas se convirtieron en abogados de los sureños, de quienes reclamaban su libertad por haber sido acusados de asesinatos, tumbes y tráfico de drogas sin evidencias ni vinculación.

Su salida de la cárcel era para algunos como la *Crónica de una muerte anunciada,* de García Márquez. Los marinos acusados de lo mismo, a excepción de unos kilitos, no tenían evidencia más que sus armas de reglamento; pero estas no coincidían con las del hecho sangriento. Sin embargo, la justicia hizo lo suyo, y a través del juez instructor del proceso. No lo vio así, dejó preso a todos los marinos. También a Onín, a pesar de su ayuda y de ser víctima, fue acusado de traer la droga del Tuerto y, a la vez, convertido en testigo para soportar el caso. Los militares quedaron presos en cárceles militares y ninguno de los sureños recobró su libertad. El plan para matar al Tuerto tuvo que aplazarse, mientras los medios continuaron denominando al caso "basura".

ENROQUE

1

Carmen residía en una modesta casa de Guaricano. Un barrio deprimido de Villa Mella, en la zona norte. Un patrullero había ido hasta allí en busca de su hijo Alex. Desde pequeño se dedicó a la práctica del béisbol y a los diecisiete años fue firmado por los Astros de Houston. No pudo cumplir su sueño de llegar a las mayores, pero consiguió lo suficiente para su otra pasión: el alcohol. Su debilidad por la bebida hizo que permaneciera pocos meses en el campo de entrenamiento. Al regresar, su madre lo ingresó en Alcohólicos Anónimos. Su rehabilitación fue total. Dejó el vicio y ahora se dedicaba a enseñar el deporte a jóvenes de su empobrecida comunidad, quienes abrazan la esperanza de salir de la pobreza con el juego. Él era ejemplo de mejoría. La vida de su mamá y sus hermanas mejoró económicamente por él, a pesar de la desgraciada muerte de su padre en riña.

—Saludos, señora. ¿Dónde está su hijo? —preguntó el policía.

—En el play.

—¿De quién es la camioneta? —preguntó el otro agente que le acompañaba.

—De mi hijo —dijo a secas y agregó—: Es lo que le queda de lo que consiguió con el Houston.

El agente se acercó al vehículo y lo inspeccionó. *Es la Ford 150 y se ve en buenas condiciones,* pensó. Observó que sus asientos crema contrastaban con el azul de su pintura y los cristales claros permitían apreciar un lustroso tablero en inmejorable condición.

—¿Y por qué su hijo no la usa, señora? —preguntó el policía.

—Por costosa... Se necesita... —Levantó sus arrugados dedos hasta su cara y los frotó—. Mucha gasolina y, eso de entrená peloteros para firma... ya sabe, toma tanto tiempo que cuando viene a conseguí algo lo debe to´. En este país no hay cosa barata y mi hijo no tiene otra forma de ganarse la vida. Esa guagua... bueno, él dice que gasta mucho y le creo. Para poder venderla a buen precio tiene que mantenerla ahí pará.

—¿Tiene la llave?

—¡¿Pa´ qué?!

—Quizás... —Se detuvo a pensar, mirando a un punto inespecífico en la distancia—. Podríamos hacer negocio. El agente torció los labios, miró a su colega y dejó escapar una risita.

La tarde traía vapores de calor y dos gotas de sudor se corrían en la frente de Carmen, quien desde que alcanzó a ver a los agentes tuvo un mal presentimiento. Se le anudó la garganta, y en lugar de alegrarse por la aparición de un interesado, entristeció. Era un vehículo que no hacía más que ocupar parte del patio; había rogado a Dios que se vendiera, pero las arrugas de su frente le indicaban que aquel interesado le traería dolor y lágrimas.

—¡Dígame la verdad! —dijo la mujer y preguntó: ¿Pasa algo con mi hijo?, ¿ustedes lo buscan preso?

Los agentes se miraron y esta vez lo hicieron emulando los delincuentes que se saben descubiertos. Volvieron la vista a la camioneta, luego miraron a Carmen. Lucía nerviosa, ya no podía sostener quieto el palo de la escoba con el que hacía sus oficios y cayó desplomada en un mueble. Disimuladamente, uno de los policías caminó hasta el patrullero y tomó el micrófono de la radio para comunicar la situación.

2

En la punta opuesta de la ciudad, Elmes intercambiaba mensajes. Sus dedos erraban y su ansiedad quedaba sembrada en cada palabra. Escribía, borraba y volvía a escribir: – "¿Qué tal la pelea del gallo tuerto?". Amado respondió: – "Tratando de cambiarlo de rejón". "Apúrate". Luego, Elmes cambió el destinatario: – "¿Todo bien guardado?", digitó. – Como siempre, ingeniero. Bien y seguro, le respondió Lantigua.

En lugar de calmarse la incertidumbre hacía que las tripas se le revolvieran y el sudor corriera frío por su espalda. Encendió el televisor para ver una película de suspenso. Sus favoritas. En cambio, no supo por qué prefirió una comedia y colocó una pierna sobre Soraya. Por el rabillo del ojo observó que ella observaba sus tatuajes y, como siempre, la boca se le hizo agua. Le entraron ganas de poseerla, pero algo lo aguantó. Dejó su excitación para otro momento, mientras sentía el peso de la cabeza de la mujer sobre uno de sus hombros. Quería disimular su preocupación, pero su rostro no mentía; aún así, ensimismado deslizó sus dedos por su blusa y sin obstáculos palpó sus endurecidos pezones, mientras ella, con la suya, enredaba el vello humedecido que le brotaba del pecho.

Como en una fílmica, Elmes reprodujo los últimos acontecimientos y le pareció que las cosas salían mal. El cambio en la comisión lo dejó descolocado en el tira y afloja del mundo criminal; en una palabra: desprotegido. Había apostado demasiado a la lealtad de Delegado y ahora quedaba fuera del juego. Cavilaba sobre ello, pues un tal Decolores con fama de incorruptible llegaba a hacerse cargo del caso y unos matones colombianos le olían el trasero. Si bien parecía estar mejor que nunca, también esta peor, expuesto a ser diana en cualquier momento y lugar. Aparte de que dentro de su propia gente, la unidad que antes exhibía y era su fortaleza se resquebrajaba: Amado y Lantigua apenas se soportan y hasta las mujeres sacan las uñas.

Sin embargo, vendrían otras peores como para completar su penuria y él no lo descubriría hasta después de un tiempo.

3

En el Palacio, Berigüete conversaba con el presidente Fernando.

—Entonces, Su Excelencia, ¿quiere decir que el mal trabajo de la comisión fue solo culpa de Delegado? —dijo y agregó: Entiendo que tiene mucha responsabilidad como director le tocaba. Lo que no entiendo, señor, es que el otro general que le acompañaba esté fresquecito por ahí. Quizás no tuvo nada que ver, o quizás sí...

—Excúseme, ¿Podría explicarse mejor?

—Junto a Delegado, señor, estaba el director de la DICRIM, el general Pérez —aclaró y continuó—: Si ese general no es igualmente tratado, quién quita que mañana vuelva a cometer el mismo error.

—¡Excúseme de nuevo! ¿Cuál es su sugerencia?

—Si Pérez se queda en el cargo, se premia, señor, y se envía un mal mensaje al resto. Mi sugerencia, respetuosamente, es que ordene sea relevado, igual hizo con Delegado.

—¿Y a quién colocó en su cargo?, ¿hay que consultarle al jefe de la policía?

—Señor, no es necesario consultar. Creo que conozco a la persona ideal... Ha demostrado seriedad, capacidad y voluntad de cuerpo.

—¿A quién se refiere?, ¿acaso lo conozco?

—Dudo mucho que así sea... El general José Pola, señor, es de bajo perfil.

—¿No crees que... tratándose de un cambio en la policía sea bueno consultarle al jefe?

—No, señor. Por el contrario: lo único que... usted debe hacer es ordenar a la secretaria que le traiga el decreto y firmarlo.

4

Empezaba a despuntar la noche y Alex caminó a su casa sorprendido por el hervidero de curiosos que le escrutaba: entornaban sus ojos como si se tratara de un extraño. Sin embargo, se trataba de personas a las que conocía desde siempre. Abrió la relinchante puerta de la sala y al instante la duda se despejó.

—¿Alex el pelotero?

—Sí, soy yo, ¿qué pasa?

—Está detenido.

Horas más tarde, el espumoso saltó a la alfombra. Gerinaldo, junto a los generales Decolores y Pérez, levantó su copa después de servido.

—¡¡Salud!! —dijo.

La DNCD había hecho su primera incautación importante bajo el mando de su nuevo comandante: trescientos kilos de cocaína y varias armas, Encontradas debajo del piso de un vehículo. Un momento de júbilo y olvido de la mala racha de días aciagos. "Un golpe certero al narcotráfico", informó el general Gerinaldo al ser abordado por los periodistas y luego en privado se vanaglorió de su suerte, diciéndose que tenía preso a los del caso Paya, que se había sacado del pie la espina que significaba Delegado y que ahora la DNCD y la DICRIM le pertenecen, pues son dirigidas por su gente: Decolores y Pérez. *¿Por qué no reír con la vida si ella me sonríe?*, se preguntaba.

Otro de sus motivos de celebración era que las amenazas de Elmes habían caído en saco roto. Nadie la recordaba. Un éxito sustituía a otro y la euforia era tal que el tiempo no alcanzó para pensar en la droga ocupada: parte de Paya y, al mismo tiempo, las armas homicidas. Para saberlo bastaba compararlos con los casquillos y proyectiles levantados en aquel cañaveral, pero a nadie se le ocurrió. Pero, aunque Alex el pelotero iba a prisión y, con él, se hundían muchos secretos, uno salió a flote: quien era el dueño de la droga ocupada en su Ford F-150.

La comisión, a pesar de haber escuchado muchas veces batir las características físicas de Lantigua, como sospechoso número uno de contratar a los marinos para la matanza, nunca tuvieron evidencias suficientes que lo conectaran con seguridad a aquello; pero ahora, con nombre y apellido, salía escupido de la boca de doña Carmen como el amigo de su hijo y quien le dio a guardar lo encontrado. "Es de él, mi hijo me lo dijo", repetía a los policías de investigación con rabia en los ojos y desesperanza en la voz.

La comisión consideraba la matanza de Paya y el apresamiento de Alex el Pelotero casos distintos y distantes. Pero si alguno pensó que estaban relacionados, ese pensar se apagó como una vela en medio de la penumbra al recibir un nuevo decreto. Fernando decidía que el general Pérez quedaba relevado en sus funciones y, en su lugar, otro se hacía cargo de la DICRIM.

5

—Hola, cariño —dijo una voz femenina que Elmes percibió sensual.

—¿Hola? —respondió.

Miró la pantalla del teléfono y supo de quién se trataba.

—¿Por qué tan agrio, papi?

—Perdón. No sabía... No te conocía...

Amado miró a Elmes alejarse y pensó que algo extraño le sucedía. Había empezado a desaparecerse dizque en reuniones; no se sabía con quién ni dónde, ahora conversaba misteriosamete, como si guardara secretos. Tambien usaba teléfonos sin blindajes. *¿Cómo si fuera dos personas en una?*, se dijo.

Antes que Familia lo persiguiera y disparara, el capo había incrementado la dosis de yerba previo acostarse. Un día se le pasó demasiado la mano y lo empujó a la cama con la única mujer que respetaba. Sus aventuras con mujeres de amigos las contaba por tomos. Sin embargo, la del hombre que se había convertido en su mano derecha, era plato aparte. La mantuvo lejos durante largo tiempo, pero le costaba resistirse a las constantes insinuaciones. A veces, delante de todos sin guardar la compostura. Más temprano que tarde ella logró su cometido.

Cuando Bernarda empezó a salir con el capo, ya sabía que Amado se entendía con Soraya. Pasó tantas veces, que dudaba que Elmes lo ignorara. Los hombres son unos hiuputas, se decía. A la esposa de Amado le hervía la sangre escucharlo decir delante de todos "Nosotros siempre compartimos todo". Ella pensaba que si era así abarcaba a las mujeres y, de hecho, ya ellos cogían con Soraya, entonces qué malo había en que ella entrara en el paquete. Pero lo único que conseguía cuando se quejaba era seguir escuchando a Amado hablar de esa "confianza" con tal desenfado. Hasta una noche en que tomó la decisión de lanzarse. Desde entonces ya nunca mas estaría fuera del reparto, vería llegar días diferentes en su vida.

Entre los brazos de Elmes, Bernarda se deslizó como anguila. Le sorprendieron sus tatuajes: siluetas en forma de plumas de pavo real. Ella no imaginó la fortaleza de sus hombros; la descubrió mientras se asía a ellos. El éxtasis y el gusto por el peligro se convirtieron en su pasión; prefirió mil veces la aventura que representaba irse a la cama con él, que la monotonía a que le sometía su esposo. "Ya no lo soporto", había dicho acicalando su pelo ensortijado, envuelta en una toalla de hotel.

Las lecciones de Elmes resultaron inmejorables. Bernarda vivió cada minuto como si fuese el último. Luego, la repetición le convenció que era amor lo que sentía por su aventura.

—Estoy con tu hombre. Llámame después, ¿ok? —dijo Elmes en forma de despedida.

—¡Espera!, por favor, no cuelgues —suplicó ella—. Hace una semana que no te veo. Mucho tiempo para mí, ¿pasa algo?, ¿tan rápido te cansaste?

—Nooo, no pasa nada —sentenció.

—¡¿Entonces?! ¿Por qué el trato?

—La verdad... —Buscó las palabras adecuadas, pero no las encontró—, no quiero continuar con esto (...) Él es como un hermano para mí y ella está celosa contigo, sospecha que tu...

—¿Soraya qué? —interrumpió—. ¿Celando qué coño? ¿Ya los encontraste dando etilla...? O me vas a decir que no lo sabes...

Con cada pregunta, en ese tono de mujer celando, la cara de Elmes era como un semáforo dañado: intermitente cambiaba de color. Confirmaba su intolerancia a que Soraya le engañara. Él no entendía por qué y se sumía en la angustia de sus pensamientos buscando explicación; más bien pretendía comprender cuándo dejó de pensar que las mujeres no eran más que un pasatiempo; que solo servían para quitar las ganas. No encontraba explicación que le convenciera, mucho menos que le aclarara por qué con ella no había sido así. La conoció casada y no le importó, porque eso no significaba nada a la hora de irse a la cama con alguien. Es más lo prefería, pues era menos compromiso par él; incluso, ella lo seguía estando y tampoco era el problema, quizás porque sabía que ella, desde que estaban juntos, no se interesaba por su marido más allá que para que su hija le besara la mano por haberla traído al mundo y que solo estaba con él en la cama, o al menos eso creyó hasta ahora. Ella lo conoció siendo un mujeriego y todavía seguía siéndolo, pero eso para él no justifica su engaño y, mucho menos, con Amado. Pero se detenía a preguntarse: ¿Será que Bernarda dice la verdad?

Entonces guardó los dientes y arrugó la frente. Quitó el teléfono de su oído y Bernarda continuó sola. Caminó inmerso en sus pensamientos hacia Amado. Él lo recibió con cara sonriente, pero, al observarlo bien, entendió que algo malo pasaba. Se puso serio y permaneció en silencio a su lado. En vano esperó que le contara. Elmes permaneció en trance. *Algo le arruinó el día,* pensó el excoronel, ignorando que él representaba la mayor parte del "algo" que le abatía.

6

Elmes se negaba a responder las llamadas y contestar los mensajes. Incomunicado por voluntad propia, se limitaba a escuchar las noticias. Soraya, tras las presiones a que el capo la sometió, admitió su involucramiento amoroso. Obviamente, si seguía con vida era porque se reservó parte. Reveló lo que creyó no afectaría demasiado.

—Salimos un par de veces, pero eso… fue antes de que tú te fijaras en mí, ¿sabes?

—¿Y… dónde fueron?

Ella contestó con evasivas, consciente que él sabía la respuesta y que descubriría cualquier mentira.

—¿Se acostaron?

—¿Cómo se te ocurre...?

—¿Hicieron el amor?, maldita sea... responde.

—Fuimos a un restaurante; alguien nos vio y se lo contó a la loca de su mujer. Otro día me llevó de discoteca. Bailamos y tomamos champagne. A quien se lo contaron fue al papá de mi hija y de alguna manera Bernarda lo supo.

Mientras Soraya explicaba, Elmes miraba al piso. Respiraba profundo con cada palabra. De pronto golpeó con el puño un espejo. Quedó pulverizado. Luego agarró por el cuello a Soraya y la apretó con fuerza. La sangre de su puño herido por el espejo manchaba su blusa.

—Te pregunté si hicieron el amor y no me respondiste. Crees que no recuerdo cuando él llegó a nosotros.

Ella perdía fuerzas y le fallaba la respiración. A punto de desmayarse, balbuceó.

—A mí no se me engaña, malparía. —Le escupió la cara y salió de su vista al tiempo que Soraya caía sobre la loza en la que tardó en recuperarse.

Desde que Amado se enteró, supo que estaba en problemas. Aprovechó la ausencia de Elmes y su incomunicación para reunirse con dos colegas: El mayor Familia, famoso por perseguir narcos, y el capitán Sánchez, un joven oficial que conocía desde la academia de cadetes. Se reunieron en un café, compartieron algunas bebidas y luego pasaron a hablar del motivo que los movió.

—Así es, y lo sacamos de juego —explicó Amado—, y nos hacemos de un buen dinero. Ustedes saben que los años pasan, uno va para viejo y en esto que estoy metido no hay pensión. Además, aunque hubiera, como es el caso de ustedes, lo que dan a un pensionao no alcanza ni para las medicinas de la vejez.

Los oficiales se miraron y asintieron moviendo la cabeza.

—También —prosiguió Amado—, todos saben que por él perdí el futuro que tenía. La policía para mí lo era todo: mi pasión, motivo de vivir y orgullo. No imaginan cuánto los envidio. Dios sabe que quisiera estar como ustedes.

Hablaba con los ojos anegados. Ellos posaron sus manos en el hombro y la rodilla. *Si les cuento el motivo real ellos no cooperarán y convencerlos es lo único que puede salvarme*, pensaba Amado, sabiendo que necesitaba adelantarse a Elmes. No conocía sus planes, pero lo intuía y eso lo aterraba. Después de jugar con candela sentía el bracero.

Elmes tenía fácil ejecutar a cualquiera y Amado lo sabía. No podía darse el lujo de perder tiempo y, de hecho, en cuestiones del capo ni siquiera había tiempo. Guardaba frescas algunas imágenes en la que vio al capo deshacerse de sus enemigos, sin cargo de conciencia ni recatos. Recordó a Vianka, quien por mucho tiempo fue la celestina del capo; la apodaban la Gorda, por el volumen de su anatomía. Pesaba más de doscientos kilos. El capo se enteró de que contaba a un general amigo de ambos sus debilidades sexuales. La mujer quedó tan llena de agujeros como un queso Emmental, y no le fue peor que al infeliz que se pasó de la raya y montó un falso operativo para tumbarle una droga. Tras averiguar la verdad con sus contactos en la DNCD, lo amordazó junto a su mujer y su muchachito, les metió en sendos tanques de metal y luego los tapó con cemento. Antes los hizo ver vivos cómo ardía la gasolina en la piel. ¿Qué culpa tenían la mujer y el hijo? Ah, pero Elmes pensó que era mejor así...

—Les diré dónde pueden dar con él. Sabré de antemano en qué vehículo saldrá y a qué hora. Entonces ustedes se encargan del resto, como hemos acordado a partes iguales.

Los dos oficiales entrecruzaban miradas desconfiadas. Estaban conscientes de que no era tan fácil marcharle a un capo de esa categoría. Amado lo percibió; a cada "pero" que sus amigos ponían le buscaba la contra y se empleaba a fondo para convencerlos.

—¿Entonces lo interceptamos en el camino? —Quiso confirmar Familia.

—Sí, y lo sacan de circulación, luego se largan. Será... ajuste de cuenta; ya los de Homicidios, saben. ¿Entienden?

—En caso de que quede vivo por cualquier razón... ¿qué? —preguntó Sánchez.

—¡Un problema! No, no puede quedar vivo. Ahí sí la cagamos. Tiene amigos en todas partes. Hasta en la embajada americana. ¿Se imaginan?

—Pero puede pasar —razonó Familia.

—Señores —dijo el excoronel moviendo la cabeza de lado a lado—, a quien lo acechan le dan. Piensen en lo que tendremos al final y dejen de buscar pretextos.

—Bueno, tendremos, si todo sale bien... —aclaró Sánchez.

—Va a salir bien. Además, tenemos que aprovechar que unos colombianos lo quieren matar, y ojalá ellos lo hicieran primero. En cualquier caso, son ellos los homicidas. Pero ya saben, es cuestión de tiempo. Aun así, si lo matan ellos, yo cumplo con mi promesa ante ustedes.

—El tema con él —intervino Familia—, es generoso. Reparte mucho dinero. Ustedes lo saben tan bien como yo. Los jefes, los políticos, hasta empresarios; al ser parte de esa nómina lo protegen. ¿Qué les parece si lo denunciamos a los colombianos?, ¿quizás funciona?

—No lo creo —dijo Amado pensativo—, es demasiado arriesgado. ¿Qué tal si comienzan matando al denunciante?

—Amado tiene razón —expuso Sánchez mirando a Familia.

Amado respiró profundo, sintió que ganaba terreno y los convencía.

—Tampoco concuerdo —prosiguió entusiasmado—, con la idea de denunciarlo a los gringos para su extradición. A veces pongo en duda su famosa fuga en Estados Unidos. Para mí es un cuento.

Los oficiales y Amado, no lograban ponerse de acuerdo. A cada instante parecían abortar el plan y, antes de marcharse, volvían sobre él con nuevas ideas y propuestas. El riesgo los separaba pero la ambición los unía. Entonces se motivaban y después perdían impulso.

—Muchachos, juguémonos el futuro. Después de este golpe, por cuartos no nos mata nadie —dijo Amado.

—No estoy dispuesto a jugármela como dices —dijo Familia parándose del asiento para marcharse.

—Espera, amigo. Aún no les cuento todo.

—¿Qué falta? —preguntó Familia con actitud agreste.

—No les he contado del fracatán.

—Y... ¿De qué fracatán estamos hablando y cuándo nos repartimos? —preguntó Sánchez sin dar tiempo a responder.

—Eso está seguro. Ustedes mismos tendrán el botín en sus manos. Les voy a contar, pero espero que no me traicionen.

Miró la cara de Familia; permanecía de pie como si ya no le interesara participar ni escuchar nada.

—Hay una yipeta estacionada en uno de los parqueos del segundo sótano de la torre donde vive. Tiene varios millones de dólares. De ahí la necesidad de callarle la boca para siempre. Ustedes lo ponen en un lugar seguro y, después, cuando la bulla de los primeros días por el caso haya silenciado, nos juntamos y repartimos el dinero a partes iguales.

—¿Estás seguro? —preguntó Familia.

—Como que estoy aquí.

—Bueno. Si es así... y si lo quieres muerto, muerto lo tendrás. —Familia sonrió y repitió—: A partes iguales.

Chocaron las manos y se regalaron una sonrisa.

—Otra cosa —intervino Sánchez—. ¿Qué pasará con ella? Podría soltar la lengua en cualquier momento.

Se refería a Soraya y Amado lo entendió.

—No lo hará. Despreocúpate, que ella es mía. ¿Cómo crees sabré lo que él hará? Suerte, muchachos, espero que esto se resuelva pronto. Y, para que sepan, hay muchos millones en ese baúl. Yo los vi y los conté; así que... no se hagan ilusiones de engaño.

7

Tras varios días de desánimo, Elmes pensó salir de su apartamento. Sabía que vestidos de civil lo vigilaban policías. Tenían varios días al pie del edificio, y desde una ventana seguía todos sus movimientos. Sin embargo, parecían inofensivos: ni aspavientos, ni actitud amenazante, características comunes de las autoridades criollas cuando se creen respaldadas por la ley. El capo reflexionaba que prefería esos pelagatos a los colombianos que procuraban su cabeza. Pero no podía pedir ayuda a los venezolanos porque no aprobarían lo sucedido. Además, no se involucrarían en ese problema por nadie. Sabían que eso le dañaba el negocio. Los capos colombianos eran sus suplidores y ni ellos ni nadie vinculado al narcotráfico perdonaría que calentaran las cosas con los gringos por disparates. Elmes tampoco podía auxiliarse de los hombres de los carteles mexicanos. Ellos luchaban en ese momento con sus propios problemas: Estados Unidos, desde el apresamiento del Chapo Guzmán, los tenía en lista negra. Entonces, el capo volvía a reflexionar en positivo: *Si esos vigilantes son policías no serán gran problema; como en otras ocasiones, me seguirán un rato y luego me dejarán por cansancio o por billetes.*

Repasaba las opciones que tenía porque era a aquellos matones de Cali, a quienes reservaba el mayor temor. A ellos no había manera de convencerles de otra cosa que no fuere recuperar la droga y aleccionar a los implicados para que no se metieran con su negocio. Pero, como siempre, se dejó llevar de sus instintos. *Muchas veces me han ayudado a salir bien de los problemas, ¿por qué no voy a hacerlo ahora?*, pensó. Estaba decidido a hacer la única diligencia que le faltaba antes de largarse. Una recomendación que había considerado. "Única forma de llegar a un lugar más seguro", dijo la adivinadora que le tiró las cartas. Él le creyó sin olvidar que aquello era muy difícil. Iría lejos del peligro, sin dudas, pero en ningún lugar viviría tranquilo.

Elmes estaba claro que el crimen organizado no conocía distancia ni fronteras; para esas organizaciones los obstáculos solo eran temporales y con sus tentáculos buscaban la forma de superarlos. Pero una cosa era indiscutible: desde la distancia, Elmes podría pensar mejor en la solución, reestructurarse, fortalecer las relaciones con sus socios y concentrarse en producir cuartos, razón esencial de ese negocio. En resumen, hacer agua ante el problema. Un detalle lo desanimaba: Tenía cuenta pendiente por su fuga de la prisión boricua. Entonces rió para sí moviendo la cabeza de un lado a otro. ¡Dizque fuga!, se dijo con ironía y agregó: La realidad es otra.

—¿Dónde vas? —preguntó Soraya desde su asiento con los pies recogidos bajo sus nalgas.

Elmes no respondió. Tomó el corredor del recibidor y descendió por el ascensor hasta el parqueo. Miró la yipeta Mercedes y deseó irse en ella. Hacía días que ni siquiera la calentaba y tomó la llave en su mano, pero recordó y la regresó a su bolso. Sacó otra llave y activó la alarma para quitar el seguro a una Cherokee Jeep negra que estaba parqueada al lado. La abordó.

Salió del edificio por la rampa del sótano y el sol de mediodía le pegó en la cara. Buscó en la guantera uno de sus lentes, pero no los halló; reparó que los había dejado en el apartamento y pensó retornar a buscarlos conduciendo a la calle que le permitiría su regreso, pero mientras lo intentaba no tardó en darse cuenta de que lo seguían dos camionetas.

Exasperado se comió la luz roja y aceleró para despistarlos; en cambio, se les acercaron más. Entonces tomó el túnel y dobló de repente en una calle a su salida y, tras sufrir una coalición con otro vehículo, escuchó disparos.

8

Antes del día en que Elmes desapareció, se llevaron el dinero de la yipeta y detuvieron a Soraya, Amado despidió a sus amigos con apretones de manos. El excoronel se marchó confiado en que todo saldría conforme a lo acordado y resolvería su problema, pero, para su sorpresa, al día siguiente sus relaciones con el capo empezaron a normalizarse. Elmes le llamó y hablaron como antes. Amado tuvo la sensación que el episodio de Soraya había quedado olvidado, y sus diferencias muertas. Por eso ella trató de convencerlo de abortar lo planeado. "Hablarás con tu gente y le dirás que ya no va", le dijo. Él no se atrevió. *En el mejor de los casos me tildarían de loco, pues no entenderán el cambio,* se figuró.

Las tensiones se trasladaron a Soraya y Amado. Discutieron si continuaban o no con su proyecto en cada oportunidad, pero el interés venció al amor. A mitad de un caluroso día del mes de agosto, los colegas supieron con antelación cuándo salió y en qué vehículo lo hizo. Le siguieron por varias calles de la ciudad y, ante la imposibilidad de darle alcance, le dispararon. Los tiros dieron en el blanco, aunque no alcanzaron a herirlo. El vehículo recibió algunos impactos, más no los suficientes para evitar que siguiera su marcha.

Algunas cosas no resultaron como esperaban: Elmes escapó vivo y desapareció; las autoridades incautaron el dinero prometido como botín; el mayor Familia fue arrestado e investigado por un operativo que nadie ordenó; Soraya también fue detenida. ¿Qué sigue ahora?, se preguntó Amado. Cada día, el excoronel despertaba sudado. Se veía descubierto y perseguido por la policía, mientras sus amigos iban a prisión. *Las píldoras,* se dijo.

—Tengo que pararlas de inmediato. No fue buena idea empezar a tomarlas sin prescripción —se recriminó arrepentido.

Tiempo después, tras superar todo lo que significó el desastroso plan, Amado había recuperado la confianza de Elmes. Ni siquiera Amado supo con exactitud cómo lo logró. Lo cierto era que, casualmente, el hecho coincidió con la libertad de Soraya, la pausa de las investigaciones contra Familia y sus policías, y la vuelta a respirar aires de tranquilidad del grupo del capo. Entonces apareció el viaje. Surgió la necesidad de desaparecer, pero Elmes quería compañía.

Amado fue el primero en rechazar la invitación, atormentado por la actitud de Bernarda. Lo trataba como si no existiera, o peor aún, como si fuera un estorbo. Sin embargo, la negativa a secas devolvió las cosas entre él y el capo a cero. En lugar de un problema ganó dos, o mejor dicho tres: no consiguió cambiar la actitud de su mujer, volvió a perder la confianza con Elmes y eso alcanzó también a Soraya, de quien no tenía noticias. *¿Qué estará pasando?, ahora estoy sin pito y sin flauta. ¿Elmes sigue escondiéndose de los colombianos y su ausencia nada tiene que ver conmigo?,* pensó Amado.

Los de Cali arreciaban la búsqueda. Sus continuas cavilaciones llevaron a Amado a pensar en otra cosa: *¡Los sicarios!* Aquellos que había contratado para los trabajos sucios, y que bien Elmes pudo usar en su protección, pero se negó, estaban igual que el capo. Hacía tiempo que no sabía de ellos. *¡Preferible así!,* volvió a consolarse. *Por el momento lejos y mientras más mejor,* se dijo.

Elmes y Soraya eran buscados por Amado, el cartel de Cali, la policía y la justicia. Los operativos, tras su localización, no cesaban. Ello angustiaba al excoronel hasta el punto de pasar noches en vela viendo, o pretendiendo ver, el techo en la oscuridad de su habitación hasta que, una madrugada, con los capilares dibujados en sus ojos, caminó hacia un sofá y se derrumbó. Accionó el control de la televisión para escanear canales y por primera vez en mucho tiempo lo consiguió: quedó dormido.

9

Apenas reparó en que los disparos impactaron su vehículo, Elmes manejó como loco procurando escapar, y en una calle que lucía despejada avanzó en contravía. Ignoraba que a pocos metros no podría continuar; sería obligado a abandonar el vehículo y correr en busca de refugio. Penetró a un callejón, y creyendo escuchar pisadas a su espalda, frenético empujaba a los que obstruían su paso. Algunos, al verlo correr alocadamente le abrían camino pegándose como lapas a las casuchas que llenaban el lugar.

De un salto trepó por una pared de block sin pañete y alcanzó el techo de zinc; el cobertizo cedió a su peso y se vino abajo. Cayó de nalgas en una especie de sala y en el aturdimiento vinieron a su mente pasajes de su niñez: en los brazos de su madre escuchaba la lectura de La Caperucita Roja, pero en el momento que cuestionaba al lobo veía llegar su padre, entonces ya no estaba en el bosque, sino en su casa. Las garras de la fiera salían de las manos de su viejo y, con ella, lo arrebataba del regazo de su madre. Se desprendía con grito ahogado. Luego lo llevaba a un bosque más pequeño y lo hacía jugar con una pelota. Al apretar escuchaba el sonido como de armas disparando, y veía chispas en el cielo. Poco a poco empezaba a disfrutar aquello y lo prefería por sobre la historia que antes escuchaba.

Al volver en sí, Elmes descubrió que seguía sentado sobre el tibio zinc. La vivienda en penumbra expelía un olor a

118

orégano que invadía su nariz. Relojeó los alrededores y su vista se detuvo ante unos ojos gris, que redondos y desgastados no dejaban de mirarlo. Brillaban en aquella oscuridad como los de un gato. Estupefacto se puso de pie y la plancha crujió estridente. Se acercó a una anciana que permanecía inmóvil como una foto y pensó que estaba muerta. Le pareció que había pasado mucho tiempo desde que entró por el techo y necesitaba comunicarse con alguno de sus amigos, pero no tenía cómo, pues su celular lo había perdido, por lo que tampoco podía confirmar el tiempo exacto que tenía allí.

De pronto volvió a escuchar voces y pisadas presurosas, entonces la poca calma que había conseguido se quebró. Asumió nuevamente la actitud defensiva, esta vez de pie, colocado en un extremo de la maltrecha puerta de tablas de la entrada.

La anciana al fin dio señal de vida. Se movió de su asiento al escuchar que alguien repetía: "Mamá."

—Es mi hijo —dijo y agregó—: Si no le contesto se va.

—¿Vive aquí? —preguntó Elmes en el mismo tono.

—No, vive en La Romana. Viene a la capital por trabajo y pasa a traerme medicinas.

—¿Es policía?

—No, señor. ¿Cómo se le ocurre? Trabaja en un laboratorio.

—Entonces quédese quieta. No responda hasta que se vaya.

—Mamá... —seguía llamando la voz.

—No se irá hasta encontrarme. Seguro buscará en las casas de al lado y al no encontrarme regresará con la policía pensando que me pasó algo malo.

—Entonces... párese aquí, al lado mío y, ábrale sin contestar. Luego coja lo que le traiga y no lo deje entrar, ¿entendió?

—No puedo hacer eso... La casa tiene candado por fuera y él solo abre cuando yo le respondo. De lo contrario, yo tendría que salir por atrás.

La anciana se aprestó a moverse por el único espacio que el techo derrumbado dejaba como camino.

—No, por atrás no —le advirtió, atajándole el paso—. Quédese ahí.

Elmes comprendió dos cosas: por qué sus perseguidores no le buscaron allí, y que estaba ante una encrucijada difícil de solucionar. Era inútil llevarle la contraria a la doña. *Tengo que hacer lo que sea porque, si no, el aliento de esta vieja me va a matar. Parece que mastica chicles de orégano.* Aun así, el capo suponía que lo peor había pasado, pero al mismo tiempo temía que alguno de los que le buscaban le asechara escondido en algún lugar de ese vecindario, esperando el momento que apareciese para pegarle un tiro.

10

Ante la insistencia de la anciana, Elmes cedió.

—¿Tiene celular su hijo?

Afuera no paraban los gritos:

—Mamá, mamá...

—¿Cómo? —preguntó la vieja.

—¿Que si su hijo tiene teléfono? —repitió.

—Sí, pero no me lo sé. Nunca me lo anota.

—¡Ah! Olvídelo.

Elmes estaba convencido de que, de ser como decía la anciana y contrario a lo que creía, la aparición de su hijo podría ser su salvación: *Necesito llamar para salir vivo de esta, aunque no quisiera aventurarme sin estar seguro de que se han ido. Pero quizás sea mi única oportunidad,* pensó el capo.

Autorizó a la vieja responder a su hijo y pedir que entrara a la casa. Pero cuando abrió la puerta, la sorpresa de encontrar medio techo desplomado hizo que su hijo retrocediera dos metros del umbral; el capo le vio ponerse una mano en la boca y supuso que gritaría. Pistola en mano, salió tras él y lo obligó a entrar con un movimiento tan rápido que le asombró. Nadie afuera se percató de lo ocurrido. No fue suyo todo el mérito. La oscuridad y el vacío que dejó en el callejón el operativo tuvieron que ver con el resultado.

Una vez dentro de la casa, despojó de su celular al hijo de la anciana, quien humedeció sus ropas. Por primera vez veía un arma apuntando a su cabeza. La vieja trató de tranquilizarlo.

—Coopera y no te pasará nada —le aconsejó, pasando su arrugada mano por la cabeza.

Empezó a digitar los pocos números que sabía de memoria. Primero llamó a Soraya para advertirle. El teléfono del apartamento sonaba ocupado y el celular no lo contestaba. Entonces llamó a Lantigua. Hubiera sido al último que llamaría si hubiese tenido su celular a mano. El teléfono de Lantigua sonó sin parar, pero tampoco contestó. Repitió la acción con Amado y su suegro Rafael, con el mismo resultado. El teléfono emitió un bip y miró al hijo de la vieja.

—Lo siento, no tengo cargador aquí y, además, imagino que le quedan pocos minutos.

—¡¡Coño…!! —exclamó Elmes poniéndose un puño en la sien.

Frustrado dejó caer el aparato que se desgranó al llegar al piso.

—Si quiere… lo llevo a llamar donde me diga. Pero por favor, por el amor de Dios, no nos haga daño. Somos gente buena y nunca…

Elmes se puso un dedo delante de la boca. Cuando consiguió callarlo, miró hacia arriba y observó que las estrellas refulgían. Ahora formaban parte del techo de la casucha.

—¿Dónde?

El hijo de la vieja tardó en contestar.

—Dondequiera. Tengo el vehículo de la empresa estacionado afuera.

—¿Qué vehículo?

—Una Ford —tartamudeó levantando los hoimbros—. Para cargar productos farmacéuticos.

Elmes quedó pensativo, entonces el hijo de la vieja agregó:

—Tiene los vidrios oscuros, no habrá problemas. Pero por favor no nos haga...

—Silencio —interrumpió amenazante—. ¿Qué cargas en la parte trasera?

—Nada. Está vacía.

—Ok, ok. Iremos con tu mamá y me llevarás a un lugar. ¿Supongo que sabes lo que pasará con ella si intentas hacer algo estúpido?, ¿verdad?

11

Abandonaron la desvencijada casita y la madrugada avanzaba al dejar el barrio atrás. Pocos se percataron de su salida. El hijo de la doña atravesó varias avenidas en procura de salir de la ciudad, observando que la presencia de patrullas policiales era anormal: cada esquina aumentaba el número, detenían vehículos, requerían y revisaban papeles. Algunas calles estaban totalmente cerradas al tránsito, sin embargo, Elmes, en la cajuela de la furgoneta confiaba en que un vehículo con productos de farmacia a ninguna hora llamaba la atención y que pasaba libremente por todas partes sin el menor inconveniente. No obstante, al llegar al puente que divide la parte oriental de la occidental le hicieron señal de pare.

—Un retén —dijo el conductor en forma de advertencia.

La patrulla se asomó a la ventanilla de la furgoneta. El hijo de Tala permaneció nervioso esperando su reacción. No sabía si dar gracias a Dios por haber convencido al hombre que cargaba en el compartimento trasero de no cargar con su mamá que, a la larga, representaba un estorbo, o lamentarse porque ahora hubiera sido la mejor razón para no ser molestado.

—Salga y déjeme ver los papeles —dijo uno de los agentes.

El retén formaba parte de los equipos distribuidos para dar con el fugitivo. "De donde escapó solo pudo haber salido en un vehículo", afirmaban los jefes mientras despachaban los servicios de retenes en toda la ciudad. Los agentes que detuvieron al conductor de la furgoneta, un flaco alto con cara de niño y, el otro, un calvo de abdomen pronunciado, visiblemente de más edad que el primero, otearon al interior de la cabina y a través de una ventana lateral.

—¿Qué trae atrás, amigo? —preguntó uno, el más bajo.

En lugar de prestar atención a la respuesta, le dio un sorbido a un refresco rojo que agarraba.

—Medicinas —contestó el conductor trasluciendo su nerviosismo.

—¿Qué clase de medicinas?

El policía hablaba sin sacarse el sorbete de la boca.

—Diferentes clases, jefe —detalló—: Paracetamol, Omeprazol, Metamizol...

—¿Quéee?, ¿y pa´ qué sirve esa vaina? —intervino el flaco.

—Bueno, jefe, no soy médico. Solo sé que el Omeprazol se usa para el dolor de barriga.

—¡Dolor de barriga! —repitió el gordo—. Abra atrás, vamos a chequear qué más trae.

12

Elmes escuchaba la conversación desde el compartimiento trasero. Empuñó su calibre veintidós, enchapada en oro y se preparó para disparar a la primera cara que asomara en la puerta. Fijó su mirada en la cerradura convencido de que no había otra opción: o se dejaba atrapar y vivía si sus captores eran de los buenos, o se dejaba matar si eran de los malos, de aquellos que le habían perseguido y disparado en la tarde del día anterior. No descartaba que los colombianos, a esa altura, hubieran comprado a media.

El conductor de la furgoneta metió la llave y empezó a girar el llavín con parsimonia. Primero a un lado y después al otro, como si desconociera el giro correcto. La barbilla de Elmes empezó a temblar y con ella todo su cuerpo, excepto las piernas. El calambre lo impedía. Desde que entró al vehículo las había encogido para meter la cabeza entre ellas. Los brazos, que ahora estaban extendidos apuntando en dirección a la puerta, antes aseguraban la incómoda posición que le resguardaba de quienes echaran un vistazo por las ventanas laterales.

Tenso hasta más no poder, Elmes escuchó los postigos deslizarse y el miedo se posó en su cara.

—¿Tiene aspirinas? —preguntó el agente gordo.

—Sí, pero... no aquí; allá —respondió el chófer indicando la parte delantera—. Tengo varias tiras en la gaveta.

El policía le hizo seña con la cabeza. El chofer dejó lo que hacía y se movió a procurarlas. Sacó una tira y se la ofreció. Luego esperó quieto la próxima instrucción. Los agentes dirigieron su atención hacia una discusión que se suscitaba con otra patrulla. El conductor de una yipeta Porsche resistía la requisaran.

—Estos malditos ricos se creen intocables —murmuró el policía flaco, mientras se alejaba en dirección al lugar de la disputa.

Elmes volvió a escuchar los cerrojos y siguió con atención el instante en que la luz empezara a meterse en el resquicio de la puerta. *Momento de disparar,* repetía en su mente. Era consciente de que no podía desperdiciar ni una bala. *¿A cuántos enfrentaré para salvarme?,* se preguntaba. Tampoco sabía si lo lograría. Lo más probable era que en el momento en que empezaran los tiros se sumaran otros y lo acribillarían o, tal vez, con suerte, resultaría atrapado.

El agente del refresco abrió la puerta del conductor y metió la mitad de su robusto cuerpo al vehículo. Apoyó el envase en el asiento y alumbró por la ventana trasera. El foco era pequeño pero su luz fue lo suficiente para observar la cajuela. Elmes vio la claridad pasar sobre sus piernas que, al primer flashazo, había vuelto a colocarlas como antes. El calambre que empezaba a marcharse regresó. El agente miró hacia los rincones como pescado en tarima: con los ojos bien abiertos, pero muerto. Luego atrajo la guantera y sacó las otras aspirinas.

—Váyase —dijo maraqueando las tiras en las manos—. Este maldito servicio y el dolor de cabeza me van matar.

Elmes sudaba copiosamente. Escuchó ponerse el cerrojo y lanzó un bufido. El vehículo retomó su camino. El resto del trayecto fue tranquilo, y ya amanecía al atravesar el portón de seguridad en Casa de Campo. Pero el capo aún no se sentía a salvo. Pensó que cabría la posibilidad de que lo estuvieran esperando allí. Pocas personas sabían que él era el propietario de la villa. *Las cosas se han tornado extrañas últimamente. Si fueron policías los que me persiguieron, ¿por qué me querían matar?*, reflexionó Elmes. La respuesta a esa inquietud la encontraba en la posibilidad de que fueran sicarios como los marinos que Lantigua utilizó en Paya.

La furgoneta recorría despacio las solitarias calles del complejo turístico. Elmes veía ese lugar como nunca antes lo había hecho: sintiendo que las suntuosas casas le devolvían la mirada en la más inquietante quietud. Entonces recordó que antes de salir de su apartamento había recibido una llamada con aparente voz fingida. Le advirtió que saliera lo antes posible; que se le iban a tirar. Ahora pensaba que en lugar de prevenirlo, fue una trampa para matarlo.

13

La furgoneta pasó frente a la villa y todo lucía tranquilo, pero Elmes no quiso arriesgarse. Miró a través de la ventana lateral disimuladamente, pues tampoco deseaba que el conductor supiera cuál era su destino. Las circunstancias lo traían paranoico.

—Recorre esta calle hasta el final y luego regresa despacio —instruyó al hijo de Tala.

Continuó meditabundo, y mientras la furgoneta regresaba despacio, cayó en cuenta de que Amado lo sabía. *La voz que me llamó, sin duda, fue la del coronel Sánchez, el encargado de las intervenciones telefónicas en la DNCD, gran amigo de Amado*, pensó Elmes.

Recordó que en varias ocasiones compartieron café. Su timbre de voz se le quedó grabado, pues no paraba de hablar cuando le extendía el sobre. ¿Sánchez le había advertido? ¿Por qué Amado no lo hizo? ¿Si fue Cali, alguna de su gente no podía estar ajena? ¿Será que esa llamada, ese mensaje, era otra cosa? Entonces sus pensamientos se desviaron hacia Soraya: ¿Cómo estará ahora?

Tras recorrer varias calles dentro del complejo, hizo que el conductor girara en dos ocasiones a la izquierda. Luego le indicó cómo salir.

—¿Entendió? —preguntó Elmes sin dejar de mirarlo.

—Sí, señor —asintió el muchacho pensando que le dispararía por la espalda.

Mientras se alejaba miraba por el retrovisor y sentía húmedos sus pantalones, Elmes lo vio tomar la dirección indicada y perderse al doblar en la esquina. Luego caminó hacia a su villa. Todo estaba tranquilo. El vigilante se sorprendió al verlo llegar en esas condiciones: desaliñado, despeinado y sucio. Le costó reconocerlo; después le abrió la puerta como el que despeja el paso a un toro. Elmes se duchó y el agua caliente lo reanimó. Buscó un *phily* pero no halló, entonces se sirvió un whisky. Lo acabó en un par de tragos. Abrió una gaveta y la revolvió buscando.

—¿Dónde puse los malditos *sim-cards?*

Los encontró y colocó con limitaciones; una vez resuelta la dificultad, se acostó. Desde la cama encendió el televisor dispuesto a descansar.

Los *shutter* estaban cerrados y así permanecieron. Durmió profundamente, y cuando despertó no tenía idea de cuánto tiempo permaneció así, pues la ausencia de luz le hizo perder la noción. No sabía si era de día o de noche, pero suponía que era temprano: un noticiero iniciaba su transmisión. El programa comenzaba a las cinco de la mañana. En el *set* aparecieron varios comunicadores en torno a una mesa, hablaban sobre su escape. Uno comentó sobre su fuga de una cárcel de seguridad, y otro se refirió a lo de la patrulla, que lo persiguió por las calles de la ciudad hasta perder su rastro. ¡Entonces eran policías!, concluyó.

Luego aguzó los oídos cuando se refirieron a Soraya; su detención y la ocupación de varios bultos con dólares en el baúl de un vehículo.

—¡¡Ladrones, hijos de perra!!

Los comunicadores también comentaron que Soraya reclamaba la pérdida de un quinto bulto y despidieron la transmisión aclarando que trataron en vano de hacer contacto con el nuevo director de la DNCD, el general Decolores y con el jefe de la policía, pero ninguno respondió su teléfono.

Más confundido que antes, el capo se preguntó. *¿Cómo los colombianos supieron de los bultos?, ¿la DNCD y la policía metidas en esto?, ¿por qué el general Decolores mandó a allanar mis apartamentos?, ¿por qué detuvieron a mi mujer y se robaron un bulto?... Y una sarta de preguntas más ocuparon su mente.*

14

Elmes tenía un teléfono especial porque no podía ser rastreado. Al menos eso dijeron al entregárselo: el aparato fue hecho para espionaje. Los rusos lo crearon para comunicarse con sus aliados. Despachar con éxito su Inteligencia geopolítica. Con el tiempo crearon uno más moderno y este, inexplicablemente, fue a parar a manos de los narcos.

El de Elmes no llegó de manos de los rusos, sino a través del gobierno venezolano. Desde que Hugo Chávez se hizo con la presidencia, el país fue de los principales socios de los eslavos. Los acercó a su objetivo común: acabar con los gringos. El cómo lo harían, poco importaba. El barinés solía decir: "Si la droga es lo que les gusta, pues démosle droga...".

Elmes marcó los diez números y esperó que contestaran.

—Hola, soy Elmes —dijo a quien atendió, como si lo conociera—, el hombre que buscan. Páseme a cabina, quiero hablar en el aire.

Después llamaría otras veces y las autoridades nunca podrían rastrear las llamadas; a pesar de investigarlas, no lograrían saber por qué no aparecían en los tráficos del teléfono de la emisora. Sobre todo que a través de esas llamadas el capo desafió a las autoridades, acusó al jefe y al director de la DNCD de robarse un bulto lleno de dólares, así como también los amenazó, en especial a sus familiares, convirtiéndose después en un espíritu. Se sentía y dejaba ver su silueta, pero era inaccesible para los que tenían que aprehenderlo.

15

Refugiado por un tiempo en su villa, Elmes se cuidaba hasta de su sombra. En su cabeza se instaló la idea que no había considerado: *Me largo de aquí.* Antes de hacerlo creía necesario convencer a su gente para que le acompañara. Sobre todo, los más ambiciosos y cercanos. No los más leales, sino los más peligrosos o, mejor dicho, los que se atreverían en su ausencia a desafiar su liderazgo. Acordó reunirse con ellos en una de las casas de seguridad a las afuera de la ciudad. Allí les explicaría y haría la selección.

Sin revelar sus preocupaciones ni mostrar debilidad, conminaría los seleccionados a irse con él sin empeorar las cosas. El boricua sentía que luchaba como nunca. Enfrentaba a un grupo de colombianos que quería matarlo; ignoraba sus identidades y sus dudas nadaban en el mar de las incertidumbres. Hasta cierto punto, entendía que los colombianos quisieran matarlo, pero no la policía. ¿Quién en la policía quería su cabeza?, ¿el jefe?, ¿Decolores? Algunos de los suyos dejaban de ser leales y no sabía con claridad quiénes eran. Amado y Lantiagua seguían siendo de su confianza, pero debía observar sus pasos. Por otro lado, la última vez que visitó la Embajada, le dieron a entender que quedaba a su suerte. ¿Me soltaron en banda?, se preguntaba.

Ignorando qué seguía cada día, Elmes a diario veía morir acribillada alguna de su gente y en el mejor de los casos era secuestrado, torturado o desaparecido. Una especie de ruleta rusa en la que la víctima salía agraciada, y como si fuera poco, el capo terminaba señalado como responsable de lo ocurrido por la familia. No solo se negaban a creer que él no había participado, sino que aportaban información en vendimia para acercar a las autoridades a su captura. En esas perdió el interés de matar al Tuerto y escuchar que lo mencionaran dejó de causarle el efecto de antes.

Elmes ocultó su deprimente estado, pero su actitud le traicionaba. Observaba cómo tornaban las cosas, y de la formación de un grupo de narcotráfico en la región sur, pasaba a cinco grupos: en el norte, sur, este, sureste y nordeste. El último lo consideraba el más peligroso; los francomacorisanos eran duros por tradición. Se hacían llamar los Varones, y era integrado por revolucionarios de la izquierda criolla. Algunos hacían metástasis para subdividirse, y en la región este otros tres grupos sobresalían: el este corto en San Pedro de Macorís, el medio en La Romana y el largo en Bávaro Punta Cana.

—Señores, prepárense que nos largamos —dijo Elmes y la sorpresa se dibujó en sus rostros.

Nadie replicó, ninguno quería irse. En algunos casos no se trataba de deslealtad, sino que sabían que Cali no se detendría hasta conseguir su objetivo, y todos los que se hallaran con él correrían la misma suerte. Mientras estuvieron reunidos reconocieron que no era momento de disentir. Supuestamente resignados, se marcharon a organizar sus cosas. No para largarse como se les había pedido, sino para sus propios planes. Preferían quedarse. *Ya llegará el momento de decírselo*, pensaban. La reunión fue tan corta como el paso de un rayo y sus efectos tan dañinos como su impacto. "Que esos matones se conduelan y nos perdonen solo se consigue manteniéndonos lejos", sentenciaron en una reunión entre ellos que siguió a la de Elmes y donde el capo ni participó ni fue invitado.

16

Al enterarse que Soraya fue liberada, Elmes fue el primero en sorprenderse. ¿Cómo sucedió el milagro?, se preguntó. Luego se conformó pensando: *Lo importante es que está libre*. Amado la llevó a la villa del capo y tras encontrarse se fundieron en un abrazo teatral. Después desaparecieron de la vista de todos, y más tarde Elmes y Soraya regresaron con la piel gastada para compartir un café en la terraza. Amado aguardaba en pie un poco retirado, miró su reloj y por lo bajo expresó:

"Se hace tarde". Soraya debía regresar a la capital. Si bien estaba en libertad, debía cumplir condiciones. Una de ellas era no transgredir los límites del Distrito. Pero si algo sabían quienes perseguían al capo, era que en algún momento Soraya se vería con él. Pensar en ello apagaba la alegría que Elmes sentía al tenerla de vuelta.

—¿Quiere decir que no está libre del todo?

—Así es, señor —respondió Amado un poco turbado.

Elmes lo miró de mala gana y siguió moviendo la cuchara en la taza.

—Entonces todavía no ta´ to´...

—Sí —intervino ella—. Es posible que me condenen por lavado o algo así.

—¿Quién te dijo eso?

—El abogado que tú mandaste.

—¿Yo? Yo no mandé a ningún abogado.

El capo clavó sus ojos en Amado.

—¿Tú lo contrataste...?

—Nooo —tartamudeó.

Sin terminar el café, se despidió de Soraya mientras meditaba que los abogados son los tipos más interesados; no creía que salieran de la nada y tenía claro por experiencia que no movían una paja sin su paga. Que no había ni uno solo tan bondadoso como para trabajar de gratis y solo se le ocurría pensar que lo habían enviado los colombianos. *Soltarme la mujer, era una fácil manera de saber dónde me escondo. Y ese idiota de Amado contribuye a eso,* pensó.

—Váyanse ya, en el camino de vuelta, si ven algo sospechoso me hablan *sin pelos en la lengua.*

—¿Cómo me comunico contigo? —preguntó Soraya—. No tengo forma, ellos se quedaron con todos mis teléfonos.

—Amado..., no, mejor yo me encargaré de que tengas todo lo que necesitas y... mantente atenta porque eso tuyo hay que resolverlo pronto, no te preocupes que esos *canto e´-zánganos* no te van a condenar. Te lo prometo.

Amado se despidió con una reverencia y salió con Soraya ignorando que, en poco tiempo, ella le otorgaría su pasaporte al más allá. Antes de llegar a su destino se desviaron para fundirse en un solo cuerpo.

—No podemos seguir viéndonos —sentenció Amado mientras se vestía, al terminar y antes de que desapareciera el olor a ella de sus fosas nasales.

Ella fingió no entender, pero él le explicó las razones.

—¿Quieres decir que rompes conmigo?

Amado bajó la cabeza y ella, derramando el rímel sobre el resto del maquillaje que acababa de colocarse, movió la cabeza resignada y musitó: "Cobarde de mierda, te vas a arrepentir...".

Desde que consiguió comunicación fluida con Elmes, Soraya no desaprovechó un día para sembrar cizañas entre los dos hombres. Repetía como rezando un rosario: "Tienes que revisar tu confianza con Amado...". Cuando el capo la cuestionaba al respecto, se limitaba a decir: "Intuición femenina". Hacía tiempo que de esa confianza quedaba poco, aunque no por lo que ella decía, a quien solo le seguía la corriente, sino por lo que Bernarda le había contado. Más le mortificaba que intentara en vano convencer a Lantigua de acompañarle en el viaje y este no solo rechazó la oferta, sino que cada vez que lo convidó, le dejó saber que salir huyendo era asunto suyo. Lo que ponía al capo a pensar que podría tener algo que ver con la emboscada que le tendieron frente al restaurante La Esquina.

17

El dinero empezó a ser un problema para Elmes. No sabía qué hacer con tanto, ahora que estaba dispuesto a perderse. Pensó quemar todo el que no pudiera llevarse. Hacer una gran fogata avivada con billetes. Pero luego se arrepintió. *Después que pase esta estúpida situación quizás lo necesite*, se dijo. Entonces Bernarda haló la perita del bombillo que hizo luz en su cabeza. Llamó a Amado y le aconsejó que convenciera al capo de llevárselo a su padre, Rafael, para que lo guardara o lo invirtiera en su negocio de panadería.

—Hmm, con la boca es mamey, pero hacerlo es un buey —agregó el capo risueño, queriendo decir que no resultaría problemas para Rafael, en virtud de que su negocio era muy concurrido y no llamaría la atención que dejara mucho beneficio.

Amado cumplió el encargo. En pocos días, el dinero era recibido por su suegro y con esto pensó que todo quedaba listo. En realidad, faltaban otras cosas iguales de importantes.

–"Ing, la vuelta no va", textió Lantigua. "¡Wepa!", escribió Elmes –"¿K pasa comp.?" –"Nada, ut. sabe compa que me asuta el agua", escribió Lantigua. –"Comp. esto está fastidia´o aquí y a ut lo buscan para que pague la harina y la otra vaina o e que va dejá subirse la pulga", respondió Elmes. – "No compa, jama ni nunca, el problemita mío ya ta´ casi resulto", aclaró Lantigua. –"Ok, ´Ta´to´. Cuidese, parece k yo no pego una", se despidió Elmes resignado.

El capo furioso estrelló el teléfono contra la pared y terminó en pedazos. No entendía cómo su compadre había resuelto el problema de la droga y las armas ocupadas a Alex. Pensó en la discusión que habían tenido cuando le pidió matarlo. No quiso. Defendió a Alex por un supuesto vínculo familiar, que luego Elmes descubrió no era cierto, aunque nunca se lo dijo. No obstante, decidió olvidarse del asunto, y aunque le prometió que no atentaría contra la vida de su pariente, lo hizo con la ayuda de Amado. ¿Desde cuándo la maldita familia importó en el negocio?, reflexionó el capo.

Habían intentado matarle y ahora ninguno de los suyos quería acompañarle. Empezaban a dejarlo solo. Sospechaba que algo extraño se escondía detrás de sus acciones. Los que eligió para que se marcharan con él, pusieron excusas para quedarse. Sentía que lo sepultaban vivo. *Apenas un par de días atrás, todos parecían dispuestos*, meditaba. *¿Qué pasa?*, se preguntó. Quiso cambiar de planes, quedarse a averiguarlo, pero ya todo estaba arreglado y deshacerlo conllevaba mucho. Podía costarle hasta la vida en manos de los sicarios. Había otras maneras de resolver el asunto. Buscó su otro teléfono, el Black Berry y escribió: –"ok comp cuídese". – "ok", escribió Lantigua, sin imaginar, que esa sería una de las últimas conversaciones que tendrían.

Durante las noches que siguieron a "me asuta el agua", Elmes no conciliaba el sueño. Los pocos minutos que dormía, se agitaba, pronunciaba palabras inentendibles, sudaba frío y despertaba espantado como de una pesadilla. Así se lo había hecho saber Soraya: "Mi vida, no estás durmiendo tranquilo". Hasta ese momento confiaba en que Lantigua cambiaría de opinión. No le importaba que Amado se quedara; es más, lo prefería. No tenía problemas con la policía y podía ser útil para resolver las cosas.

El día acordado, de los once convidados solo Soraya acompañaba a Elmes. Amado llegó temprano a la villa y se sentó a la mesa a desayunar. Veía las noticias en la televisión. Elmes la apagó y encendió la radio. Movió el dial hasta la emisora donde él había llamado amenazando a Gerinaldo y Decolores, por Soraya y el bulto. En esa, tenía periodistas amigos, que bajo un lenguaje en clave transmitían mensajes de alerta de cosas que iban a suceder en torno suyo. Acabaron el desayuno, no escucharon nada importante y se fueron a la terraza a conversar, lejos de la servidumbre.

—Lantigua se queda —dijo Elmes.

Amado permaneció en silencio. Jugaba a matar un insecto que volaba cerca. Pero Elmes buscaba su opinión, algo que le hiciera comprender qué estaba pasando con su gente. Y continuó contándole sobre los esfuerzos que había hecho para resolverle sus problemas, y cómo el muy idiota lo que hacía era quedarse, alegando que le tenía miedo al mar. Amado permanecía callado, escuchando las palabras del capo. Apenas aportaba por respuesta un gesto de cara. El excoronel, como buen soldado, esperaba el momento oportuno para hacer entender algunas cosas que le inquietaban. Pero un freno invisible le detenía y una voz le susurraba al oído que no era el momento. Elmes parecía no tener frenos en la lengua. Hablaba, se quejaba y volvía a Lantigua. Se sentía herido. Una espina que al entrar en la carne rompe la punta y hace más doloroso y difícil su extirpado. Amado recibió algunas instrucciones y antes de irse a cumplir los encargos y regresar a la hora de zarpar, se volvió y lo miró a la cara.

—¿Qué carajo me ves?

—No, nada —respondió y siguió caminando.

18

Tres meses después, con la brisa fresca de noviembre, los periódicos anunciaban en portada: "Ni rastro del capo boricua". "Nada del bulto con más de cuatro millones de dólares" y "La policía no ofrece datos sobre el secuestro de Soraya". En el desarrollo de los diferentes acontecimientos se destacaba la incompetencia de la policía para resolverlos. Irritado, Gerinaldo los dejó sobre su escritorio convertido en un manojo.

Los reporteros que cubrían la fuente, enviados por los directores, se empeñaban en conseguir la reacción del jefe. Se toparon con el vocero. El general Nelson se limitó a guardar silencio cuando le preguntaron. Un silencio instruido por Gerinaldo que percibía las publicaciones como una provocación, pero que en el pensamiento de muchos se antojaba como encubrimiento y se preguntaban si eran cómplices. Para colmo, llegó a filtrarse que el presidente Rivera se quejaba de no estar bien informado. Sin embargo, a menos de ciento cincuenta kilómetros el misterio se develaba.

En la tranquilidad de su morada, Elmes continuaba pensando que su "compadre" quería joderlo, pero estaba decidido a darle una sorpresa. En cambio, Lantigua, por primera vez en mucho tiempo, gozaba de seguridad y libertad. Al punto que dejó de responder las llamadas del capo, pensando que a Elmes no le quedaba otro camino para evitarse problemas que hacer las paces con él y perderse como lo había hecho, y que cualquier disgusto tendría que pasarlo por alto, pues, a fin de cuenta, no tenía a más nadie que le resolviera sus necesidades. Además, que si algún día volvía por allá, tendrá que rogarle que le ayude, porque a partir de entonces trabajaría en fortalecerse y lo encontraría reinando mientras que él estaría solo y débil.

En el teléfono, uno de los convidados le expresó a Lantigua que pensaba igual que él, y como también se negó a lo que le pidió Elmes, se encontraban en la misma situación, por lo que Lantigua no tuvo motivos para desconfiar y, en cambio, se desbocó. Llamó a su compadre extranjero azaroso, malagradecido e hijo de la gran puta. Sacando el coraje que le causó enterarse por boca de otro, que había mandado a matar a su primo hermano en la cárcel.

—Tú sabes lo que es relegarme a un segundo plano y darle mi puesto a un maldito poli —dijo Lantigua descargando todos los sentimientos encontrados que tenía y se sintió bien.

Desde aquella tarde que supo de la muerte del pariente, la lealtad de Lantigua por su compadre Elmes eclipsó y movía el labio inferior al compás de un pestañeo de su ojo derecho. ¿Acaso ignoraba quien mejor conocía al capo que faltar a una promesa era su diario vivir? Lo novedoso fue que no se la cumplió a él. Si algo le mantuvo incondicional, a parte del dinero, fue que siempre podía esperar que lo ofrecido se convirtiera en realidad, sin embargo, Lantigua ignoraba que la conversación había sido grabada y el audio no tardó en llegar a las manos de Elmes, quien después de escucharlo varias veces tomó su teléfono para hacer un par de llamadas y silbando se desentendió del asunto.

No obstante, Lantigua abandonó las calles, las mujeres y el buen vino; vivía modestamente en casa de un hermano, en el sector de Los Ángeles Custodios. Un barrio en las afueras. Un lugar ideal para permanecer oculto: no tenía servicios básicos y, por allí, no pasaba ninguna patrulla ni nadie que no fuera residente en una de las pocas casas existentes. El ayuntamiento no recogía la basura y cada quien tenía que cargar sus porquerías para llevarlas a un vertedero improvisado a varios kilómetros.

Lantigua, después de algunos días, volvió a las calles. Se reunía con amigos e incluso participaba de la vida nocturna en bares, discotecas y restaurantes. Sin embargo, continuaba su vida de ratón: arrinconado y desconectado de la comodidad de otrora. Apenas escuchaba noticias en una pequeña radio portátil y a veces en un televisor que se veía mal y para sintonizar los canales debía remover una percha en el techo que funcionaba como antena. Ni siquiera tenía señal en el celular, pero disfrutaba el anonimato, a pesar de que tanta quietud le producía ansiedad y comía descontroladamente. La panza le creció, se dejó crecer el pelo, la barba y el bigote. Se propuso caminar al centro comercial más cercano para ejercitarse.

En Carrefour compraba las cosas que necesitaba y volvía a su prisión voluntaria de la misma forma.

Con todo y limitaciones, sentía recuperada su vida, sin Elmes respirándole en la espalda. No obstante, continuaba escondido de algo. Una mañana, su hermano le encaminó el teléfono. Lantigua miró el reloj de la estrecha habitación donde dormía, el único espacio ordenado en aquel lugar repleto de toallas y ropas tiradas por doquier, pasaba un cuarto de las nueve. Tomó el auricular, y tapando la bocina, preguntó con un gesto quién estaba en la línea. Su hermano, con otra seña, le respondió imitando el saludo militar: se llevó una mano a la frente, dejándole claro que lo llamaba su jefe, y se retiró.

—Alouuu —dijo Lantigua a punto de cerrar, fingiendo que no escuchaba.

—¿Qué pasa, compa? ¿Ya no me conoce?

Identificó en la línea la voz inconfundible de Elmes.

19

Omar Lantigua respondió poco animado la desagradable sorpresa, pero hizo su mejor esfuerzo para demostrar lo contrario.

—Hola, compa. No diga eso...

Al principio, parecía una conversación amable, interesada solo en ponerse al tanto, pero luego tornó.

—¿En qué está lo suyo?

—Todo bien, casi resuelto —dijo Lantigua reservándose los detalles y siguió—: ¿Y qué tal lo suyo?

—Todo marcha —respondió, devolviendo la pelota a su cancha.

Lantigua sentía el estómago revuelto. La relación de "los compadres" se afectó y los pedazos en que se rompió no se recogían aún. Había empezado a quebrarse cuando detuvieron a Alex y después, al producirse su muerte, el compadreo estaba más derretido que un block de hielo cuyas aguas rodaban por el piso. Elmes no era de llamar para conversar. Si lo hacía, frugalmente trataba lo que le interesaba y a veces dejaba a su interlocutor con la palabra en la boca, pero si se sostenía en la línea su compadre sabía que había problemas, pues consideraba las conversaciones telefónicas asuntos rápidos y por necesidad. "Los teléfonos son jabladores y traicioneros", solía decir, pero su "compadre" abrazó la esperanza de que esta vez sería diferente. Creía firmemente que, a raíz de lo acontecido, Elmes trataría de buscarle la vuelta, pues sabía que estaba dolido por lo de su primo, y por ello el capo se quedaba en la línea buscando la forma, quizás, de pedirle perdón.

Lo cierto era que Elmes buscaba otra cosa, y pronto Lantigua lo descubrió al bajar de la nube y ser devuelto a la realidad. Su "compadre" no se refirió a la muerte del pelotero, no pidió perdón, no le buscó la vuelta como esperaba y ni siquiera le expresó su pesar. Pero lo que menos esperaba fue lo que realmente sucedió. Elmes le asignó una nueva misión.

—Compa —dijo—, necesito resuelva algo para mí.

—Mande. Lo que usted diga —respondió Lantigua, sabiendo que no debía negarse nuevamente y que la llamada a casa de su hermano era un metamensaje que, aunque no podía descodificarlo claramente, se le antojaba que podría ser: "Tengo ubicada tu familia", o algo por el estilo.

—Te reunirás con un amigo.

Y antes de que Lantigua respondiera, prosiguió.

—Cerca de ahí, para que no tenga que moverte lejos.

—Ok —respondió.

—En Carrefour.

20

Con frecuencia Berigüete llamaba a la DICRIM para enterarse del caso Elmes, pues no creía en los informes oficiales de Gerinaldo, que calificaba como cuentos de hadas, asumiendo que con estos engañaba al presidente y que la verdad solo la tenía de boca de su pupilo, Pola.

Por ello, la situación traía estresado y ensimismado a Pola. Cuando su ayudante abrió la puerta del despacho, en medio de la oscuridad, imaginó que veía un fantasma al ser asaltado por una silueta deforme. No fue hasta encender la luz cuando supo que, frente a él, arropado con una sábana y tendido sobre el sillón de su escritorio, estaba Pola.

—Disculpe, señor —dijo avergonzado—, el coronel de Homicidios le llama por el privado.

El teléfono rojo, al que llamaban "privado", tenía una tecla para cada dependencia y para las oficinas superiores. No había que marcar diez dígitos como los demás; bastaba presionar uno y la llamada entraba directamente. Ese era el teléfono de las emergencias, y la línea utilizada por el jefe. Pola, desde que asumió el cargo, odiaba recibir llamadas por ahí. Siempre eran presagio de algo desagradable o, en el mejor de los casos, la antesala de una nueva reprimenda de Gerinaldo.

—¿Qué hora es? —preguntó el general.

—Las diez, señor.

—¡Uff! Otra vez me cogió el sueño. La próxima vez que no me despierte temprano te meteré preso.

Pola le hizo seña al ayudante para que saliera y atendió.

—¿Qué tenemos, guardia?

—Señor, estoy en Carrefour, ¿lo conoce? —preguntó el coronel hablando con respiración tan agitada que a veces parecía perder la voz.

—Sí, creo que sé cuál es.

—Tenemos... una persona muerta.

—¿Cómo ocurrió?

—Lo cocieron a tiros.

—¿Qué tantos?

—Parece que... los homicidas usaron una ametralladora. Hay varios casquillos 9mms cerca del cadáver.

—¿Se tiene al autor?

—No señor, desconocido y...

—¿Algún testigo? —interrumpió.

—Sí señor, uno, pero... alega que todo fue muy rápido y... según él, vio varios individuos abordo de un vehículo desde donde cree le dispararon.

—Pon a alguien que le muestre las fotos de los archivos a ver si puede identificar a alguien.

—Lo intentaremos, pero... dice que no alcanzó a ver sus rostros.

—¡¿O sea, no tenemos nada?!

—Ahora mismo... —El coronel hizo una pausa para respirar— lo que tenemos es el lugar repleto de curiosos y hemos tenido que emplearnos a fondo para evitar que continúen contaminando la escena.

—¡¡Qué vaina!!

Quedaron en silencio. Pola terminó de desarroparse y empezó a aplanarse el pelo con la mano desocupada. A través del teléfono escuchaba el pesado barullo del gentío. Imaginó sus años de coronel cuando le tocó lidiar con muchas escenas de crímenes similares. La gente se metía al lugar para ver el muerto, supuestamente para identificarlo, luego resultaba que no sabían quién era; detrás venían el fiscal y los propios policías a pisar y tocar sin tomar precaución. Finalmente, lo más peligroso, el momento en que llegaban los familiares y amigos del occiso. Se le tiraban encima y descolocaban todo, entonces Pola reconoció sin decirlo que el coronel Luciano la tenía difícil en esa escena del crimen.

—Epa, ¿sigue ahí, señor?

—Sí.

—Las cámaras de seguridad del negocio grabaron lo ocurrido, epa.

—Excelente, ¿trae el video para acá?

—Sí, señor. Desde que los técnicos terminen. Epa, están arriba con el fiscal extrayéndolo.

—¡Con el fiscal! ¿Y tú por qué no estás con ellos? Ese video es sumamente importante, quizás lo más importante para aclarar esa muerte.

—Con todo el respeto, señor. Tiene razón, pero también usted sabe que nadie habla más que el cadáver. —Hizo una pausa—. Por eso estoy aquí con el legista. Epa, es posible que se trate de un ajuste de cuenta.

—Pero, pero... procura que el muerto te hable alto y claro. Y si no lo hace, tírate al suelo y acércale tu oído a la boca. Estoy harto de *"peros" y vainas pendientes*. Prepárate, tú mismo le explicarás al jefe lo que te diga el... cadáver.

—Epa, de acuerdo, señor —respondió confuso.

—Una cosa más, coronel. ¿Ya lo identificó?

—No, señor.

—¿Por qué? Eso es lo primero. Dígale al doctor que busque en los bolsillos.

—Señor, ya se hizo y...

—¿Y...?

—No tiene documentos. El tipo vestía pantalones jeans cortos, franela verde y calzaba chancletas. Epa, debe haber venido de por aquí cerca, pero aún nadie lo reconoce.

—Ok, ok. Bueno, espero por el video ¡Dios santo! ¿Y qué es lo que está pasando? ¿Será que se soltó el diablo en este país?

—Epa, ¿cómo dijo, señor?

—Nada coronel, nada.

Colgó el teléfono en el instante en que el coronel Luciano recordó un dato importante.

—¡Ah! También llevaba un teléfono celular, señor —dijo, aunque el general no lo escuchó.

21

Horas antes, una yipeta azul rebasaba los vehículos que obstruían su paso. Conducía un experimentado chófer de carreras. Las calles estaban atestadas de vehículos a esa hora. Las personas salían a realizar sus actividades a esa hora y terminaban chocándose entre sí como hormigas: "iban a sus trabajos, al médico o al colegio de sus hijos.

Difícil avanzar. El chófer, a pesar de su pericia, sudaba frío tratando de llegar a tiempo. La potente Mazda X9 que conducía tenía el tipo de pintura que a ciertas horas cambiaba de color. El camuflaje perfecto para su uso. Además de él, tres hombres le acompañaban: "buenos amigos". A su lado, uno acariciaba un arma como si se tratara de una mascota.

—¿Por qué no guardas esa vaina, Job? —preguntó Wilson, sin descuidar el volante.

—Si tienes mieo compra un gato prieto —repuso el amigo y continuó con la Glock en brazo.

Los otros, que ocupaban el asiento trasero, rieron con estridencia. A las nueve de la mañana llegaron a su destino. Estacionaron frente a un puesto de frutas, y sin desmontarse compraron algunas. La piña le hizo contraer la cara a Orejas, pero el melón estaba dulce y jugoso. La Merma no se arrepintió de seleccionarlo. Celebraron haber llegado a tiempo con choques de mano. Una vez más, Wilson demostraba su pericia. Llegar tarde no era la idea, pero de suceder corrían el riesgo de abortar la tarea. Con el vehículo encendido esperaron escuchando música. Wilson y la Merma querían merengues clásicos, pero Job se decantaba por *perico ripiao*. A Orejas le parecía bien cualquier cosa. No era la primera ni sería la última vez que discutían por eso y hasta por cosas más insignificantes.

Sin embargo, sabían la perfecta combinación entre destreza y experiencia. La Maquinaria, como se hacían llamar, al principio se comportaban como actores de Hollywood, pero ahora era distinto. Como un teorema se repetían: "Aprovechar el tiempo para no ser el cazador cazado". Aprendieron la importancia de conocer el terreno, las rutas de ida y vuelta, así como las alternas. Comenzar bien y terminar mejor, era su lema. Luego se sentarían con una cerveza a escuchar las noticias.

El teléfono vibró dentro de la Mazda y Job atendió.

—Hola.

—Hola. ¿Dónde estás? —preguntó quién llamaba.

—En ei lugai que quedamos, ¿y tú?

—También.

—¿Traes el encargo?

—Sí.

—Ok, saldré al parqueo para que te sea fácil.

—Espera…. ¿Cómo tú anda vetio?, ¿pa´reconoceite?

—Pantalones cortos, polo-shirt verde y sandalias.

—Ok. Creo que te aicanso a vei.

Desde la yipeta observaron una persona vistiendo el atuendo indicado. Luego miraron una fotografía que tenían y confirmaron que se trataba del mismo. Salía por una de las puertas de un supermercado con un celular al oído y sujetado en el hombro. Unas fundas ocupaban una mano y con la otra levantada se hacía visible a los ocupantes del vehículo. Job se desmontó y levantó su brazo. Lo invitó a su encuentro a través de la comunicación que se mantenía.

El hombre caminaba a paso rechoncho y sin despegar el teléfono del oído. Sus sandalias sonaban al rozar el suelo; con parsimonia llegó frente al que le llamaba. Una ráfaga le paró de golpe la respiración. Las chancletas no se despegaron de sus pies, pero sus piernas y brazos quedaron abiertos y tendidos en el piso. Las fundas saltaron por el aire y fueron a parar a la distancia con su contenido desparramado. En el rostro del occiso quedó la confusa expresión de un gesto interrumpido que no llegó a convertirse ni en tristeza ni alegría.

La poca gente que se encontraban en el lugar corrían despavoridos. Job abordó la yipeta antes que se perdiera entre las calles de la ciudad chirriando sus gomas.

22

En la noche, Pola pensaba en el nuevo caso. El video recogido en Carrefour dejaba ver quien disparó, pero no permitía identificarlo: un hombre blanco, fornido, entre veinticindo y treinta años de edad, pelado casi al ras, quien después del hecho abordaba un vehículo de marca y características inapreciables, excepto que era de color oscuro. Podría ser negro, azul marino o verde botella. La imagen se distorsionaba al acercarla, tornaba en un haz de rayas y cuadros de colores difusos.

Apesadumbrado caminó a la oficina del jefe convencido de no tener más remedio que informarle el desalentador panorama. Encontró a Gerinaldo sentado en la mesa del salón de reuniones con una copa de vino avanzada y escuchando a Andrea Bocelli. Un televisor colgado en la pared proyectaba las imágenes de un canal de noticias sin sonido. Arqueó las cejas.

—¿Cuál de las cosas que hago le sorprende, general?

Gerinaldo trataba de "general" a Pola para realizar la catarsi de su imposición. Además, con la dureza de trato y sus gestos de desagrado no dejaba duda de su irrespeto hacía él. A veces llegaba a herirlo con palabras y acciones disfrazadas con el supuesto respeto de llamarlo por su rango, en lugar del nombre. Contrario a lo que hacía con Decolores, a quien llamaba por su nombre omitiendo su rango. Sin embargo, la realidad era que, con ese método, el jefe construía un muro infranqueable para detener cualquier intento de intimar.

—Respetuosamente, señor, ninguna de las dos.

Lo invitó a tomar asiento. Habló por intercom y un camarero apareció con una copa reluciente. Sirvió desde una botella de vino cubierta con un impecable pañuelo blanco y un cuarto de la copa se tornó carmesí. Con un ceremonial se la extendió a Pola, quien agradeció moviendo la cabeza y pronunciando algo entre dientes.

Desde que explotó la bomba del caso "Paya", la comisión hacía esfuerzos coordinados con todas las fuerzas castrenses, para localizar a un hombre que se mencionaba como el responsable de aquella atroz matanza conocido por "Omar". El tipo no tenía antecedentes por narcotráfico, sin embargo, era una ficha conocida de ese mundo. Se señalaba como la mano derecha de Elmes. También había sido sindicado como el dueño de lo ocupado en la camioneta del Pelotero, quien fuera encarcelado y luego ultimado por otro recluso dentro de la prisión. A pesar de la persecución, Omar lograba mantenerse libre. Por el día, las autoridades decían buscarlo con tenacidad, pero por las noches se les veía en parrandas.

Incluso se sabía que tenía una discoteca en la parte norte de la ciudad, a la que asistía con regularidad. ¿Y cómo evitaba que lo apresaran? De la única forma posible: pagando. Los agentes se hacían de la vista gorda y eran los únicos que no lo veían. Nada más dulce que un par de pesos extras con papeletas planchadas oliendo a nuevas para completar un salario que no alcanza para vivir, decían al salir de la disco. Omar y Elmes operaban la ruta de narcotráfico "Latin Way"; por las costas dominicanas trasegaban a los Estados Unidos drogas traídas desde Colombia Venezuela, Panamá, Nicaragua y Bolivia.

—Jefe —dijo tras sorber un largo trago de vino—, tengo malas noticias, señor.

—¡Ah sí! —respondió risueño y agregó—: Vomite, general.

—Esta mañana, en un establecimiento comercial llamado Carrefour, tuvimos un caso. Un hombre acribillado a tiros...

—Espera —interrumpió—. ¿Sabes quién era el muerto?

—Perdón —se excusó.

—El muerto —repitió—, ¿sabemos quién es? ¿Fue identificado ya?

—Aún no, señor.

—Pues le daré una primicia, general.

Se paró de la mesa y se acomodó la ropa. Caminó por detrás de Pola y colocó su mano en el respaldo de su silla.

—El muerto es Omar Lantigua. El hombre que buscábamos por lo de Paya. Compinche de Elmes, el que se escapó en estos días y, como ya sabrá, marido de la mujer que secuestraron, o desapareció ella misma... Bueno, no se sabe bien —dijo con sorna.

—¡Oh no...! Quiere decir que...

—Quiere decir, general —volvió a interrumpir—, que la jefatura hoy hizo capicúa.

—No entiendo, señor.

—Le explicaré... —Caminó hacia donde estaba su copa y tomó un trago de vino relamiéndose el paladar. La gente va a asociar la muerte de Omar a una operación de un comando especial, ¿comprende? Nosotros nos llevamos el mérito como institución por haberlo sacado de la calle. De haber eliminado un hampón buscado por la justicia, a quien le hemos ahorrado tener que hacerle un proceso costoso, que no conduce a nada, más que poblar las cárceles de lo mismo: crápulas. La verdad es que usted no dio con él y... ahora puede estar tranquilo por esa parte. Yo me encargaré de decirle a los gringos que le resolvimos ese... problemita.

—Ok, entiendo —y preguntó—: ¿Y la otra parte de la capicúa, señor?

Gerinaldo pensó antes de responder.

—La otra parte, general, es que vamos a culpar a Elmes de haberlo mandado a matar, y así... así tendremos otro motivo para buscarlo con carta blanca, ¿comprende? Me refiero a encontrarlo y hacer con él lo que nos dé la gana. Bien pudiera ser quitarlo del medio y nadie, absolutamente nadie, obviamente me refiero a nuestros enemigos de la prensa y los derechos humanos, dirá nada que pueda dañarnos. O quizás me equivoco y digan: "Muy bien se lo merecía".

Pola asentía con la cabeza baja fingiendo mirar la copa.

—Esta es la coartada perfecta para preparar nuestra venganza. Ese hijo de puta boricua me las va a pagar por amenazar a mi familia. No se dará el lujo de andar tranquilo por ahí mientras yo sea el jefe.

Gerinaldo eufórico, esgrimió los verdaderos motivos por los que ahora le interesaba atrapar a Elmes. Quizás lo hizo por estar pasado de copa. Luego recapacitó. Estaba frente a Pola y no era digno de su confianza; trató de arreglar las cosas y al no conseguir hacerlo reparó en que no le importaba si Pola le creía o no. Lo había dicho y eso no hacía diferencia, pues para él Elmes era un vulgar delincuente, y cuando lo matara se lo gozaría.

—Es un decir mío... No me pongas mucho caso —dijo, mirando a los ojos de Pola. El camarero entró al salón y esta vez, sin que nadie lo llamara, rellenó las copas que luego levantaron a propuesta de Gerinaldo.

—Salud, general.

—Salud, señor.

Tras chocarlas se las llevaron a las bocas. Pola simuló que tomaba; solo mojó sus labios, había perdido el deseo de continuar celebrando. Empezaba a tener claro que no era una capicúa lo que busca el jefe, sino un triple play. Lo ridiculizaría, conseguiría el agradecimiento de los gringos y se vengaría de todos. Sin querer, Pola había dejado escapar esas palabras de sus labios. Por fortuna "Vivo per lei", que sonaba en el fondo, impidió que Gerinaldo lo escuchara.

23

El teléfono de Omar, levantado por la policía en la escena del crimen, se encontraba al centro de la mesa. Luciano y Tineo, coordinaban con Pola las acciones a tomar para esclarecer su muerte. Un plan que corría en paralelo al que seguía Gerinaldo. La última llamada del celular, bautizada como "la llamada de la muerte", había sido identificada sin buenos augurios.

—¿Nos vamos a quedar aquí mirándonos las caras? —preguntó Pola.

El coronel Luciano, ducho investigador que había desarrollado su carrera en el Departamento de Investigaciones de Homicidios, ahora lo dirigía. Hastiado de pensar en el caso, tenía la cara enrojecida. Así era siempre que algo le incomodaba. Su estatura mediana y su lacia cabellera revestida con un tinte castaño, lo hacían parecer extranjero nacido en el sector de Capotillo. Había resuelto con éxito numerosos crímenes; Tineo, su segundo, trabajó con Pola en el sonado caso de Cacique, aunque por su poco rango para la ocasión, solo en funciones meramente operativas.

—Epa, el número del que llamaron está registrado a nombre de Julián Mariñez, de ochenta y cuatro años —dijo Luciano y continuó—: Busqué su foto en el archivo, y aparte de que sus características físicas no concuerdan con las del hombre que aparece en el video disparando, no creo que sea quien lo mandó a matar, señor. Además, quizás no es la tal llamada de la muerte como pensamos, posiblemente nos estamos precipitando. ¿Por qué no pudo ser una "coincidencia", y en el momento que lo llamaron ocurrió su muerte?

Pola miró a Luciano de mala gana por contradecirlo.

—Bueno, yo también creo en lo de la "llamada de la muerte". Epa, solo quise hacer de abogado del diablo —aclaró el coronel buscando enmendar.

—¿Y cómo explicas que el occiso en el video pareciese que atendía alguna indicación con el teléfono al oído? —preguntó Pola.

Luciano se sintió desarmado y guardó silencio.

—¿Y si el viejo le facilitó el teléfono a alguien? —siguió preguntando Pola.

—Eso es posible —intervino Tineo—, pero tal como dice Luciano, señor, pedimos a la compañía el listado completo de todas las llamadas salientes y entrantes y... ¿adivine?

—¿Qué? ¿Crees que estos son momentos para adivinanzas?

—No, señor, perdón. No hay más que esa llamada. El aparato tenía poco tiempo de haber sido adquirido, o solo se compró para eso.

—En cuyo caso, cobra sentido que pudo haberlo prestado a alguien o lo compró para otra gente —repuso Pola.

—O lo compró solo para ese trabajo —agregó Tineo, reforzando la misma idea que había expuesto.

—Sea lo que sea —sentenció el general—, comencemos buscándolo, y él que aclare la razón de su adquisición, pues si lo cedió o se lo robaron, o lo que sea... de alguna forma tenemos que verificarlo.

—Ya revisamos en los registros y... Epa, no hay denuncias de robo ni de pérdida de ese aparato.

—Yaaa. No quiero más conjeturas. Manos a la obra. No saldré de mi oficina hasta que ustedes regresen con el dueño y el aparato telefónico.

El ayudante había entrado en dos ocasiones antes de tomar la decisión de despertar a Pola. El general roncaba boca arriba sobre un sillón con sus piernas extendidas en el escritorio y su celular sobre el piso. El ayudante lo recogió y lo colocó en una mesita. En la pantalla, que revivió al contacto, aparecieron cuatro llamadas perdidas y la hora. Recordó la amenaza: "La próxima vez... te meteré preso".

—Señor, buenos días.

La sonrisa en el rostro lozano y relajado del oficial le hizo entender a Pola que ya era la mañana de otro día. Se enderezó como pudo. Los huesos de las coyunturas estallaron y en su cabeza todo empezó de a poco a tomar sentido.

—¿Qué hora es? ¿Dónde están los oficiales?

El asistente no tenía respuesta, pero imaginó que preguntaba por algunos de los que les asistían en las investigaciones del caso de Elmes. Le respondió con lo único que sabía y se ahorró la hora.

—No sé, señor. Tiene usted varias llamadas perdidas en su teléfono.

El general tomó el aparato, vio las indicaciones y tecleó para escuchar si tenía mensajes. Se acercó el teléfono a un oído por unos instantes.

—Dile a Tineo y Luciano que vengan acá de inmediato.

El asistente, sin entender lo que sucedía, salió a cumplir la orden. Al cabo de pocos minutos vio llegar a los solicitados y los hizo pasar. Poco tiempo después salieron, y más tarde regresaron con un anciano que caminaba lento. Su espalda lucía encorvada y una blanca cabellera bajaba por sus sienes, con una abertura en la parte izquierda de su cabeza. Antes de que los oficiales pasaran, el asistente tocó la puerta.

—¡Entren! —gritó Pola desde el interior.

El viejo escrutaba taciturno su entorno: un escritorio repleto de papeles, varios objetos de bronce con diferentes figuras y un águila de un cuarto de metro con alas extendidas y pico desafiante; pinturas y una foto del presidente detrás del escritorio. También otra foto de un hombre blanco uniformado con quepis ajustado, cuya visera casi le tapaba los ojos. *No puede sei la foto dei hombre, a quien llaman generai y que, según me dijieron, me mandó a buscai poique quería decime aigo,* se preguntó el octogenario.

—Soy el general Pola. ¿Sabe por qué lo trajeron?

—Sí —respondió quedo el viejo.

—¡Sí! Entonces...

—Na', dígame uté.

—Hábleme del celular.

24

El viejo tragó saliva; por primera vez en sus años pisaba la puerta de un cuartel. De chico, y todavía, ir a la policía, aunque fuese para denunciar una injusticia, constituía una vergüenza. "Al cuartel solo van los maleantes", decía su padre, heredando su pensamiento. Por ello se le hacía un nudo en la garganta tener que hablar allí. Y porque, en la explicación que daría, estaba en juego su fama de hombre serio. Como sea, no negaba que el celular fuera suyo. Lo compró y lo usó en el mes en que mataron el hombre. Sin embargo, ese no era el problema. Tenía que explicar algo peor; se trataba de un acto vergonzoso que lo traía de cabeza. El teléfono no siempre estuvo en su poder. Por más de quince días lo pasó a alguien y desconocía qué había hecho con el aparato, aunque no creía que fuera capaz de atreverse a tanto.

—¿Conoce este hombre?

Pola puso ante sus ojos la foto de Omar. El viejo negó moviendo la cabeza.

—¿Conoce el negocio que se llama Carrefour?

—Nooo.

—¿Quién es esa persona a la que usted dice le cedió su celular?

El general tuvo que hacer la pregunta varias veces y, cada vez que la hizo, el viejo, en lugar de contestar con el nombre, iniciaba una sarta de explicaciones justificando que esa persona no era capaz de matar una mosca y era imposible que tuviera que ver con ese crimen. Sin poder postergar más, respondió:

—Mi comadre.

—¿Qué coño dice? ¿A una mujer fue que le cedió...?

El anciano pasó la mano por su rostro recogiéndose los dos flequillos de pelo que le caían. Aclaró la garganta y dijo que al prinicipio no quería, pero la situación se había dado a pesar de su renuencia. Que todo empezó, y después de salir en par de ocasiones con ella, no tenía cómo mirar a los ojos a su compadre. Entonces quiso acabar la pecaminosa relación, entonces su comadre lo amenazó con contarle a su marido si no continuaban juntos. Así surgió lo del celular. Tratando de evitar problemas, le sugirió que lo comprara, y así no tendría que ir con frecuencia a su casa. Una mañana, viajó a la capital, y después de divagar sin rumbo por varios lugares, dio con una tienda que vendía el aparato.

—¿A quién, aparte de esa...mujer, usted se lo prestó?

—A ma' naidie.

—¿Y ella? ¿A quién se lo prestó?

Entonces el viejo volvió a excusar a su comadre. Con tos empezó a hablar sobre sus virtudes y a jurar que no era capaz de hacer cosas malas. Pola le interrumpió de golpe.

—¿Y qué cree hacía cuando engañaba a su esposo con usted y... cuando lo amenazaba?

El viejo enmudeció. Bajó la cabeza y pareció arrepentir-se de su conducta. Pola sospechó que quizás decía la verdad, pero estaba difícil creerle sin confirmar su versión, al tiempo que se preguntaba cómo sabría que es cierto lo que decía, si no podía indicar siquiera el lugar donde supuestamente había comprado el celular.

—Acláreme algo, ¿dónde está el celular?

—Lo boté.

—¿En serio... dónde? —preguntó sin esconder su disgusto.

—No sé poi donde. No recueido.

Pola ordenó que se lo llevaran, pero, antes de sacarlo, se le acercó a susurrarle algo al oído. El hombre abrió grande los ojos mientras escuchaba. El general echó una ojeada a su contextura física y dibujó una sonrisa maliciosa con la mitad del labio.

25

Tras la muerte de Omar las cosas se calmaron. Elmes seguía manejando sus asuntos desde su escondite. Mantenía comunicación con su gente y no eran sus planes parar. Le pidió a Bernarda comunicarse con los sicarios para matar a su marido. Ella sonrió; no se lo esperaba, y no porque dudara que fuera capaz, sino porque creía sería la última en el mundo a quien lo pediría. A pesar de todo, tenía buenas relaciones con su esposo, y sus problemas de celos no eran razones suficientes para permitir que lo mataran y, mucho menos, colaborar para que se hiciera. En definitiva, el pedido no entraba en su cabeza y se negó sin decirlo. Simplemente, no hizo nada de lo que le pidió. Incluso, para sorpresa del capo, empezó a llevarse mejor con Amado. Lo acompañaba dondequiera que iba y se mostraba más amorosa que nunca.

A pesar del desacuerdo con Elmes, Bernarda no se atrevió a contarle a su esposo que había planes de matarlo. Algo le paralizaba la lengua cada vez que lo intentaba. Su corazón estaba partido en dos, una mitad latía por el capo y la otra por su marido. Estar con él, le hacía pensar que lo protegía sobre todo cuando recordaba que, en lugar de ella, el otro prefería a Soraya.

—Maldita perra —se quejó Elmes al enterarse de su actitud.

Todos los huevos no se ponen en la misma canasta, pensó Elmes y ejecutó otro plan. Contactó a otra de sus mujeres, la de ojos azules, esposa del alto oficial, quien aceptó el reto de llevar un mensaje a los sicarios. Le dijo con jovialidad a Doble U, un muchacho apuesto, que le pareció todo menos un delincuente:

—Su amigo quiere que le tengan el lechón bien asado el 24 de diciembre —dijo la hermosa mujer, pensando que era la manera que utilizaba el capo para sorprenderla ese día.

No fue hasta mucho después, cuando se dio cuenta del significado de su mensaje.

—Tome, esto es para los preparativos.

Le extendió un sobre con diecisiete mil dólares. "Por las molestias", decía una nota en el exterior y agregaba dentro una pequeña carta que explicaba, a partir de entonces, cada encargo, como le llamaban. Llegaría por vía de ella y con la misma suma; pero en caso de dificultad, podría llegar a través de otras personas. Siempre "amigas". Elmes no lo dijo, pero se sabía que esas amigas no eran otras que aquellas a quienes mantenía sus exóticos antojos y que compensaban el favor con sus exuberantes cuerpos. Había ayudado a construir esos cuerpos en los quirófanos, donde también tenía su red de cirujanos. Especialistas en aplanar abdomen, levantar glúteos y endurecer senos: TLC, le llamaba. Iniciales de tetas, lipo y culo. Aunque en la nota interior el capo detalló quién, cuándo y dónde, no pasó así porque, aunque todo se cumplió al pie de la letra para Amado, en lo que respectaba a su mujer resultó lo contrario, pues ella fue alcanzada por los disparos y resultó gravemente herida.

Tras su recuperación, ella se dedicó a denunciar al capo. No se sabe, a ciencia cierta, si lo hizo por celos o despecho. Su relación fue pública a partir de unos videos, que se escaparon, misteriosamente, de las manos de los fiscales, en los que se le vio haciendo lo que hacen las parejas en la cama y un poco más. Las cintas se vendían como pan caliente; igual que la mejor película de Elena Anna Staller, *La Cicciolina*, o como se conocía: "garganta profunda". Sin embargo, la razón real por la que exponía su pellejo era otra, y solo ella lo sabía. La mantenía oculta esperando el momento oportuno, pues el placer de aquella compañía no fue suficiente para cerrar su boca. Las autoridades supieron hasta el último secreto: los vehículos, las operaciones y el sexo; los políticos, militares y policías, así como médicos, jueces y fiscales. Todos los que bailaban en la fiesta llenaban la que terminó llamándose la lista de Bernarda.

26

Las primeras y únicas brisas frescas del mes de diciembre se sintieron esa noche. Hasta el veintitrés el calor fue sofocante y los árboles eran estatuas. Gerinaldo vestía de civil. Se cubría con una chaqueta de cuero colombiano del viento que se colaba por todas partes. Después de algunas amenidades llegó el momento de agradecer a Dios y celebrar el nacimiento del niño Jesús que se conmemoraba al día siguiente. Además, la llegada del primer nieto del jefe.

El timbre del celular interrumpió la festividad al sonar en medio de la oración, que por costumbre la hacía Gerinaldo. La familia, agarrada de las manos, formaba una cadena humana y su hijo sostenía en brazos a su vástago. El jefe detuvo a la mitad la plegaria y su esposa enhestó una ceja antes de levantar su mirada al cielo y rogar que esa llamada no fuera de trabajo. Danixa, negada a creer que su esposo los dejara como en otras ocasiones. El Señor, que actúa de forma misteriosa, no la escuchó.

—Amor, sigan ustedes, yo... tengo que irme. —Salió, dejándola con las palabras en los labios, en medio de una queja colectiva y un grito que se perdió en el aire sin remediar la situación.

Llegó al cuartel; Pola y Decolores le aguardaban en el parqueo. Lo pusieron al tanto de la situación y, luego, los tres abordaron una yipeta; sin escolta se dirigieron al lugar donde cintas amarillas estaban desplegadas. Gerinaldo observó con detenimiento que manchas frescas de sangre teñían parte del contén y la acera. Algunos agentes trabajaban afanosamente la escena; uno dejó lo que hacía y se dirigió hasta donde el jefe y los generales observaban.

—Presumimos —comenzó explicando—, que los sujetos venían persiguiéndolo y lo tirotearon cuando esperaba que se abriera el portón eléctrico de acceso al parqueo.

El director de la Científica señaló hacia el punto donde quedó el vehículo.

—Pienso que deben haber escapado por ahí —indicó la esquina de la avenida Anacaona.

Decolores y Pola empezaron una discusión bizantina. Uno aseguraba que los autores habían tomado en dirección oeste, mientras el otro consideraba lo contrario. Sin embargo, ninguno se basaba en argumentos que tuvieran el mínimo fundamento.

—Hemos recolectado casquillos de fusil y de pistola —continuó explicando el oficial, cuando los generales pararon.

Unas gotas de agua se asentaban en la chaqueta de Gerinaldo. Miró al cielo y vio nubes oscuras amenazantes en lugar de estrellas.

—¿Cómo está ella?, ¿pudieron hablarle? —preguntó el jefe.

—En cuidados intensivos —respondió Pola y añadió—: Los médicos no lo permiten aún.

—¿Y su estado?

—Muy delicado. Esa herida es..., bueno. No creo que se salve, ha quedado muy mal.

—¿Guardia, usted no cree que ese vehículo que mencionan es el mismo que utilizaron los que mataron a Lantigua? —preguntó Decolores meditabundo.

—¿Qué vehículo? —quiso saber el jefe.

—No es seguro, señor —respondió y agregó—: se comenta que algunos testigos dijeron que andaban en una Mazda azul o negra.

El general señaló una rotonda en medio de la calle Selene.

—Que permaneció un tiempo estacionada allá.

—Mañana ordenaré un chequeo a las cámaras del área —dijo Pola.

—También tendremos la comparación balística —intervino el director.

27

Antes, Amado fue despertado por su mujer, temblaba de frío con calentura que podía freír un huevo. Enroscado parecía parte del asiento que ocupaba. Abrió los ojos y su vista chocó con una mirada tierna. La televisión permanecía encendida. Viéndolo. Bermarda reía y un aroma dulce brotaba de sus labios. *El olor del amor*, pensó el excoronel.

—¿Me llevas al salón? —preguntó con expresiones sensuales.

—Claro, amor.

Por primera vez, desde aquellos pleitos por las locuras de su marido, Bernarda solicitaba algo así y él no reparó en que el carro de ella estaba estacionado en el parqueo y podría conducirlo. *Una bonita manera de empezar a arreglar las cosas y recuperar el terreno perdido*, pensó el excoronel. No pasaba un día en que no soñara con recuperar su relación. "Sacarla de Alaska y llevarla al Caribe", se decía. Empezó a reconocer que le importaba y esperaba que no fuera tarde para reparar los platos rotos.

Manejó hasta el salón y tras su llegada aprovechó la ineludible espera para irse a una estación de combustible cercana. Allí se reunió con el capitán Sánchez y, como perro huevero que le importa bledo le quemen el hocico, al ver a su amigo preguntó por la otra.

—No sé —respondió—. Ni Soraya ni él suenan. Esas gentes no aparecen por parte.

—Humm, no me gusta. Ya debieron salir. Por algún lao...

—¿Tú has sabido algo de Elmes? —intervino Sánchez.

—No, tenemos el contacto cortado. Desde el viaje no sé de él.

—¡¿Viaje?!, ¿pa´ dónde?

—Olvídalo. Ni yo sé; fue algo rápido y... misterioso, ¿sabes? Me parece que... no ha ido a ningún lado y que está escondido en algún lugar por aquí. Ya sabes cómo es él, no es ni un chin confiable.

—Dichoso el man. Familia y su gente le cayó con to´. Lo tuvieron de ahí ahí, le fogoniaron y logró escapar.

Sánchez movió la cabeza y se tornó pesaroso.

—Sí, pero espero que la suerte no le dure mucho —repuso Amado.

Compartieron risas que atrajeron las miradas curiosas de los que estaban en la estación.

—Esos cuartos que se nos fueron de la mano... es lo que más me duele. —Sánchez hizo una pausa—: ¿Tú crees que...?

—Tranquilo, lo recuperaremos. Desde que se comunique conmigo y me diga dónde está escondido. Lo tendrá que hacer, me llamará, pues no le queda de otra, soy... su mano derecha y no podrá ir lejos sin mí, menos ahora con tantos frentes abiertos.

—Ahora los jefes lo buscan en serio.

—Antes que ellos lo encuentren, Sánchez, tenemos que encontrarlo nosotros, ¿oíste? Y... tendrá que buscar lo nuestro. Así que... vamos a esperar; ya se le pasará el susto y me llamará.

—Ok, hermano. Ahora debo dejarte y regresar a mi trabajo.

—Recuerda... —Lo detuvo un instante—, si enganchas todos mis números, menos el que te dije, en poco tiempo estará en nuestras manos. Si hay algún cambio te aviso.

—Ok. Por otra parte, ¿vas a algún lado a cenar esta noche?

—No. Me quedaré en casa.

El celular vibró cuando se despedían. Amado miró la pantalla y dijo: "Ya era hora". Sánchez le preguntó sin pronunciar palabras, si se trataba de alguno de los buscados. El excoronel respondió que no y en mímica dijo: "Mi mujer".

28

Amado regresó al salón y halló que Bernarda lucía hermosa. Traía su pelo recogido en un moño sobre su cabeza. *Redujiste tu edad*, pensó. La sombra lila sobre sus ojos, agrandados por el delineado, hacían juego con el polvo de sus mejillas.

—Espero que hayas dejado buena propina —dijo Amado, mientras ella abordaba.

—¿Por...?

—Te pusieron más bonita que nunca.

—Baboso.

En medio de las carcajadas, atravesaron varias calles desechando el pesado tráfico. Luego, Bernarda asumió una postura adusta.

—Cada año es lo mismo: la gente deja todo para el último momento y después las calles se convierten en sucursales del infierno.

—Definitivamente, amor. Tienes toda la razón —respondió el excoronel.

Amado no se atrevió a recordarle que ella era parte de las que habían dejado el salón para el último momento, igual a los demás, pero no quería disgustarla.

—¿Todo listo para la cena en casa hoy? —preguntó cambiando el tema.

—¡¿Perdón?!

—Ya lo habíamos hablado, amor.

—Sí, no lo recordaba. El señorito no desea salir de la casa.

—No empieces, por favor...

—Entonces... debo conseguir algunas cosas en el súper.

—¿Vamos ahora?

—No. Mejor vamos a casa. Necesito ducharme, siento que transpiro y... sabes cuánto nos dilatamos las mujeres en los supermercados. Tú tranquilo, sin meterme presión, con un trago miras el partido de pelota, que yo hago mi compra en paz. ¡Ah!, para que no te preocupes y estas más tranquilo, iré en mi carro.

Amado sospechó que Bernarda podía ir a juntarse con Elmes y, si así fuera, lo ideal era que él la acompañara o que la siguiera. Después pensó que sería mejor telefonear a Sánchez para que se encargara, ya que a ella se le haría fácil detectarlo y, tal vez, llamarlo para confirmar que seguía al televisor. Ahora le encontraba sentido a su interés de arreglarse en el salón.

—Para mí no es molestia —repuso, tratando de convencerla.

Ella insistió y Amado no tuvo más que resignarse a que fuera sola. ¿Qué sentido tendría juntarse con Elmes en esas circunstancias?, pensó luego.

—Ok, si la doñita desea ir sola, sola irá.

En diciembre, la noche aparece más temprano que en el resto de los meses. A las seis comenzaba a caer el manto de oscuridad y unas nubes ennegrecidas ayudaron a encender el alumbrado público antes de tiempo. Los vehículos transitaban con los focos encendidos y los esposos llegaron con dificultad a la calle Selene. Lo hicieron por una callejuela poco transitada que en paralelo serpenteaba la avenida Anacaona, por donde acostumbraban a llegar. A la pareja les llamó la atención una yipeta, que a oscuras aguardaba con los focos pequeños encendidos. Le rebasaron por la izquierda y trataron de mirar en su interior, pero sus cristales eran tan oscuros como una noche sin luna.

La yipeta tenía dos neumáticos sobre la calzada y Amado que conducía alrededor de una rotonda, contigua a un parquecito yermo y solitario, le comentó a su mujer que le parecía conocida.

—¿Por qué? —preguntó ella.

Recordaba que había comprado varias de ese modelo para Elmes, que utilizaban en sus trabajos pesados y, en ocasiones, le daban otros usos. Entonces su mujer recordó por su parte que había sido transportada en una parecida tras sus encuentros secretos con Elmes y una vez le preguntó a su marido por qué todas eran iguales. Le respondió en la ocasión "para despistar la policía".

—¡Oye!, ¿tú no me dijiste que sabías los terminales de los números de las placas de las yipetas de Elmes? Si es lo que... sospechas.

—Clarooo, los tenía abonados en la lotería. A veces pegué algunos premios, pero...

Cuando pasaron por el lado de la yipeta, Amado trató ver la placa. Inútil. La posición lo impidió. No obstante, por el retrovisor observó que el vehículo permaneció inmóvil y dejó de preocuparse. Rieron con la cuestión de la lotería. Se detuvieron frente a la entrada del parqueo. Él accionó el control remoto y la puerta empezó a desplazarse. En ese instante, escuchó detonaciones. Lo último que pudo oír. No supo de qué se trataba y dejó escapar su último aliento. Bernarda chilló, o creyó que lo hizo, hasta que las fuerzas le abandonaron y cayó sobre el cuerpo inerte de su esposo.

29

El tintineo de cubiertos impedía que los periodistas se escucharan. Ramiro observaba a través de sus gruesas gafas una fotografía. Mostraba dos hombres felices chocando sus copas.

—¡Brindando! —comentó.

Además, desnudos de la cintura hacía arriba, parecían gozarse la opulencia. Reían a la cámara sumergidos en una piscina. Analizando la imagen con curiosidad infantil, por momentos empequeñecía sus ojos y viraba el papel fotográfico para encontrar la mejor forma de interpretarla.

—Por fin, ¡ya! —dijo, sintiendo que lo conseguía—. No se parece.

Los comensales, más que colegas y directores de medios, eran buenos amigos. Uno de rechoncha figura, piel clara y abdomen pronunciado. A pesar de lo avanzado de la noche, vestía traje y corbata; dirigía el único periódico digital existente.

Por ser la novedad del momento, pero atravesaba dificultades financieras, aun así, él lo mantenía a flote. El tercero era una mujer. Su pelo dorado enmarcaba su belleza: joven y apuesta. Dirigía un canal de televisión. Su fama de "ser de armas a tomar", le daba la oportunidad de crecer en su carrera. Asumía cualquier riesgo en honor a su padre. Lo perdió en el ejercicio de esa profesión. Ella había aprendido de la peor manera el peligro de ser periodista, pero los tiempos habían cambiado.

—¡¿Qué importa que no se parezca?! —señaló el gordito del traje—. Es como propalar que un producto es bueno; la gente suele enterarse que no es así cuando ya es tarde, y ya se ha vendido y los beneficios se han conseguido. Señores, publiquémosla como si fuera él. Que cada quien saque sus conclusiones.

—Espérate, las cosas no son así. Hay que analizarlas —repuso Ramiro.

—Mira, Gomera, se trata de que cada uno haga su trabajo y esta vaina se riegue lo suficiente para que llegue al presidente y se acabó.

La rubia no decía si estaba de acuerdo o no con la idea.

—Serían tres publicaciones al hilo, por lo menos. Diferentes historias, señores, no hay mejor momento que este. El país está harto de los narcotraficantes, se han colado en todas parte. Nosotros tenemos el deber como periodistas de sacar el país del atolladero con lo que sabemos hacer.

El restaurante no era costoso. Sus sueldos alcanzaban para cubrir sin sobresaltos sus consumos. Ubicado en la parte norte de la ciudad, a Ramiro le gustaba por discreto y por su cercanía a la gente más vulnerable. Servía de fuente noticiosa y lugar ideal para sus conquistas. El director de *El Nacional* se sentía bien entre sus sillas baratas, mesas con mantel de plástico y cubertería envuelta en media servilleta.

Los amigos tenían en común que odiaban con las tripas a Gerinaldo. La razón, ni ellos mismos la sabían. "Era un tipo prepotente, arrogante y engreído", afirmaba Ramiro. "Un violador consuetudinario de los derechos humanos", aseguraba la rubia. El director del periódico digital había perdido un pariente y culpaba a Gerinaldo de ello. Murió por una golpiza que recibió estando detenido. ¿Cómo se maltrata a alguien así? Nadie le sacó de la cabeza que el responsable había sido el jefe. Por ello, un día su periódico digital publicó a Gerinaldo de uniforme dentro de barrotes. Las ventas se dispararon con la genialidad. Provocó risas, pero, también, no faltó quien le advirtiera que el atrevimiento podía costarle caro.

En todo caso, la imagen de esa primera plana, aparte de culpar a Gerinaldo por lo sucedido, sugería que tenía que caer preso. Algunos amigos le aseguraron al gordito que sus días estaban contados. Que debía abandonar el país o acabar con la carrera del jefe, antes de que él acabara con su vida. El gordito hizo caso y apuró el paso.

—¿Y si nos desmiente? —preguntó la rubia.

—Señores es él, es él —insistió el gordito.

—¿Por qué estás tan seguro? —preguntó Ramiro y agregó—: Aún suponiendo que lo fuera, el discurso del presidente esta semana mata todo. Piensen que lo hacemos y luego nadie habla de eso porque el tema se muere. Todo el mundo estará pendiente de lo que dirá el presidente Fernando. Yo soy de opinión que debemos esperar.

—¿Quieren saber por qué estoy tan seguro? —Sin esperar respuesta, el gordito prosiguió—: Les diré. La fuente que me pasó la información es confiable.

—¿Cuándo una fuente tuya no lo es? —preguntó en mofa la rubia.

—Es de adentro, señores. La foto me la envió otro general.

Ramiro y la rubia se miraron. El mesero recogía las losas y esperaron mudos a que se marchara.

—Sí, señores. Tropa amiga —aclaró el gordito—. Además, eso nos puede servir de trampolín para insuflar el disgusto de Fernando hasta lograr, con suerte, que el mismo día de la independencia lo quite.

—No te hagas ilusiones —dijo la rubia sacando su cara redonda del vaso y metiéndola entre los dos hombres—, ellos son pájaros del mismo nido. Lo que ahora más me preocupa es que otro general sea tu fuente.

—Bueno, podemos decir que exgeneral, Gerinaldo acaba de sacarlo de la institución por escribir un pequeño artículo en mi periódico.

—¡Ah... vamos! —dijo Ramiro limpiándose los dientes con la lengua—: Creo que lo conozco. Es medio atronao, pero ciertamente es tropa amiga. Se me acercó varias veces para que le publique, pero yo no quiero mucha liga con esa gentuza; traiciona allá y luego va a hacer lo mismo conmigo, ¿tú no crees?

La madrugada los sorprendió cuando llegaban a un acuerdo. Risas cómplices y algunos susurros se hicieron presentes. Los hombres vaciaron sus jarras de cerveza y la rubia trató de imitarlos con su soda. El postre quedó para otra ocasión. Debían apurarse y, si todo salía bien, quitarían al jefe de en medio. Cada quien salió dispuesto a cumplir su parte.

30

Tineo y Luciano regresaron al despacho de Pola, pasaban las diez de la noche y el general veía las noticias en el televisor tendido sobre un sofá. Tenía calcetines puestos y el aire acondicionado apagado. Al percatarse de la presencia de los oficiales se sentó y, antes de calzarse, asumió una postura de atención, pero sin levantarse del asiento.

—Comando, epa, trajimos a la comadre.

Sin esperar que Pola articulara palabra, Tineo se adelantó.

—Las declaraciones de ella coinciden con las del viejo; el teléfono se lo devolvió hace un tiempo y solo lo usaban para su vagabundería.

El general quedó pensativo unos instantes. En la televisión, un comentarista leía con la foto de Soraya y Elmes en el recuadro.

—¿Qué podemos hacer?

—La verdad es que este teléfono no conducirá a ningún lado, epa —respondió Luciano con ánimo apagado.

—¿Quiere que le traigamos la vieja? —preguntó Tineo.

—¿La comadre?

—Sí, señor.

—No, no gracias, que la dejen sentada en la casa de guardia.

Al día siguiente, cuando Pola llegaba a su despacho, el asistente le informó que el viejo pedía verle. Que tenía que comunicarle algo importante. El general consintió que se lo trajesen.

—Buen día le dé dio, comandante.

Julián traía los cabellos mojados y caídos sobre su frente, una funda plástica con algunos objetos de higiene en la mano y calzaba unas sandalias de goma tipo Samurái. Pola, asaltado por un olor a dentífrico, respondió el saludo en silencio con un gesto de mano.

—¿Puedo hablai? —preguntó el anciano.

—Diga.

—Señoi generai, poi favoi no le haga daño a Rebeca. Mi comadre es muy buena persona y sé que no ha hecho na'malo.

—¿Para eso es que usted me hace traerlo? ¿Para hacerme perder el tiempo con disparates?

El anciano se puso serio, y por encima de las palabras del general le contó que cuando regresaba junto a los oficiales pasó por el frente del sitio donde compró el celular. Que, aunque no sabe cómo se llama la calle, ellos, los que les trajeron, seguro podrían decirle y si lo volvían a pasar por allí podría indicarle.

—¡Mierda! —exclamó el general.

Tocó el timbre, y tras aparecerse su asistente le instruyó regresar al viejo a su lugar y localizar a los oficiales.

31

La mañana del día de la Independencia Nacional en el Congreso, los funcionarios y las delegaciones diplomáticas, así como los invitados, lucían sus mejores galas. Vestidos de blancos, bajo un aire acondicionado a toda capacidad, sentían la temperatura sobre los treinta grados Celsius.

La ceremonia del 27 de febrero terminó sin contratiempos. Los presentes, y los que la siguieron por radio o televisión, un par de cosas les quedaron estampadas en los recovecos de sus cerebros. Por una parte, los vítores y aplausos que llenaron el auditorio y, por otra, el discurso del presidente Fernando Rivera, donde se refirió a que el país no podía seguir como iba: inseguridad, tráfico de influencia, clientelismo, enriquecimiento ilícito, abuso de poder e intimidación a los ciudadanos. Que nadie debía ser perseguido ni acosado por el poder de turno y que la prensa no podía ser censurada. Llevándose los mayores aplausos su frase "Y, óigase bien... el narcotráfico no pasará".

Ramiro aplaudió, pero de forma distinta. Fernando dio el banderazo para abrir la gatera y, esa misma tarde, su vespertino publicó la expresión del presidente sobre dos fotografías: la de Fernando con la banda presidencial cruzada en su pecho y de dos hombres brindando desnudos a medio cuerpo dentro de una piscina. El pie de foto los identificaba como un empresario español y Gerinaldo. El artículo cerraba destacando los demás temas tratados por el mandatario, sin dejar de reflexionar en profundidad sobre la necesidad de una purga en la policía para cumplir con su promesa. El revuelo creado hizo que, al día siguiente, muy pocos se refirieran al discurso sin anclarse en el comentario de la segunda foto. El empresario español estaba preso por narcotráfico en su país. "¿Quién cazaba al ratón si andaba de parranda con el gato?", se preguntaba la gente.

—¡Coño! —dijo el jefe—. No esperaba que ese viejo verde me saldría con algo así.

—El único que cree el cuento de que ese señor es amigo suyo es usted.

Entonces, Decolores apeló al recuerdo.

—Póngase a pensar en quién fue el primero en llamarlo "cirujano" y, además, ¿de quién cree usted que salió la campañita "Policía no me mate que yo me paro". Fue él.

—Pero es que, con la ayuda que le damos, a uno se le hace...

—Jefe —interrumpió airado—, ese señor es como los gatos: cierra los ojos para no ver la cara de quien le da de comer. Como dice el dicho, *"No agradece ni guarda..."*

—*"Ni guarda rencor"* —terminó Gerinaldo.

—Al contrario, yo creo que guarda mucho rencor —aclaró.

—Y... ¿rencor de qué?

Decolores no supo qué responder y ambos guardaron silencio. Sabían además que había muchos problemas por los que preocuparse: los crímenes de Omar y Amado, pendientes de solución, tenían que ver con Elmes, aunque estaba difícil demostrarlo. Por otro lado, urgía dar con su paradero, aclarar lo del secuestro de Soraya y el bulto con los casi cinco millones de dólares.

Al jefe las informaciones sobre el capo lo ponían al borde de la locura. En sus años había vivido algo parecido; en todas partes decían verlo: en una tienda, un bar, la discoteca... una mujer se investigó sin éxito, al asegurar que Elmes llenó su carrito en el supermercado y pagó por las mercancías. Incluso, reportaban verlo todos los días paseando un cachorrito en el parque Mirador Sur. Soraya no se quedaba atrás. Salía hasta en las esquelas. Eso, en vez de alegrarlo, aumentaba su agonía, y la desesperación de los oficiales involucrados en su búsqueda, que ya lucían exhaustos.

Todo complotaba o parecía hacerlo, contó a Decolores, que por error su esposa Patricia le había llamado Elmes, el general no pudo aguantar y se rió roseándole en el uniforme el café que tenía en la boca.

—Perdone, señor —dijo poniéndose serio.

—No importa, lo que nos incumbe ahora es saber cómo responderemos a la prensa. Porque de que preguntarán sobre lo de la maldita foto de la piscina, no me cabe dudas.

—¿Por qué no le decimos la verdad?

—Imposible. No voy a meter al presidente en eso. Prefiero que me quite.

Decolores se sintió avergonzado.

—¿Qué te ha dicho el general Pola?

—Nada señor, aún no consigue nada. Lo del viejo fue un fracaso total, y de los prófugos ni se diga, a veces pienso que esa gente se las tragó la tierra.

—¿Quieres decir que están muertos?

—Quizás su misma gente... y nosotros de pendejos ¿Entiende?, buscándolos.

COMPENSACIÓN

1

Los americanos tuvieron muchos tropiezos en Colombia y México. Tiraron por aire millones de dólares y llenaron de lapidas los cementerios para descubrir que carecía de sentido correr tras los narcos. La mejor manera de combatirlos consistía en quitarles los recursos. De poco o nada servía seguir quitándoles las drogas. "Un dolor de bolsillo es peor que todo", concluyeron. En principio comenzaron con la idea de seguir el rastro al dinero. "¿Para qué se trafica?", reflexionaban y se respondían: "Para conseguir dinero". Bajo esa lógica en los años noventa, Estados Unidos consiguió buenas condenas acusando a los narcotraficantes de conspiración; los extraditaba y asociaba su delito al lavado de dinero. La ficción se conectaba con introducir drogas a su territorio buscando destruir la sociedad e inducir a los jóvenes al vicio. La símil aceptada por los jueces, ganaba condenas con incautación de bienes y dinero.

Las leyes en contra del lavado comenzaron a correr por todas partes. Solo algunos países desafiaron el mecanismo legal americano y se expusieron a terribles sanciones. "Hay que controlar el capital y no permitir a ningún banco que acepte dinero sin saber su procedencia", instruían las mentes más preclaras americanas. Pero algunos Estados entendían que si el dinero era lícito o ilícito no era problema suyo sino del dueño. Se convirtieron en paraísos; se negaron a suministrar información de sus clientes, alegando que los ahorrantes depositaban en cajas de seguridad de doble cerradura dentro de sus bóvedas y que, así, era imposible saber lo que allí había guardado.

Con Estados Unidos endureciendo su lucha, el tráfico de drogas migró hacia países europeos, sobre todo a aquellos cercanos a esas lavanderías, donde permanecía de pie el secreto bancario, a pesar de la caída momentánea que le había propinado la ley universal antilavado. Lavar dinero sucio de sangre y droga, llevaba en su génesis el rey de los delitos.

Arturo Late, el español que posaba junto a Gerinaldo en la foto de la piscina y que analizaban los periodistas, la misma que publicó Ramiro junto a la del presidente el día de la Independencia, era uno de los que había abrazado la idea de escapar de la presión gringa ignorando que no sería así. Vino al país como empresario de la construcción y logró colarse hasta el despacho presidencial. Fernando participó en sus pomposas inauguraciones.

El presidente disfrutaba del primer picazo, sin importar el proyecto y con el único fin de crear la sensación de que el gobierno trabajaba y el país progresaba. Cada vez que Arturo lo convidó, ahí estuvo con decenas de funcionarios, disfrutando una conversación agradable y tomando buen vino. No faltaban en esos encuentros buena comida y excelente compañía. Allí nació la relación entre Gerinaldo y el español, la cual trascendió a las inauguraciones.

2

Los días continuaron pasando y Gerinaldo rehuía encarar a los reporteros que le salían hasta en la sopa. Cada día publicaban algo relacionado a él. Aun cuando los acontecimientos nada tuvieran que ver, el trío de colegas buscaba la manera de relacionarlo. Nelson, el vocero policial, intentó con poco éxito aclarar lo de la foto. Trató de no dejarse provocar, pero no lo logró. La prensa corrió el asunto hasta el presidente y el vocero tuvo que claudicar.

Nelson aclaraba la compra del apartamento de lujo que el jefe había realizado en una torre construida por el español: "Simplemente un negocio como cualquier otro". Pero por más explicaciones, no pudo desligar el bulto denunciado por los prófugos con la inversión y más creyeron que se trataba de lo mismo.

La periodista de dorada cabellera presentó las propiedades en uno de sus programas. Dijo que el valor de todas ellas superaba los trescientos millones de pesos. La ciudadanía estaba impactada y la confianza en la policía cayó por debajo del suelo. Las críticas a su jefe crecían como la verdolaga y lo hacían no valer un centavo.

El teléfono timbró en la dirección del periódico. Ramiro atendió parsimonioso.

—¿Qué tal, viejo? —dijo una voz que reconoció al tiro.

—Todo bien, aunque todo sigue igual.

—Hola, papá, —Era una triple comunicación.

El trío de directores se citó al lugar de siempre. Ocuparon asientos en su mesa favorita.

—Ustedes que me citaron para acá es porque tienen algo importante que decirme —aseveró Ramiro—. Estoy con un jodido dolor de cabeza que me explota los ojos. Creo que son mis espejuelos. Tendré que tomar un préstamo para cambiarlos.

—Son los años, viejo —dijo la rubia riendo, y agregó—: No perdonan.

—¿Tú eres adivina o bruja? —ripostó—. Y... hablando de todo como los locos. No hizo ni mierda el presidente. A pesar de toda la prueba que le presentamos. ¡Increíble!

El director del periódico digital cortó en seco el comentario y giró la conversación.

—A propósito del presidente, no puedo pasar de hoy sin verlo.

—¡No me jodas! ¿Le vas a pedir que te nombre...? —bromeó Ramiro.

—Es algo más serio —repuso la rubia.

—El jefe de la policía intentó matarme.

—¡¿Cómo?! —preguntó el viejo y agregó—: Con eso no se juega. ¿Es... en serio?

—Sí —respondió el director del periódico digital.

El director del periódico contó que se ejercitaba todos los días temprano, en un parque próximo a su residencia. Que siempre comenzaba antes de salir el sol y cuando venía a ser las seis, ya le había dado dos o tres vueltas; que de ahí se regresaba a la casa para irse a su trabajo. Que ese día no fue distinto, pero... que apenas había alcanzado a dar una vuelta, decidió retirse del ejercicio porque tenía tareas que hacer. Contaba que en el lugar se juntaban varios profesionales, y hay uno en especial, un médico, tenía un parecido tan grande a él, que muchos les confunden. Exactamente eso fue lo que pasó: lo mataron confundido cuando caminaba. Quienes lo hicieron procuraron que se pensara que fue un atraco que terminó mal, pero resulta que no le llevaron nada. Hasta una riñonera que cargaba con algunas pertenencias la encontraron debajo del cuerpo.

—¿Tú crees que tiene que ver contigo? —preguntó Ramiro.

—Claro. ¿No escucharon que ese médico era igualito a mí?

—¡Coño! Si cada vez que maten a alguien uno le va a buscar si se parece a Juan o a Pedro... esto se jodió. Como está la delincuencia aquí... ¿Tú te imaginas?

—Nooo, creo que me malinterpretas, Ramiro, espera escuchar lo mejor. ¿Recuerdas mi artículo? ¿El que hice contra Gerinaldo?

La mujer empezó a reír hilarante antes de responder a la pregunta. Los pocos clientes tornaron a verla.

—Aquel dónde lo pusiste tras las rejas —dijo ella.

—Sí, exacto...

—¿Qué pasó con eso? —intervino Ramiro.

—Recibí una llamada de mi fuente.

—¡Ah! El general periodista o, cabría decir, el que... juega en todos los bandos.

—¡Bueno! Para mí sigue siendo un buen tipo. La cosa es que me dijo: "A usted fue que le mandaron a dar *pa´ bajo* por orden del jefe, pero la persona encargada... se equivocó y mató a ese pobre médico".

—O sea que te confundió. Eso es un atentado a la libertad de expresión —repuso la dama con el ceño fruncido—. Intentaba taparte la boca.

—Para siempre y de mala manera. Pero eso no es todo —continuó el gordito—, luego el general Nelson me llamó y preguntó por mí. ¿Saben para qué?

—¿Quién, el vocero?, ¿para mandarte a buscar preso? —cuestionó Ramiro.

—Sí, pero... no para mandarme a buscar preso, sino para saber si yo seguía vivo. Es lo que los criminales llaman "la llamada de confirmación". En el silencio del teléfono yo sentía su respiración agitada. Parece que se asustó al oír mi voz; es decir, al darse cuenta que fallaron. Por eso quiero ver al presidente, antes de que vuelvan a intentarlo.

—¡¿Confirmación?! ¡¿De qué?! —intervino la mujer.

—De mi muerte. Si no respondo es porque estoy muerto, y si lo hace otro, entonces...

—¡Coño! Tú has aprendido mucho de esas vainas, pero... nada, si es así, el país está fuera de control —dijo el viejo poniendo cara de enfado—. ¿Y qué piensas hacer?

—Hice una llamada a Palacio. Me aceptaron la cita de urgencia para ver al presidente y los incluí a ustedes.

—Ok, ahora entiendo. Descuida, vamos a acompañarte dondequiera que nos necesites —dijo mirando a la rubia mientras marcaba tembloroso algunos números en su celular—. Esta vaina hay que pararla de raíz antes que este país vuelva a ponerse como en los tiempos de Trujillo. Si la prensa no se respeta, es mejor estar mil veces muerto.

—O de Balaguer, cuando mataron a mi papá —agregó la periodista.

3

Doble U se acercó a sus amigos para informarles que tenían trabajo. En un par de horas amanecería. Wilson sostenía un sobre manila y una colilla de cigarrillo. Las luces de neón dificultaban identificar la futura víctima. Aparecía en una foto que sacó del sobre. Doble U buscó un mensaje entre sus contactos de BB y se lo dio a leer a Job. Lo examinó como si se tratara de un bicho raro y lo devolvió sin poder. Orejas se encargó de hacerlo. Al terminar, la Merma silbó y se echó hacia atrás en la silla. Tumbó la botella de whiskey que tomaban y un vaso la acompañó en su viaje al piso: se rompieron en mil pedazos. Algunos de los vidrios hirieron en un tobillo a una morena que ocupaba la mesa de al lado. Su acompañante, un hombre de tez blanca con barba fina y bien cuidada, quiso reaccionar, pero fue advertido por uno de los camareros que le susurró palabras para calmarlo.

Job: bajo y fornido, de carácter intratable y resuelto a lo que sea, no barajaba pleitos. De niño participaba de todas las trifulcas escolares, aunque el problema no fuera con él. Le encantaba ver las películas de vaqueros y su actor favorito era John Wayne, no por lo que hacía bueno, sino por lo contrario, sobre todo por tantos tiros que disparaba.

—Móntame. ¿pa' cuándo e la vueita?

—No hay día —respondió Doble U—. Mañana empezamos a ubicar.

—Despué de lo de la última ve creía que ei don no no iba a da' ma' trabajo.

—Él lo quería para ese día, por la vaina esa de los lechones, y lo tuvo, ¿qué podía uno hacer? Si se metía en la casa y no salía más, se iba a la mierda el maldito puerco —dijo la Merma.

—Tenemo que aprovechá y volverno a ganá la confianza porque esos chelitos caen bien —dijo Orejas.

Todos rieron, menos Doble U.

—Sí, pero ella no iba. No nos hagamos los pendejos. Eso lo sabíamos.

—Hay sitio específico o puede sé dónde sea —preguntó Orejas, saliéndose del tema que le crispaba los nervios.

—Quiere que sea en el negocio.

—¿En el negocio? Pero... ¿es chiste? Es una locura, todo lo día él complica má la vaina.

—Ya lo sabe querido parabolita —dijo Doble U.

—¡Waooo! —exclamó Job—. Una vaina que vive con pila de gente.

—Va a ser difícil. Lo he pensado y... tienen razón, pero es la mejor forma de hacer que se olvide de lo de la tipa. Además, con este trabajito probaremos que somos "lo montro".

—Yo creo que ei jefe ta' totao —dijo Job inclinando la cabeza para inhalar una raya de coca que se puso en el dorso de la mano.

Los otros lo miraron, y en sus mentes la imagen del conejo llamando al burro orejú les vino a cuenta.

—Estoy de acuerdo con Job, mano. El hombre se encojona porque se le pegaron unos fuetacitos a la hija y ahora mira lo que pide —concluyó Merma.

4

La amenaza de Elmes contra el jefe de la policía y el director de la DNCD cayó en saco roto. Gerinaldo la había olvidado. Nunca antes se había amenazado a quienes ocupaban esas posiciones, y si en la DNCD los narcos creían estaba Dios, en la policía debían pensar que moraba el Padre, el Hijo y el Espiritusanto. Ambas instituciones concentraban gran poder. No obstante, sus incumbentes temieron por su familia.

La fe mantenía unida a la familia de Gerinaldo, pero le hacía falta el padre. El jefe pretextaba su ausencia en sus ocupaciones. "Demasiado trabajo", decía. Pero las escapadas nada tenían que ver con su tarea. Salía con chicas, incluso algunas que, por la edad, podían ser sus hijas. Danixa lo sabía y eso deterioraba la relación. Ella trataba de ignorar los comentarios que a su espalda salían de todas partes y daban cuenta de las infidelidades, pero no siempre lo lograba; a veces, disimularlo se hacía imposible y recurría a las oraciones.

Los hijos eran refugio y apoyo moral de su madre. Se encerraba a llorar por horas en su cuarto. Salía de allí solo si llegaba su hijo con el nieto. Rafael, el mayor de sus vástagos, se había casado antes de terminar la carrera universitaria y seguía estudiando para complacer a sus padres que deseaban verlo convertido en ingeniero. Completaba un trio de chicos como el único varón; sus dos hermanas, Patricia y Paty, eran chicas nobles y sencillas, que vivían sus adolescencias frente al televisor, haciendo manualidades y apegadas a sus estudios.

Una noche en que los esposos salieron a cenar, su mundo giró ciento ochenta grados. En un restaurante de corte clásico, una copa de vino suavizaba sus gargantas, lo necesario para poder expresarse libremente, más bien discutir los temas de una posible reconciliación. Vistieron atuendos apropiados para la ocasión y el lugar, que con altos capiteles en arcos daba la bienvenida a sus clientes; rupestres muros y coloridas trinitarias brotaban como cascada desde altas jardineras, bajo un techo estrellado que lo convertían en uno de los lugares más románticos de la ciudad, hasta que un pianista comenzaba a amenizar, pues en ese instante, quedaban pocas dudas que lo fuera.

Un par de policías obligados por las circunstancias interrumpieron la velada y secretearon al oído del jefe antes de pasarle un teléfono que segundos después devolvió cariacontecido.

—Tenemos que irnos.

Abrupto, abandonó su asiento y puso unos billetes sobre la mesa, invitando con la mano a Danixa a ponerse de pie.

—¿Otra vez vas a empezar con lo mismo? —preguntó, ignorando la gravedad de lo ocurrido.

—Por favor, Dany, por favor, no empieces tú... no tienes idea.

—¿Idea de qué? Entonces explícame.

—Será después, ahora tengo prisa.

Se marcharon y Gerinaldo ordenó que, por el momento, no comunicaran nada a su mujer. Necesitaba ponerse al frente de las diligencias sin distracciones. Ella, sin disimular su disgusto, asoció la actitud de su marido a otro de sus enredos de faldas y, aunque se lo reservó, su beso de despedida le supo al que recibiera Jesús en el Huerto de Getsemaní. Una parte de la seguridad la acompañó de vuelta a la casa y la otra siguió al jefe a su despacho.

—Señor —dijo el asistente al verlo llegar—, no hay mucha información. Su esposa ha sido la que dio la voz de alarma. Ordené que buscaran en la universidad y algunas patrullas visitaron los sitios que acostumbra frecuentar, pero dicen que no ha ido por allá.

—¿Y la escolta?

—La escolta... dice que lo vieron entrar al aula, y que cuando iban a cerrar el recinto y... él no salía, fueron al parqueo, pero su carro ya no estaba.

—¡Coño! Tanto que se lo advertí. Estos muchachos ahora... bueno, llama a Decolores. Dile que venga inmediatamente y... tú, además, encárgate de la doña: que no se entere de esto. ¡Ah!, otra cosa, llama a la esposa. Que se prepare y venga tan pronto pueda; recuerda advertirle que no le comente nada a nadie hasta que lo resolvamos.

—Ok, señor.

El asistente saludó militarmente y giró sobre sus talones para cumplir la orden. Antes de desaparecer de la vista se detuvo.

—¿También le digo a Pola... señor?

—No. Solo haz lo que te dije.

5

Lejos de allí, los tres amigos reían y continuaron su parranda. La música y las luces hicieron temblar el lugar. Tomaron con avidez. El dinero había llegado junto al encargo. No necesitaban ser tímidos. Extendieron la fiesta hasta el amanecer. Los otros que copaban el bar dejaron de existir para ellos. Con las mentes taponadas de alcohol y drogas no pensaban y la mañana los sorprendió convertidos en desastres humanos: orinados sobre sus ropas. La peor parte la llevó Orejas, quien, además, fue bañado en vómito por Doble U. Así marcharon a prepararse para la nueva misión.

Orejas, a pesar de ser tímido y débil, valía para la Maquinaria. No era violento como sus compañeros, pero su especialidad consistía en tener buenos contactos dentro de la fuerza. Se mantenía al corriente de todo; lo más mínimo llegaba a sus oídos, que captaban abiertos como parábolas el más ligero indicio de problemas. A ello debía su apodo. "Complicado sobrevivir en el mundo delictivo sin tipos como él", afirmaba Doble U. "Por él sabemos a quién atacar y, por supuesto, a quien no". "Como el Espíritu Santo, nos libra de todo mal", solía afirmar Job.

6

Los Gerinaldo, igual a la mayoría de las familias, tenían una madre dedicada a la crianza de los hijos, un padre proveyendo el pan de cada día y unos hijos creciendo y estudiando. Al hacerse cargo del puesto, su progenitor no pudo evitar que su esposa dirigiera la Asociación. Una oficina que agrupaba las parejas de los oficiales para entregar juguetes el Día de Reyes, canastas en Navidad y ayudas a ancianos y depauperados de la suerte.

Los padres de Gerinaldo acumularon riqueza. Eso les permitió manejarse con holgura, sin embargo, su compañera, nacida en el extranjero, no tuvo la misma dicha y su vida transcurrió con precariedades hasta unirse a su marido. *Ahora, como un fantasma, me asalta nuevamente la tristeza*, se decía. La corroía escuchar que era engañada. ¿Qué podía hacer? Las mujeres le iban arriba por su porte militar y buen hablar;

también, desde luego, por su condición económica. "Les van encima como moscas a la comida", decía Danixa.

Los tres hijos, un varón más apuesto que el padre y dos hembras tan hermosas como la madre, tenían en común que fueron criados consentidos y sobreprotegidos. No tenían que preocuparse por los peligros de la calle. Sin embargo, desde que Gerinaldo y Danixa asumieron sus responsabilidades, descuidaron a los muchachos y quedaron al cuidado de un equipo de seguridad personal. Las amenazas de Elmes produjeron paranoia y la seguridad se duplicó.

Los investigadores que el jefe había designado para desentrañar el caso, analizaban una lista de números telefónicos. Trataban de conseguir informaciones que les diera una idea del paradero del muchacho, algún lugar donde ir a preguntar, pero hasta el momento las informaciones conseguidas resultaban inútiles, pues nadie había visto al chico en las últimas horas.

—Varios compañeros en la universidad dijeron que no había asistido a clases. Incluso uno afirmó que perdió un importante examen —dijeron los investigadores.

Gerinaldo, con las manos en la cabeza, preguntó;

—¿Con qué seguimos... qué posibilidad hay de... otras pistas?

Los oficiales guardaron silencio.

—No puede habérselo tragado la tierra —repetía el jefe.

Se sintió empático con aquellos que denunciaban desapariciones, y que las autoridades no le daban respuesta. Se tragó la sensación porque sabía que era primordial la discreción, evitar alarma innecesaria y por el momento no enterar a la prensa.

—Jefe, tenemos algo —dijo Decolores después de atender una llamada.

Gerinaldo se inclinó en su asiento para prestar atención.

—Me acaban de dar la localización de la celda.

—¿Cómo lo hicieron?

—Esa localización... la consiguieron con minimensajes.

—¿Minimensajes?

—Sí, señor. Según el técnico, el muchacho o... quien tiene el aparato encendío.

El jefe abrió los ojos.

—Bueno... —aclaró Decolores—, quien le haya sustraído el móvil, parece que en algún momento lo usó y gracias a eso se consiguió la señal.

—¿Y... sigue encendido?

—No, señor. Al parecer, lo apagó de inmediato o...

—¿O alguien más lo hizo? —terminó Gerinaldo—. Bueno... hay que moverse hacia esa localización rápido. Tenemos que encontrar a quien quiera que sea.

El teléfono de Gerinaldo interrumpió.

—Un mensaje —dijo.

Todos se paralizaron en espera de noticias. El jefe inclinó la cabeza, se colocó sus espejuelos y leyó el texto: – "Amor, estoy en casa, los niños duermen pero en casa de Juancito no toman el teléfono. ¿Sabes algo de ellos? Ni él ni ella aparecen. –"Ok", escribió, luego borró lo escrito y casi al instante volvió a escribir lo mismo.

Gerinaldo tragó saliva. Se le hizo difícil. Quiso decirle algo más. Algo que la tranquilizara, pero sentía que las palabras le huían. *El instinto de madre le advierte que algo no anda bien*, pensó. Si en algún momento lo dudó, más tarde le quedó claro: cada dos minutos recibía un mensaje de su esposa preguntado por su hijo.

7

Job tomaba café para la resaca; solo olerlo le subía el ánimo. Una mujer con cintura de avispa y largas uñas postizas le acompañaba. No paraba de hablar y él no prestaba atención a lo que decía. La vio por primera vez una hora antes, y la recogió en el auto rentado que lo llevó hasta ese lugar. Con astucia de felino identificaba cualquier obstáculo que impidiera su nuevo encargo. La Maquinaria tenía que engrasar sus piezas en la panadería Boulangerie. Las tertulias políticas la hacían el lugar favorito para conversar y, al mismo tiempo, el peor para cometer un crimen.

El nombre Boulangerie se le ocurrió a su propietario al regresar de París, enamorado de una francesa, a la que dejó después de una tórrida relación y solo el nombre de la panadería había quedado como recuerdo.

Después de observar todo, las puertas, los vehículos, los cristales que hacían de muros, también los agentes que dirigían el tránsito en la esquina y, sobre todo, a Rafael Sojo, el propietario, quien daba atenciones a los clientes como cualquier empleado, tratando que las comandas salieran a tiempo y que la gente no se impacientara, Job se concentró en lo suyo. Más de seis veces lo vio pasar rozándole. Le observó tranquilamente, solo interrumpido por la cantaleta de la mujer, que seguía hablando sin reparar que no le tomaba en cuenta. A la séptima vez tomó su teléfono e hizo un video. Tuvo que colocar el aparato en sus oídos y mover la cabeza de un lado a otro para conservar en el foco de la cámara la figura, que no dejaba de moverse por todo el establecimiento.

Los clientes seguían llegando y algunos hacían turno para ocupar una mesa. Como la entrada a un hormiguero, todos se tropezaban. "Este maidito í y vení va haceí eí trabajo una misión imposible", sentenció Job. Despidió a su acompañante con dos papeletas de mil y ella siguió allí, hablando con un viejo calvo que, desde el principio, le miraba lujurioso las torneadas piernas que salían de su minifalda.

8

No apareció en la ubicación que consiguió Decolores. El área fue acordonada y cateada casa por casa. En el alboroto, la prensa pensó que habían hallado a Elmes, su mujer o el bulto con el dinero. Raudos se agolparon allí. Nadie dio explicaciones a los reporteros por más que demandaron. Por otra parte, las amenazas del capo volvieron a adueñarse de los pensamientos del jefe y le hacían perder el control. Decolores, desconcertado, no entendía cómo el técnico erró. Pero también sentía tranquilidad en lo profundo de su ser, pues, días antes, había sacado a su familia del país desoyendo los consejos del asesor americano: los mandó a Panamá.

Contra Pola y su familia el capo nunca profirió amenazas. ¿Sabría Elmes que no tenía familia?, se preguntaba el jefe, sin hallar respuesta. Atribulado por no haber pegado los ojos en varios días, se mantenía pensativo con la mente en blanco. En la soledad rogaba a Dios que apareciera. *Vivo o muerto,* se consolaba. No sabía quién quería apareciese primero. Lo único que tenía claro era que, si aparecía el capo, lo prefería vivo, para matarlo con sus propias manos.

Todo indicaba que Elmes era el responsable. La versión cobró fuerza cuando la prensa analizó la situación. La búsqueda del capo dejó de ser solo un problema de la justicia, se convirtió en personal para Gerinaldo y su familia.

—¿Y si el carro lo mueven a alguna parte? —preguntó el jefe.

—Es posible —respondió Decolores—. Daré aviso a los peajes, cualquier Kía con características será detenido y conducido aquí.

—Bien, pero... también podrían pintarlo o... cambiarle la placa; así que... es preferible que lo hagan con todos.

9

Ramoncito Macarrulla procedía de una familia adinerada. Desde niño persiguió un sueño y lo consiguió a pesar de tener a su padre en contra. "Solo se aspira a eso cuando no se tiene otra oportunidad en la vida", le advirtió cuando cumplió los dieciocho. No hizo caso al consejo. Con sus amiguitos imitaba los detectives que veía en las películas, y en la escuela le conocían por su empeño para encontrar cosas perdidas. Un día, su maestra lo felicitó. La salvó de un bochorno por un libro de matemáticas. Se suponía perdido o sustraído, él determinó que había ido a parar a un resquicio de su escritorio. No había misterio que el muchacho no desentrañara.

Ramoncito se inscribió en la universidad para hacerse abogado. Como sus padres tenían recursos lo matricularon en la mejor. Cursaba el tercer cuatrimestre cuando la familia lo supo.

—¡Ay! Ramón lo va a matar —dijo su madre.

—¿Qué pasó, doña? —Se interesó en saber la doméstica.

—Ramoncito hizo de la suya.

—¿Preñó a una?

—Peor —aclaró—. Se enganchó a la policía.

Con la ayuda de un amigo entró como asimilado. Su abolengo le abrió el camino y pronto consiguió ascender a oficial. No obstante, sus padres no disimularon su disgusto al verlo aparecerse por la casa luciendo un impecable uniforme gris.

El teniente Ramoncito Macarrulla fue designado como supervisor de la seguridad de Bernarda, quien fue operada y se restablecía en un centro de salud. La policía había dispuesto una custodia para su protección, por temor a que sus atacantes volvieran en cualquier momento a terminar lo empezado. El jefe consideraba vital protegerla, pues ahora que él mismo se involucraba en la búsqueda del capo, las informaciones que ella podría ofrecer incrementaban en valor.

Después de recuperarse, Bernarda fue informada de la muerte de Amado. Se lo habían negado para que no sufriera. Pero no sufrió mucho por ello. La reconfortó saberse cuidada por Ramoncito. En poco tiempo quedó prendida de él. Fue amor a primera vista. No tuvo que hacer mucho esfuerzo para aceptarlo como su nueva pareja. Atesoraba en la memoria que su anterior entrega a otro hombre había resultado halagadora, aunque ahora pensaba que ese huía de la justicia y a pesar de que le costaba creerlo, había intentado matarle. A partir de eso había quedado convencida de que lo único importante en la vida era vivir cada momento como si fuese el último, porque nadie sabía a ciencia cierta cuándo le tocaba irse de este mundo. Sentía que Dios le había dado una oportunidad y tenía que aprovecharla.

Los seis pies de Macarrulla, su pelo lacio tocando sus hombros, que escondía bajo el gorro en uniforme, eran atributos que lo alejaban de parecer un policía. Sin embargo, no fue lo que más impresionó a la esposa del difunto. Saberse sola no le daba fuerza suficiente para resistir verle. A pesar del sufrimiento por las heridas, tragó su olor como aliento de vida. Todo sucedió cuando la asistencia médica se ausentó; se vio obligado a curarla en las nalgas. Ella lo permitió, escudándose en que sería la única manera de evitar horribles cicatrices. Las manos del oficial masajearon para remover el vendaje, mientras Bernarda sintió una mezcla de alivio, excitación y placer.

En adelante, solo él se ocupó de curarla y ella deseaba pedir a gritos que tocara otro lugar. Mordía su lengua para evitarlo y sufría una tortura agradable, pero lo que temía sucedió cuando sus piernas ya no hacían caso a su cerebro.

10

La cama de la clínica se convirtió en nido de amor. Las demás custodias fueron retirados por Macarrulla. No fue el propósito de sus superiores que ocurriera, pero al enterarse del asunto, decidieron sacar provecho.

Bernarda necesitaba protección. En su mente estaba clavada la firme convicción de que su examante la había mandado a matar y no entendía por qué. Aunque ella doblaba su edad, por alguna extraña razón sentía seguridad con Macarrulla. Le ayudaba a soñar con cupido y olvidar la silla de ruedas en la que quedó postrada.

A pesar de su invalidez, es hermosa, reflexionó el oficial a primera vista. No era la mayor motivación, si no la atracción que el dinero produce en los seres humanos; se dice: *"el dinero busca el dinero"*. Ella, de padre prosperado comerciante podía presumir riqueza y Macarrulla no se quedaba atrás.

—Buenos días, señor —saludó Ramoncito al entrar a la oficina de Decolores.

—Siéntese, por favor.

Mientras se acomodaba sobre un mullido mueble, pensó: *Tanta amabilidad presagia problemas.* Tener hechas le generaba sospechas y estaba consciente de que tarde o temprano alguien lo descubriría. Así fue Gerinaldo vio la oportunidad de agarrar al toro por los cuernos e instruyó a Decolores en consecuencia. De no ser porque hacía más de una semana que su mente la ocupaba otro asunto, él mismo se hubiese encargado, pero las fuerzas no le daban y sentía su mente debilitada.

—¿Cómo va la recuperación de ella? —preguntó el general con una sonrisa pícara.

—¿Bernarda? Muy bien, señor.

—¿Crees que pueda ser dada de alta pronto?

—No lo sé, señor, pero le preguntaré al médico y....

—Déjese de payasadas, soldado —interrumpió de Decolores golpeando la mesita de centro—. Sabemos lo que pasa entre ustedes. Y, créame, no nos importa. Se la puede tragar sin eructar. Eso es problema suyo... pero usted se debe a la policía, no lo olvide, y debe colaborar si le interesa seguir aquí. Consíganos información. Ella conoce mucho de Elmes.

—Señor, no es lo que...

—Escúcheme —volvió a interrumpir—, olvídese de dar explicación y ponga atención a lo que le voy a instruir.

Bajo una atmosfera de desconfianza, el general definió las líneas de su plan. Más bien, del plan del jefe. Para cumplirse necesitaban a Macarrulla. Por amor le sería fácil influir en Bernarda. Exagerar los sentimientos para que ella confiara y convertirse en su sombra. Convencerla de salir de la clínica y hurgar hasta donde pudiera para descubrir el paradero de Elmes.

—Piensa en tu futuro y no te tuerzas. Quizás... de tus diligencias depende la tranquilidad del jefe.

—Descuide, señor. Lo haré. —Macarrulla pensó que realmente era su oportunidad y que por fin sería el detective que quiso ser.

11

Cuerpo de Ayudantes llamaban a la dependencia que dirigía Berigüete. Sus oficinas, ubicadas en un antiguo caserón, apenas habían sido remodeladas. El incumbente pasaba el tiempo en Palacio y prestaba poca atención a las vetustas instalaciones. En sentido general, conservaba su aspecto de residencia.

Con el desarrollo del país, las calles se hacían chicas para la cantidad de autos y los estacionamientos en instituciones del Estado seguían la misma suerte. Era necesario conseguir espacios para los vehículos de los empleados. El Cuerpo de Ayudantes no fue excepción. Frente al mismo, se adquirió una casa en ruinas. Se demolió para construir un parqueo, pero solo quedó en proyecto. Algunas partes se apreciaban yermas, sin embargo, desde que sacaron los escombros, empezaron a usar el solar como tal.

Una patrulla que trabajaba en los alrededores tenía por costumbre matar el tiempo bajo cualquier sombra. Echaban una pava hasta que fueran requeridos. Buscando un lugar seguro entraron al "parqueo" del Cuerpo de Ayudantes. El lugar no tenía vigilancia, apenas una puerta de madera forrada con hojas de zinc que se mantenía abierta.

El carro policial entró al solar con absoluta libertad, encontró un sitio y se estacionó. Al lado, la sombra de un flamboyán cubría un carro Kia pequeño con los cristales ahumados. Los policías recostaron sus asientos y subieron el volumen de la radio. Apagaron el motor del vehículo para no gastar combustible y, además, bajaron los cristales para que le entrara aire fresco. Antes de conciliar el sueño, un hedor le bofeteó la nariz y buscaron saber de dónde provenía, pero por el momento nada revelaba la procedencia.

· —Un ratón muerto —aseguró uno de los agentes.

Se movieron de sus asientos y caminaron buscando por el lugar. El otro policía miró con atención el carro al lado de ellos. *Un Kia azul*, repasó en su mente, y conluyó, diciéndole a su compañero: "Como el vehículo que instruían los superiores debían buscar". Abrió la guantera a por sus apuntes. Se trataba de la misma marca y color. Nervioso, fue hasta la parte trasera para ver la placa y el mal olor se incrementó a medida que se acercaba. Dobló su codo para taparse nariz y regresó al patrullero. Su compañero ya había abordado y lo vio llegar con ojos desorbitados.

—Adelante, adelante, cambio. Qrk, qrk...

—¿Qué le sucede? —contestó el operador de la radio—. ¿Cuál es la emergencia?

—Encontramos el carro, señor.

12

En la DNCD, los oficiales obviaron el saludo marcial y se despidieron con apretón de manos. Era prima noche y Decolores no dejaba de pensar en la manera de ayudar al jefe con su problema. Le preocupaba que Gerinaldo luciera fuera de sí. Toda la institución del orden procuraba dar con el paradero del capo, sospechosos de haber tomado venganza. Macarrulla se esforzaría, pero las cosas estaban destinadas a torcerse. Al día siguiente de su reunión, a la interna le dieron el alta y se encontraba en casa de su padre. El teniente empezó a convertirse en la sombra que prometió. La acompañó a sus terapias, al supermercado y participó de sus demás actividades personales. Los placeres quedaron cortos ante la servidumbre del oficial, que sin proponérselo había empezado a enamorarse. Los superiores morían de ansias esperando el destape.

Después del orgasmo, la mujer dio el paso.

—La casa de seguridad de Elmes —dijo— no la han descubierto.

Lanzaba al aire el humo de un puro que fumaba sobre la cama, acicalándose el pelo sudado. El teniente no mostró interés; ahora no quería ser el detective de sus sueños; el de la película no moría, pero él sí, y, menos, que ella se involucrara en una empresa tan peligrosa como denunciar a Elmes.

—¿Y?

—Que es probable que esté ahí escondido. Incluso que tenga a su presa. ¿Sabes a qué me refiero? ¿No?

—No lo creo —ripostó—, después de tanto tiempo... imagino que esa casa está custodiada o vigilada. Además, si tú conoces el lugar, él no iba a llevar a alguien... Debe saber que todo el mundo lo anda buscado.

—¿Tú sabes dónde queda? —Arqueó las cejas, lo miró y dejó el tabaco sobre el cenicero.

—No —respondió.

—Entonces... la policía no sabe nada.

—No sé.

—¿Qué te toca si tú le das esa información y lo atrapan?

Macarrulla quedó pensativo y no respondió.

—¿Y... si recuperan al muchacho? ¿Un ascenso?

—Quizás.

—¡¿Quizás?!

—A mí eso me tiene sin cuidado. No me interesa.

—No lo creo.

—Piensa lo que quiera, solo me interesa tu bienestar. No quiero que te pase nada.

—No digas estupideces, sé que te gustaría saber y voy a llevarte. A mí no me engañas con tu carita de ángel.

—¿Por qué razón?

—Porque quiere matar a mi papá.

—¡¿A tu papá?! Pero... ¿por qué?

—Es una historia larga para contar. Levántame y vámonos.

Se movieron y un café le hizo compañía. Se dirigieron a las afuera de la ciudad. Macurrulla conducía un vehículo que parecía al de cualquiera pero pertenecía a la policía. Le había sido asignado para la misión que debía cumplir.

—No es prudente ir en tu carro o en el mío; él podría reconocerlos —dijo el oficial.

Lidiaron con dificultad el pesado tránsito del medio día y se internaron en el sector de Arroyo Hondo. A pesar de la hora no hacía mucho calor. Una docena de viviendas se levantaba en el lugar. Miraban hacia la calle por encima de sus altos muros como castillos medievales. Dieron la vuelta en la larga cuadra y, cuando llegaron al final, Bernarda, agachada en el asiento trasero, señaló en dirección a la última casa.

—¿La de verja verde? —preguntó Macarrulla.

—Sí, pero también la de atrás. Las dos son una. Existe un muro removible que da paso a la otra. Para atraparlo hay que rodear la manzana porque... no dudo que también haya otro muro o un sótano que lleve a alguna otra parte.

Ambos, después de ver suficiente, se alejaron a toda prisa. Los nervios hicieron sudar copioso al oficial y el guía se le resbalaba al doblar. Bernarda, de vez en cuando, observaba por el cristal trasero. Los vidrios del carro arriba y el aire acondicionado no funcionaban bien. Lo preferían así ante la sensación de ser seguidos. Macarrulla juraba que había escuchado disparos y un vehículo del que sospechaban desinfló uno de sus neumáticos mientras le rebasaba haciendo que ella se tirara al piso otra vez.

—¿En serio quiere matarlo? —preguntó Macarrulla.

—Sí.

—No lo puedo creer.

Nerviosos, tomaron rumbo a la casa de Rafael. El padre de Bernarda esperaba afuera y Macarrulla trató que ella le contara sobre la amenaza, pero hizo caso omiso.

13

Nunca antes se habían visto tantos patrulleros juntos. Gerinaldo, avisado de la situación, trató de llegar al lugar. Imposible penetrar a bordo de su yipeta. Tuvo que caminar más de media cuadra para llegar donde el coronel Luciano lo esperaba. El esfuerzo para abrirse paso lo hacía tardar y él, desesperado, no esperó por escoltas y se abrió paso entre el conglomerado de agentes que copaba las aceras.

Eran las siete de la noche y el sol se negaba a desaparecer. A pesar de la fuerte brisa, el coronel de Homicidios observaba que las hojas en los árboles no se movían; la atmósfera era pesada y el clima cálido dificultaba respirar. Puso cara compungida al lado del saludo y sonó los tacones cuando el jefe se acercó donde encontraron el vehículo.

—Sin dudas es el carro de Danielito —musitó—. No necesito ver la placa para saberlo. Ahora… toca ver quién es…

Los médicos aguardaban para realizar su tarea. Un gesto de consideración inusual, mucho menos tratándose de un cadáver en esas condiciones. Así se lo había solicitado Luciano, quien con mascarilla en la cara, como los galenos, fue de los primeros en llegar al lugar y entrevistarse con el patrullero que lo encontró.

—¿Cómo lo descubrieron? —interrogó a la patrulla.

—Recibimos una información y vinimos —dijo uno de los policías.

—Nos costó mucho trabajo y un dinerito, porque pagamos a un informante, señor —aclaró el otro.

—Epa, tranquilos. Así explicaré a los superiores —repuso Luciano—. Seguro que recompensarán sus esfuerzos con creces.

Le contó al jefe la historia de los agentes, después de darle las debidas condolencias.

—Comandante. Epa, no sé si… querrá verlo así… Yo lo vi y… Creo que se parece. Quiero decir, no tengo dudas que… la ropa y algunos detalles pudieran ser de Danielito.

Gerinaldo quiso hacerse el fuerte, pero se derrumbó: las lágrimas rodaban por su rostro, sus labios temblaban y una línea de moco salía por su nariz. Sacó un pañuelo y se sonó. Luego se apartó. Era difícil para él; pensó que los subalternos le observaban y se decidió a mirarlo. Luciano le alcanzó una mascarilla y la rechazó.

—¡Que lo saquen! —ordenó.

—Ya oyeron —instruyó a gritos—, que lo saquen, epa.

14

Horas antes, cuando el reloj marcó las dos de la madrugada, Pola y Decolores, que se habían ido a la cama con sus ropas de combate, se levantaron y organizaron las tropas. Un equipo selecto acompañaba a los generales: nueve hombres de operaciones élites, dos perros de antinarcóticos y las escoltas personales. Tres vehículos de asaltos blindados los transportarían. La dormida fue un pestañazo, aun así, Pola pudo soñar o imaginó hacerlo, y le contó a Decolores lo que recordaba:

Cuatro hombres musculosos le levantaban y vitoreaban por haber atrapado a Elmes. Luego, sentado en la sala de entrevistas, el detenido confesaba que había matado a Soraya y arrojado su cuerpo al mar. Cuando preguntó la razón, el capo abrió el zíper de un bulto que tenía a su lado y de él brotó una parvada de palomas grises que se esparcieron por el aire.

"Una especie de pesadilla agradable", le comentó a Decolores, que lo siguió con la vista hasta que entró al aseo.

La operación fue minuciosamente coordinada. Se prohibió a los agentes todo tipo de comunicación: ni radio, llamadas telefónicas y cualquier tipo de mensaje. "Fundamental evitar filtraciones", había dicho Gerinaldo. Pernoctaron fuera de los cuarteles y algunos de los policías por primera vez dormían en un hotel de lujo. También, por primera vez, en un trabajo de la DNCD, no participaban sus agentes.

—Ningún esfuerzo es inútil —respondió el jefe, cuando Decolores trató de hacerle saber que no era necesario gastar tantos recursos.

La oscuridad bailaba al compás de la brisa y el vertedero. Duquesa esparcía sus efluvios de olor a basura descompuesta por el sector. Se desquitaba con la clase pudiente que había hecho de Arroyo Hondo un villaje para alejarse de los pobres. A la distancia, el cantar de gallos anunciaba el amanecer. Pola vio su reloj y apenas eran las tres y media de la madrugada. Cautelosos, atravesaron las penumbrosas calles hasta sus objetivos. Al llegar, la brisa había menguado en su frescura, al igual que el baho. Ladridos de perros respondían a los presurosos pasos de los policías. Algunos residentes dejaron sus almohadas y, preocupados, daban una ojeada para enterarse. Pola y Decolores se miraron. *Si esta vaina continúa nos arruinan la fiesta*, se comunicaron "telepáticamente". Cubrieron los techos de las residencias contiguas y olvidaron su preocupación.

Las viviendas donde actuarían parecían muertas. La oscuridad era común en ellas y las únicas que no habían encendido al menos una luz. El ladrido de los perros y el cantar de los gallos seguían poniendo la nota. Los generales pensaron en una emboscada y retrasaron el inicio del cateo. A las cuatro y treinta decidieron que era el momento. En la zona todo seguía igual, excepto que a los gallos y perros se había unido un coro de infantes que reclamaban pechos.

Los generales dieron la orden.

—Arranca de cuajo la maldita puerta —dijo Decolores al oficial encargado del equipo de ariete, cizalla y pata de cabra.

15

Al otro lado de la ciudad, la Maquinaria salió temprano. Abandonaron sus hogares para ir a por encargo. Corría el mes de mayo y las autoridades atendían pocos casos. Consideraban primordial la situación del jefe. Localizar a Elmes se convirtió en lo único importante, dada la sospecha que recaía sobre él. Otro asunto olvidado fue la denuncia de Bernarda, respecto que era inminente que se atentara contra su padre. Algunos le atribuían demencia por el trauma vivido.

—No fue sencillo para ella, tuvo que soportar la muerte del marido y sus propias heridas hasta el punto de quedar condenada a una silla de rueda —dijo su médico y agregó—: No me extraña que padezca algún tipo de trastorno emocional.

No obstante, si alguien se interesaba en el asunto, el vocero solía responder: "Está en proceso de investigación".

La pareja de fugitivos empezaba a parecerse a *Bonnie y Clyde*. Hacían las cosas difíciles a las autoridades. Lo único que se le creyó a la exesposa del coronel fue que, en los últimos meses, el boricua estaba tras las muertes y que su mujer no fue secuestrada. Que todo había sido un *bluff*, para despistar.

El jefe lo creía en parte. Estaba convencido que ella hacía su juego y seguía en contacto con el capo. Pensaba: *Procura confundirnos para que nunca demos con los prófugos en lo que ella y su familia son protegidas por nosotros. Pero se le hará difícil conseguirlo. No vamos a perder su rastro, aunque se mantenga fría con ellos.*

Nadie dudaba que ocultara más de lo que decía. "Demasiado evidente que buscaba desquitarse con Soraya", afirmaban los que seguían la novela de celos que protagonizaran ambas, quienes por un tiempo libraron un pulso por el macho.

La noche del día anterior, Rafael Sojo había probado suerte. Se sentía feliz y se autodespachó dos vasos de whisky doble con soda Canada Dry. Con nadie compartió la razón de su alegría. Tras la prensa hacerse eco de la denuncia de su hija, había pasado noches en vela temiendo lo peor. Desde entonces, trabajó incansable para poner sus cuentas en orden. "Por si en cualquier momento me sorprende la muerte", dijo a su hija.

Esa noche se agenció su chica beeper. Estaba reservada para un político que presidía una de las cámaras del congreso, pero con tan solo comunicarle su intención declinó su compromiso. Pudo más la sorpresa de volver a verse con Sojo, que la tentadora suma prometida por el funcionario. La joven de ojos café, como tantas otras veces, fue a pasarla bien con el panadero.

16

El golpe en la puerta fue de tal magnitud que el penumbroso sector comenzó a tornarse claro. Las bombillas de las casas se encendieron en perfecta sincronía y pronto pareció de día. Conversaciones inentendibles se unieron a los gritos de los niños, y el escándalo de los perros y gallos. Otro golpe a la puerta, y otro más, terminaron por despertar al resto de los residentes. Expectantes, seguían el acontecimiento. "Las casas, objetivos" eran la excepción. De ellas no salía sonido. Un quinto golpe, y la puerta cedió; abrió lo suficiente para que Decolores y los agentes pudieran entrar. En el lado contrario, Pola y sus hombres no tuvieron dificultades para abrir el portón. No fue necesaria el ariete.

—Vamos, apúrense —dijo Pola cauteloso—, aseguren el área y avisen cuando tengan todo controlado.

A pesar del peligro, ambos equipos se movían decididos a enfrentar lo que apareciera. Los rayos de la luna se posaban sobre las viviendas pintadas de amarillo verdoso tornándola violeta. Gerinaldo no podía pegar los ojos. En el estudio de su residencia, con un libro abierto ante sus ojos fingía leer. Esperaba que los generales le reportaran e imaginaba que lo hacían, diciéndole: "Jefe, tenemos el muchacho sano y salvo. Lamentablemente, Elmes nos enfrentó y tuvimos que dispararle. Está muerto".

El teléfono de Decolores vibró y la voz de Pola atravesó sus tímpanos.

—No vas a creer lo que encontré —dijo en tono misterioso, entre alegre y triste.

Ahora el llanto de niños sobresalía al ruido de animales, murmullo, pasos presurosos y portazos que salían de las viviendas vecinas.

—¿Qué?

—La casa está vacía.

—A alguien se le fue el seguro de la lengua —ripostó—, esta también está vacía.

En ambos lugares los agentes recorrieron los rincones y solo encontraron muebles y pinturas. Su aspecto externo lucía descuidado, pero en su interior, la decoración era propia de un gusto refinado. Sus paredes color pastel armonizaban con pinturas de Bidó, Botticelli y Botero. Destacaban sus altos techos de cornisas anchas.

Los equipos avanzaron hasta el fondo, buscando el pasadizo que, según Bernarda, comunicaba ambas casas. Pola y Decolores, mantenían comunicación telefónica permanente y se describían uno y otro lo que encontraban a su paso, y en un instante de sus respectivos recorridos, les pareció que eran casas gemelas. Lo mismo que se encontraba en una, a excepción de las pinturas, estaba en la otra: el mueble de una, lo había en la otra. La pintura de un artista no estaba en la otra, sin embargo, otra pintura del mismo artista ocupa ese espacio.

Al llegar al fondo no encontraron puerta, ni pasadizos, ni nada parecido. Decolores pensó mientras buscaba que la falla en la información de Bernarda no era relevante, ya que la casa tenía que ser de Elmes y, al parecer, a juzgar por lo encontrado, hacía poco el capo había estado allí. Sobre todo, lo revelaba un bulto. Lo encontró en el cuarto principal y supuso que lo dejó al ser advertido del operativo y sospechó que Bernarda lo había hecho. Terminado el trabajo, Pola fue el primero en informar al jefe que seguía fingiendo, y al saber el resultado, hizo añicos el libro que tenía en sus manos.

—Quiero que investiguen a todo el que participó en ese allanamiento —dijo Gerinaldo—. Concuerdo con ustedes. Hay un soplón entre nosotros.

El jefe apoyó los codos sobre sus muslos y puso la cabeza entre las manos. Aunque se había despojado del teléfono, pudo escuchar la voz de Pola.

—Así será, señor —respondieron los generales.

No le motivaba detener a Elmes en esas circunstancias. Pola quería hacerlo, pero andando por un camino distinto. Por donde pudiera demostrar su capacidad, no la capacidad de Gerinaldo. A fin de cuentas, aunque su relación con el jefe mejoraba por momentos, no se engañaba ni se dejaba ilusionar. Si bien se compadecía por la situación que atravesaba, convencer al presidente de que tenía condiciones para dirigir la institución, requería que separar la paja del trigo. Ser jefe era su sueño y tenía que perseguirlo con uñas y dientes por el único medio posible: su amigo Berigüete.

17

Rafael y la joven pelirroja pasaron la noche como nunca antes. Al principio pareció igual, viajaron riendo, escuchando *perico ripiao* y, en ocasiones, bajaban el volumen en el radio del Mercedes para compartir anécdotas. Pero al llegar a la villa las cosas fueron distintas. Ella conocía bien el lugar. Había ido otras veces y le gustaba porque la hacía sentirse importante. Le cautivaba ver el mar que en Santiago, donde nació y aún vivía, no tenía. Rafael cerró la puerta tras de sí y se tiró en la cama. Por más que ella insistió no dejó de darle la espalda. Desnudo de la cintura hacia arriba, permanecía con los zapatos puestos.

Ella, tendida a su lado, trataba de recuperar su ánimo. Se paró de la cama y entró al baño; salió exhibiendo la ropa interior sexy que él le compró en el camino. Nada hizo que Rafael cambiara. Ese recuerdo marcaría por siempre a la muchacha, sin imaginar que sería su última noche juntos. Rafato, como le decía de cariño, había sido su amante largo tiempo. Como otros, salido de su trabajo, a diferencia de los demás se había quedado con ella. y aunque sus encuentros eran ocasionales, no dejaban de tener especial consideración y aprecio.

No obstante, era de las que luchaba. Después de un par de horas insistiendo con la boca, hizo uso de su experiencia tratando a hombres maduros y, sobre todo, de su particular talento. *Un arte con el que solo nacemos las cibaeñas*, se decía. Buscó hasta encontrar la manera de despertar su interés. Sin embargo, no fue suficiente. Al poco tiempo, los ronquidos fueron profundos e interrumpidos de vez en cuando.

Luego, la pelirroja empezó a conciliar el sueño y él se sentó en la cama. Permaneció así el resto de la madrugada. Más tarde, al ella darse cuenta de que la observaba, recapacitó asustada. Se sentó a su lado y le cuestionó sobre lo que sucedía. No recibió explicación, y mientras insistía, el sueño la vencía y pegaba los ojos de apoco. En la mañana, la luz del sol penetró las gruesas cortinas de la habitación. Al regresar del aseo, Sojo la encontró desnuda y dispuesta.

18

—¿Ustedes creen que la información fue cierta? —cuestionó el jefe a los generales.

—Aún no se encuentra el famoso pasadizo, pero lo que aquí hay es propio de un narco. Nadie que sude las bolas para conseguir dinero gasta en tantos disparates para después dejarlos tirados —se adelantó.

—¿Están juntos?

—No señor —respondieron.

Cada uno de los generales permanecía en la casa que le tocó allanar, pero compartían la línea. Decolores lo prefería así pues no estaba dispuesto a revelar su secreto.

—Ok. Se despidió.

Gerinaldo reflexionaba y tamborileaba de impotencia en el pergamino del libro, que había quedado en pedazos sobre una mesa; su carpeta dura impidió que le destrozara como sus hojas. *¿Cómo viviré con este sentimiento de culpa? Yo, responsable de proteger a los ciudadanos de este país y no pude proteger mi familia... No podré verle las caras a Danixa y las niñas*, se dijo.

También tendría que explicar a su mujer lo del libro y comprarle otro, pues era la dueña. Entonces, como poseído, se fijó en el título: No más excusas, Iván Ojanguren. Se sumergió por el resto de la madrugada en la tarea de recomponer algunos de sus trozos y leer por parte su contenido, al tiempo que, ajeno a lo que Decolores se reservaba, calculaba cómo recuperar a su hijo.

19

Los legistas anotaron en su libreta: *Estado rigor mortis de varios días. Rostro irreconocible. Inicio descomposición por bacterias. Charco de sangre necrófila debajo de la alfombra. Cuerpo henchido lleno de hongos negruzcos. Piel desgarrada en parte, manos con crecimiento anormal en las uñas y trozos de ropa tragados por su anatomía.*

Solo algunas características de la ropa que vestía hacían suponer que era Juancito.

—No encontramos cartera ni documentos —dijo uno de los legistas.

—No se parece a él —repuso el jefe.

—Así es, comando. Creo que su estado ha influido en su desfiguración. Así no se parece a nadie. Epa, lo que procede es llevarlo a Patología para practicarle la autopsia.

—¿Y las huellas qué dicen?

—La necro no se ha hecho, pero seguro que podrá identificarlo sin lugar a dudas. Además, debemos verificar la causa de la muerte. En esas condiciones y... ya casi oscureciendo, es muy difícil hacerlo aquí —explicó el jefe del equipo de patólogos.

—Estoy de acuerdo, señor. Los policías han contenido la prensa detrás de la cinta amarilla que llegó hace unos minutos y trata de pasar. Usted sabe cómo son ellos, epa, no sé cuánto tiempo más podrán mantenerlos allí.

—No quiero prensa —Se alarmó el jefe—, no deseo que vean eso, coronel.

—Descuide, jefe, yo me encargo.

—Tampoco —repuso Gerinaldo— quiero que se dé por sentado, es decir, que se dé como un hecho que ese podrido —Hizo una pausa y sus ojos volvieron a inundarse... que esa cosa es mi hijo. Algo me dice que no es él. No puede serlo, hasta que se le practique el examen y, se determine sin dudas como dijo el doctor, no permitiré que se piense...

—Epa. Sí, señor.

El jefe enjugó las lágrimas en su pañuelo. Se recompuso y ajustó su quepis hasta los ojos. Puso cara dura y marchó abriéndose paso hasta su vehículo. En el trayecto, los periodistas empezaron a cuestionar.

Faltaba poco para que fuera de madrugada cuando llegó la noticia. Gerinaldo consolaba a su mujer, que lloraba desconsolada, a y sus hijas que imitaban a su madre. El jefe no tuvo palabras para transmitir el mensaje, pero no fue necesario, porque lo adivinaron en sus ojos. Era un hecho.

20

—¿Qué te pasó, Rafato? No dormiste.

—Nada. Son... cosas de viejo.

Rodeó con un brazo su pronunciado abdomen. Luego acarició despacio su velludo pecho y logró lo que había procurado desde su llegada. La pareja se sumergió entre sábanas con olor a limpio. Echaron al suelo las almohadas e hicieron el amor como si adivinaran qué sucedería luego. Ella pensando en la felicidad de recuperarlo, y él en aquella francesa que le deslumbró a orillas del Sena.

Las horas volaron y pronto fue mediodía. Una hora de trayecto lo separaba de Santo Domingo, y Sojo quería llegar a su casa antes del negocio. Chequeó el clóset para un cambio de ropa, pero ninguna le gustaba: apropiadas para fiestas no para ir al trabajo. Se puso la misma que trajo. Vio su celular. *Hum... llamadas perdidas y mensajes sin leer*, se dijo. Solo devolvió la del seguridad que le habían asignado.

—¡Hola!

—Señor, estoy esperándolo en la cafetería.

—¿Todo bien?

—Sí, señor. Solo que... como usted sabe, mucha gente.

—Bien. Nos vemos en un momento.

—¡Ah! Olvidaba decirle —agregó el policía— que su hija llamó preguntando por usted.

—Y... ¿qué dijiste?

—Que no lo había visto. Ella dijo que lo esperaría en la casa.

—Bien.

—Además, parecía preocupada por algo.

—Ok, gracias por la información. Usted tranquilo, que ella siempre está preocupada.

Bernarda, paranoica, después de lo de Amado veía tiros y sicarios en todas partes. Sobre todo, cada vez que su padre escapaba de su control. Lo buscaba como loca. Trató de que le diera acceso a la villa, pero en Casa de Campo las cosas eran distintas. El protocolo de seguridad y la negativa de Rafael, lo imposibilitaban todo. *Por mucho es uno de los lugares más seguros del país*, reflexionaría después y dejaría de insistir. Pero enterada de lo acontecido con el hijo del jefe, que a su juicio llevaba la marca inconfundible de los draconianos métodos del capo, no podía estar tranquila lejos de su padre.

21

Rafael Sojo recuperó la felicidad. La pelirroja le sacó la tristeza y no estaba dispuesto a perderla por una bronca con su frenética hija. En lugar de llegar a su casa como pensaba, donde lo esperaba, se encaminó a la Boulangerie. Faltaba poco para las dos de la tarde y no encontró parqueo disponible. Desde hacía tiempo había ordenado que no le reservaran por temor a irritar la clientela.

Esperó con el vehículo encendido que se desocupara uno. Los ocupantes de otros vehículos también hacían lo mismo. En esas estaba cuando el policía asignado a su seguridad lo vio y corrió hacia él; le solicitó el carro para estacionarlo. Accedió. Se desmontó, se despidió de la acompañante.

—Gracias, Ruddy, te espero dentro —dijo a su seguridad.

—De nada, señor.

—Espera que esa se estacione. Cuando llegué ya estaba buscando parqueo.

—Sí, señor, descuide —respondió.

Se refería a una yipeta verde. Luego caminó la acera para atravesar el patio español que conducía a la puerta trasera del establecimiento. Sus piernas se movían lentas y su mente pensaba en la incomodidad de la ropa que llevaba puesta. No acostumbraba a repetirla. El guardián de una tienda contigua se acercó al leer la inconformidad en su cara. El chofer de uno de los clientes se paró de su silla y le hizo reverencia con la cabeza. Rafael continuó su trayecto y Ruddy, desde donde buscaba parquearse, lo vio derrumbarse bajo una lluvia de plomo que alcanzó también a los dos hombres que estaban a su lado.

Con los estruendos, el área quedó limpia de vehículos y transeúntes se esfumaron al igual que la yipeta que buscaba parqueo. Solo quedaron Ruddy, petrificado, que sintió sus piernas sin respuesta, un puñado de clientes atrapados dentro del negocio, que no alcanzaron replegarse y la pelirroja que lloraba.

El cuerpo yacía boca arriba. A su izquierda el guardián de la tienda y a la derecha el conductor del cliente. La gente empezó a reincorporarse, y acercándose con temor los rodearon. Las centellas y sirenas anunciaron el arribo de los investigadores y, al llegar Bernarda, la prensa se había adueñado del lugar con su habitual parafernalia.

22

Los restos de Danielito estaban listos. Los médicos hicieron lo posible para que pudieran velarse, pero solo consiguieron que el cadáver resistiera un par de horas. Sus parientes chilenos no llegarían a verlo, pues, una vez sacado de patología, debían llevarlo directo al cementerio para misa de cuerpo presente y un velatorio fugaz antes del sepelio.

En el trayecto, Decolores acompañó a Gerinaldo. Abordaron la yipeta del jefe y, a pesar del mal momento, aprovecharon que estaban solos para conversar sobre el asunto. Pola había prometido alcanzarlos en el camposanto.

—Los médicos dijeron que... fue la diabetes, que su rigor mortis era de cinco días y once horas. Probablemente sufrió un bajón de azúcar —explicó Decolores.

—¡¿Diabetes?! No lo creo.

—Quizás se apoyan en que los legistas encontraron un tubo con insulina. Estaba sobre la alfombra, en el piso del automóvil. Debajo del asiento de Danielito.

El jefe negaba, moviendo la cabeza.

—Los médicos consideraron que, al sufrir el ataque, él trataba de inyectarse. Parece que no tuvo oportunidad. Lo dejó caer donde apareció y... murió. ¿Danielito sufría de azúcar?

—No. ¿Tú crees eso, Decolores? Son pendejadas.

Decolores suspiró. El jefe lo ponía en situación incómoda y cuando quiso hablar sobre lo que encontró en el allanamiento, Gerinaldo lo hizo arrepentirse con amenazas y teorías extrañas.

—Bueno —dijo después de una tosecita—, creo que hay cosas que no concuerdan...

—Exacto. Si fue así: ¿qué buscaba Danielito en ese parqueo?; ¿por qué no aparecieron su celular y cartera?; ¿por qué cinco días, si hacía más de una semana no sabíamos de él?; ¿por qué su celular emitió señal lejos de donde apareció?

El silenció dejó clara la incapacidad de Decolores para dar respuesta.

—La señal que se consiguió provenía de la zona de Elmes. ¿Por qué desde su desaparición Danielito no se comunicó con nosotros?, y lo que más me hierve la sangre, ¿cómo fue a parar al lado de la oficina de Berigüete?

—Todo es muy extraño, pero tenga la seguridad de...

—No —volvió a interrumpir—. Lo que menos necesito es que me den seguridad. Yo quiero a Elmes vivo o muerto. Mi hijo —Los ojos se anegaron— no murió por la diabetes. Eso ni siquiera le afectaba lo suficiente. A Danielito lo mataron. Elmes y Berigüete lo hicieron. ¿Y sabes qué? Eso no se quedará así, los dos me la van a pagar. Mi nieto aún no aprende a decir papá y cuando crezca tendrá que aprender el significado de huérfano. Además, a su madre, mujer, y hermanas le debo… mucho, tanto que, con mi vida no pago.

Decolores entendía que no era momento para contradecirlo. Al salir del vehículo, una llovizna parecía llorar al difunto. Su persistencia no mojaba para correr, pero tampoco refrescaba el insoportable calor del mediodía. Miró el féretro sobre una meseta y la pareja de sacerdotes que realizaban las honras fúnebres. Algunos parientes, amigos y relacionados se acercaron al jefe con caras tristes, y ataviados con trajes negros continuaron expresando su pesar.

Después de la ceremonia, las delegaciones militares y la prensa siguieron a los representantes de la embajada americana. El cementerio se llenó. Las sillas no fueron suficientes y algunos quedaron en pie a orillas de una inmensa carpa que hizo de iglesia frente al panteón de los Gerinaldo.

Muchas ausencias; sin embargo, dos se hicieron notar: Fernando y Berigüete. El primero se excusó y expresó las condolencias por teléfono. El segundo ni siquiera mandó un mensaje. Uno de los sacerdotes indicó a los familiares que era el momento. Sollozos irrumpieron y los obreros movieron el ataúd dentro de la cripta. Los presentes empezaban a marcharse y albañiles trabajaban en la fijación de la tarja. El cemento aún no secaba cuando Pola se acercó al jefe.

—Tirotearon a Sojo.

23

—Era su destino. Nacemos con un trayecto marcado y nada ni nadie nos aparta de él —dijo Decolores pretendiendo filosofar.

Pola, menos filósofo y más pragmático, respondió:

—O una desgraciada casualidad: en el lugar equivocado a la hora equivocada. Una de tantas malditas coincidencias de la vida.

Los generales se referían a los dos que cayeron junto a Sojo. Aguardaban el amaino de la lluvia para marcharse. La noche bullía como antes, en cambio se apreciaba misteriosa: las calles vacías en víspera de fin de semana. Pola miraba por una ventana y se le antojaba que los pocos vehículos que pasaban transitaban en cámara lenta. El pánico, a raíz de lo ocurrido, era generalizado. Una densa calma y el recuerdo de la sangre derramada asomaban en cada rincón transmitiendo un mensaje: nadie está seguro.

La gente se volvió prisionera en sus enrejadas viviendas. Para todos, la mano de Elmes obraba detrás de los crímenes. Las investigaciones indicaban que en alguna medida existía un vaso comunicante: la matanza de Paya, Lantigua, Amado, Danielito y Sojo; los otros muertos eran colaterales, concluían los investigadores.

—¿Tú crees que pudieran ser enemigos de Elmes para echarle una vaina? —preguntó Pola con un puño en el mentón.

—No lo sé. No podemos descartar nada —respondió Decolores y meditabundo agregó—: No es buena idea decírselo al jefe. Como están las cosas sería difícil hacérselo tragar. Él está seguro que todo lo hace o lo manda a hacer Elmes. ¿Quieres que te diga un secreto?

Pola asintió y a Decolores le sorprendió la rapidez.

—Estoy harto. Quiero que esta vaina termine.

Pola movió la comisura de sus labios.

—En serio, necesito vacaciones. Despejar la mente y sumergirme en algo que me produzca placer. Este maldito estrés me mata hasta las ganas... por suerte ahora no tengo pareja, ella sigue en Panamá con los niños.

—¡Verdad!, ¿y cómo están?

—Bien, queriendo regresar. Pero les he dicho que no es seguro aún, que deben esperar un tiempo más y... ya puedes imaginarte la bronca que armó.

—Así es, cuando uno cree olvidar la búsqueda de Elmes y su mujer, esos malditos vuelven como fantasmas a atormentarnos. ¡Y de qué manera!

Trabajaban los interrogatorios con sus respectivos equipos. Sus caras eran poemas: interpretables como los versos de Neruda. Sin embargo, la mejor expresión de preocupación, angustia e impotencia estaba anidada en el rostro de Gerinaldo. Sentado en su despacho, esperaba el análisis balístico del caso de Rafael Sojo. Confiaba en recibirlo antes que fuera llamado por el presidente. Consideraba que sería una odiosa conclusión repetir *"Elmes está detrás de ello"* sin poder probarlo. Lo había dicho tantas veces que hacerlo una vez más le hacía un nudo en la garganta.

La guerra estaba avanzada cuando empezó a dejarse notar. Solo que, como fuego en basurero, ardía por lo bajo. No dejaba ver su llama, pero envolvía a todos en el calor abrazador. Los titulares de los periódicos lo confirmaban. En todo ello pensaba el jefe cuando el director del laboratorio giró el manubrio de la puerta y entró sin anunciarse como se le había indicado. Gerinaldo lo vio acercarse y presintió que traía buena noticia. Se puso en pie estirándose como un resorte y ambos se saludaron marcialmente.

—Buenas noches, señor. Tenemos el resultado balístico del caso de esta tarde.

—¿Alguna coincidencia con los casos recientes?

Gerinaldo no quiso pronunciar el nombre de Elmes.

—No, señor. Ninguna coincidencia.

El resultado mató la pírrica esperanza que anidaba en su corazón. Temía a muchas cosas, sin embargo, su mayor miedo era que el presidente lo considerara incapaz.

—Gracias, coronel —Lo despidió.

Se movió hasta el salón de reuniones y telefoneó al despacho del presidente para concertar la cita.

En la oficina de Pola, los generales continuaban su tarea y Decolores jugaba nervioso a cambiar canales en el televisor e interrumpió su juego para prestar atención al coronel Luciano.

—Comando, ya fueron interrogados todos los testigos.

—¡Ah sí! ¿Y qué tenemos?

—Nadie sabe nada, epa.

—¿Cómo va a ser? —preguntó Decolores.

—Así es, señor. Ellos...

—¿De quién dicen ellos que sospechan? —intervino Pola.

—De nadie —respondió el coronel y agregó—: La única que... dice sospechar de alguien es la señora Bernarda.

—¿Y de quién sospecha esa...?

—Afirma que Elmes es el responsable, epa, que ya lo había advertido y nadie le creyó. Además, que la policía fue negligente porque...

—Yaaa —intervino Decolores—. No quiero escuchar más boberías y... ¿Qué dijo el policía asignado para la seguridad de Sojo?

—Cree que... los que dispararon fueron los de una yipeta verde a la que el occiso le cedía su parqueo.

—¿Ummm, dijiste cree?

—Sí, señor.

—¿Él no los vio disparar ni vio sus caras?

—No, señor.

—¿Ni la placa del vehículo?

—Nada, señor —aclaró compungido—. Dijo que se puso nervioso y, epa, ni siquiera encontró su arma para reaccionar.

—¡Qué mierda! —repuso Pola—. Desde que terminemos con él asegúrate que lo desarmen. Ese mojón no merece portar arma.

24

—¿Ahora qué hacemos? —preguntó Decolores tras analizar los resultados de las entrevistas.

—¿Qué te parece si escuchamos a los testigos y después... mandamos un equipo a recorrer la zona en busca de videos en cámaras de particulares? —sugirió Pola.

—Me parece bien. Quizás alguna grabó la placa de la yipeta verde de la cual... se sospecha.

—¡¿Sospecha?! Nooo, será de la que sospecha el mierda del seguridad de Sojo.

Mandaron patrullas a la zona y durante horas conversaron con los testigos. Pola puso énfasis a la joven pelirroja. *Parece sincera; parece lamentar su muerte; parece... dolida por su amor. ¿Quién podría saberlo?*, reflexionó.

—¿Sabes algo, Decolores? En algunas ocasiones, la gente que se siente lastimada como ella, ayuda a conseguir buenos resultados en las investigaciones —explicó cabizbajo.

—Cuando esa... vuelva a su mundo, se olvidará y, obviamente, se le pasará su supuesto dolor.

No obstante, Pola intercambió números telefónicos con la pelirroja, y le prometió que si algún día daba con el asesino le avisaría. Promesa que había hecho tantas veces como meses contaban sus treinta años de servicio.

Un patrullero reportó desde las cercanías de la Boulangerie:

—Tenemos a la vista una yipeta verde, cambio —crepitó la radio.

—Atención todas las unidades... Repito: atención todas las unidades. Muévanse a esa dirección de inmediato y... actúen con cautela. Repito: actúen con cautela; cualquier novedad informen por esta vía para pedir instrucciones —instruyó un operador.

En poco tiempo, una decena de patrulleros acudieron al lugar. Se mantuvieron a distancia prudente cumpliendo instrucciones. Esperaron que apareciera el propietario de la yipeta. El agua, de la lluvia que no amainaba, la hacía lucir más nueva de lo que en realidad era. Decolores y Pola se hicieron cargo del asunto; notaron a su llegada que el vehículo no tenía placa y un par de vigilantes de comercios al observar el aparataje se refugiaban en los negocios que protegían.

—Temen ser víctimas de otra bala perdida —indicó Decolores y añadió—: No quieren le pase lo mismo que a su colega.

—No fue una bala perdida y... si se perdió en algún momento, ellos la encontraron.

Ahora ellos eran parte de la tensa calma que observaron por la ventana horas antes. Decolores fue el primero en darse cuenta que la yipeta no tenía rotos los plásticos de sus luces y, salvo el detalle de la placa y su color, no presentaba elementos sospechosos. Pola lo creyó, pensando que así la había descrito el seguridad de Rafael Sojo. Aunque para él esa declaración era cuestionable, Sojo había sido quien se lo dijo y, ¿cómo lo podría confirmar ahora? Aunque, por el contrario, muchos testigos dijeron que era Toyota y unos pocos Hyundai. *La que tengo delante es Mitsubishi,* se dijo Pola.

La yipeta lucía el mismo aspecto que otros vehículos parqueados a su lado. Los dueños de las residencias, escasas en comparación con el número de tiendas arraizadas allí, se apreciaban tranquilas.

—Esa yipeta puede ser propiedad de cualquiera —dijo Decolores.

La indagatoria fue festinada por varios carros de la prensa. Salieron de la nada y trastornaron la investigación, convirtiendo la calma en agonía y alertando a los que no se habían enterado de lo que pasaba.

Los agentes tocaban las puertas procurando al propietario de la yipeta. Algunos señalaron que a su llegada ya estaba estacionada, otros aclararon que a diario pasaba con muchos vehículos: "Son estacionados hasta por varios días, y luego aparecen sus dueños y se los llevan". No obstante, la mayoría coincidió en que por primera vez veían esa yipeta.

25

La embajadora americana volvió a reunirse con los militares y, esta vez, con la presencia del procurador, pero con la ausencia del jefe. Se realizó dos días después del entierro del hijo de Gerinaldo.

—¿Empezamos? —preguntó la diplomática.

Todos asintieron. Hayly había sido crítica del gobierno de Fernando. Los participantes recelaban y eso afectaba el ambiente, sobre todo porque a varios de los presentes los había tildado de corruptos y algunos le atribuían la pérdida de su visado americano. Berigüete formaba parte de ellos.

En una ocasión, Janes Hayly pidió públicamente al procurador Rodríguez que hiciera su trabajo. La prensa destacó el pedido porque, como muchos, no estaban conformes con el combate al crimen y la corrupción que prometió el gobierno.

—Hay un contubernio, una especie de asociación simbiótica delictiva entre militares y narcotraficantes —expuso Hayly en la ocasión.

Pero a ella no le lucía lanzar piedras; los militares seguían creyendo que era cómplice de su coterráneo prófugo y esa noche, cuando cayó la última hoja del otoño, la oficina del procurador estaba agitada con la presencia de sus principales asesores como la mañana de cualquier día de trabajo. Juan Rodríguez, convencido de que Dios ayuda a quien madruga, convocó reunirse cerca de terminar un día y a punto de comenzar el otro. En ese instante, una sombra enjuta y despistada salió del ascensor de la procuraduría. Un haz de luz del sensor de movimientos reveló la entrada de la embajadora.

—¡Justo a tiempo para la reunión! —exclamó Rodríguez al verla.

Inusual que alguien de su relevancia anduviera por esos lugares a esa hora y sin escoltas; convencida por el procurador que la hora era conveniente para evadir la prensa y que los demás participantes habían prometido hacer lo mismo y comportarse decente. No como la última vez. Ella lo creyó porque ahora asistían además los periodistas: Ramiro Gomera y su rubia amiga, ambos del agrado de la funcionaria. Pero todo no era de su gusto; también en esta ocasión participaría una persona desafecta: el asistente militar del presidente Fernando.

—Su presencia sobresale como la cereza en el pastel —comentó Hayly al procurador cuando supo que asistiría.

Al verlo comprobó su antipatía y poco faltó para dar media vuelta y regresarse. Comprendió que el interés de Washington estaba por encima del suyo. Tenía que quedarse para conocer de primera mano los planes. El encuentro, por su secretismo, obligó a Rodríguez a manejar con torpeza una bandeja para servirle agua a la invitada, quien a juzgar por la forma en que clamó el líquido y tomó de un tirón dejando la copa vacía sobre la mesa, mostró la señal inequívoca de que antes había estado de juerga. Luego, sin recato, pasó el dorso de su brazo por sus labios.

—Al mejor estilo de un tiguere de Gualey —murmuró alguien.

El procurador se excusó por no haberle traído servilletas. Pero Hayly, en lugar de atender a la excusa, se enfocó en adivinar quién había hecho el comentario. No lo consiguió.

—Tenemos instrucciones del presidente... —Empezó Rodríguez.

—A mí no me interesa eso y a Washington menos —interrumpió la embajadora, tumbándose sus gafas—. Díganme llano en qué puede mi gobierno colaborarle y punto.

Un murmullo llenó la sala.

—Queremos su apoyo —repuso el procurador con ojos desorbitados—. Vamos a tomar drásticas decisiones en la policía. No es cosa fácil, pues quien ocupa ese puesto es un peligro. Esa institución es peligrosa, más que nada por quien la dirige, aunque siendo honesto, lo ha sido históricamente porque hasta en golpes de Estado se han involucrado sus miembros y... para colmo, en número superan a nuestros militares.

En el palacio presidencial, Gerinaldo en el antedespacho del presidente recibió la información.

—La yipeta sospechosa fue remolcada sobre grúa hasta la Científica y empezaron su examen.

Después de memorizar la información, Gerinaldo, tras cortar la comunicación con su ayudante, se acomodó tranquilo en el mueble. Si bien es cierto, no tenía mucho que decir. Diría algo diferente a la gastada frase: "Estoy seguro que Elmes está detrás de todo", sin pruebas que lo sustente. Lo de la yipeta le pareció esperanzador; ya había fallado al prometerle a Bernarda protección para su padre, por la amenaza del capo. Incluso sentía que se falló así mismo por lo de su hijo.

Entonces pensó en el director del periódico digital: el amigo de Ramiro; a quien también había prometido proteger a pesar de la ofensa que le hizo, pero más que por él, se trataba de un compromiso con el presidente. Le preocupaba que en su caso había un agravante: "Piensa que yo lo mandé a matar y que por error mataron a otro", meditó. Tomó su celular e instruyó un reforzamiento de la seguridad, con hombres de fuerzas especiales, y siguió esperando el llamado.

Las muertes caían en cualquier parte de la ciudad como hojas de los árboles. La gente se sentía desprotegida; no obstante, se las arreglaban para hacer sus vidas. Pero ahora despertaban del sueño y comprobaban que su desprotección tocaba fondo. La sentían como una enfermedad cuya cura estaba pendiente de descubrirse. Las últimas muertes dieron la vuelta al disco. Se trataba de personas que se codeaban con la llamada alta sociedad. Ni narcos, ni delincuentes de baja calaña. Rafael era visto como un triunfador; alguien que traspasó la barrera de la pobreza y prosperó. Hizo fortuna en un mercado complejo, de mucha competencia, pocas reglas y estrecho margen de beneficio. Danielito, el hijo mayor del responsable de proteger los bienes y propiedades de todos y, desde luego, el más preciado de todos: la vida.

El miedo se colaba a todos los rincones y cruzaba las fronteras. Los americanos advirtieron a sus ciudadanos que planeaban viajar a Santo Domingo, y les aconsejó no hacerlo. Además, sugerían medidas para su protección. Poco a poco, los demás países hicieron lo mismo. *Debo hacer algo para recuperar el control,* pensó el jefe.

27

Hayly no era diplomática de carrera, y lo poco que sabía del asunto lo había aprendido en el cargo. No llevaba mucho tiempo en él, pero era su inclinación por el alcohol, lo que se encargaba de su pobre papel como embajadora. Ese día, sus gafas destellaban delante de sus ojos sin ocultar su ebriedad. La voz estropajosa y sus frases descoordinadas eran las muestras más fehacientes de su estado.

—¿Entre las decisiones que... planea tomar el presidente para detener la peligrosa policía, por casualidad está despedir a su ayudante militar? —Miraba con ojos extraviados.

Berigüete tragó en seco y trató de esconder su disgusto. Aquello le atravesaba el alma, pero hizo caso al guiño de Rodríguez y se abstuvo de responder la ofensa con la acritud merecida. Los demás lo hicieron en la forma en que se responden las ofensas de los borrachos: rieron con estridencia y espíritu vacío. Risas que luego calificaría como estúpidas muestras de servilismo. Se sintió abandonado por sus coterráneos, pero se reservó el desagradable sentimiento por disciplina.

—Señores, pasan de las dos de la madrugada, vamos a lo que vinimos —advirtió el procurador, rompiendo la hilaridad y retornando a la seriedad debida.

Varios planes en apretado resumen se expusieron, y no permitieron a la embajadora tener una idea concreta de cómo y quiénes lo ejecutarían. Tampoco podía prever si serían efectivos. Lo único claro, por las veces que lo repitieron, era que había que sacar del cargo a Gerinaldo, de manera que ocasionara una insurrección en la institución. En ello no había discrepancia; por el contrario, fue consenso luego de enterarse de lo sucedido la noche anterior en la presidencia.

—Hay que convencer al presidente por las buenas o... —dijo uno de los militares.

—¿O qué? —preguntó Berigüete.

—O nos jodimos.

Algunos no lo sabían aún, pero el jefe había difamado a todos con el presidente; aprovechó que Fernando se mostró receptivo por la muerte de su hijo. Importándole que nada sucediera en el palacio presidencial que escapara al conocimiento de Berigüete, gran parte de lo que dijo solo constituían simples rumores, sobre todo lo que tenía que ver con Elmes.

Pero, satisfecho, el presidente le dio un voto de confianza.

—General, considérese confirmado por un año más en su cargo —le aseguró cuando se despedían.

La mayoría de los presentes se pusieron las manos en la cabeza; unos abrieron los ojos y otros la boca, como si hubiesen visto un muerto levantarse.

—Pero eso no es lo peor —agregó Berigüete—. El presidente instruyó que, a partir de ahora, Gerinaldo y su podrida institución se hagan cargo del caso del capo y su mujer.

—¿La policía sola? Eso no puede ser, hay que advertirle al presidente, pues ni que estuviéramos locos permitiríamos algo así. Prefiero... renunciar como procurador antes de ver eso y quedar fuera de esa forma.

—Los fiscales —aclaró Berigüete—, según dijo Gerinaldo, filtraron informaciones a la prensa y ocultaron evidencias.

—¿Quién se ha llegado a creer ese mequerefe? ¿Que se saldrá con la suya con estas sartas de mentiras?

Nadie intervenía; parecía que el procurador y el ayudante militar de Fernando estaban solos. Los participantes escuchaban, excepto la embajadora, quien dormitaba en su silla.

—¿Cree que nosotros nos quedaremos de brazos cruzados? —dijo el procurador clavando los ojos en Berigüete.

—Señora embajadora, con todo el respeto que usted se merece, sepa que nuestro presidente está notificando a su país sus indelicadezas.

Hayly aguzó sus oídos y despabilada puso atención.

—Según Gerinaldo, usted participa en parrandas con "amiguitos" que, por sus edades, pueden ser sus hijos o sus nietos; interminables fiestas hasta por varios días y, además, dijo que lo peor es...

La mujer se acomodó en su asiento, puso su mano vuelta un puño en el mentón y se preparó a escuchar lo peor de labios de Berigüete. Los otros vieron que su rostro enrojeció como un tomate.

—Bueno... yooo, soy incapaz de repetirlo, pero, para que me entienda, dijo cosas íntimas suyas relacionadas con Elmes.

—Exactamente, ¿qué fue lo que dijo?

—Le repito, no pondré en mi boca lo que dijo. No quiero faltarle el respeto a una dama y mucho menos a una embajadora.

—Bueno... sepa que con la insinuación me basta para sentirme ofendida.

Hayly empezó a parecer incómoda. La felicidad que de ordinario acompañaba la bebida era historia.

—Por último —siguió Berigüete—, guárdeme el secreto, por favor; convenció al presidente de escribir en su nota una pregunta.

—¿Cuál?

—Si... su gobierno la había autorizado a entregar la placa diplomática. Ya sabe... aquella que usaba el capo.

—Ustedes son testigos de que esa placa... olvídenlo —dijo con la lengua trastabillando en su boca.

Entonces, como un buen director de orquesta, se viró hacia el resto de los presentes.

—Y no crean que de ustedes no habló —dijo señalando a Ramiro y a la rubia que le acompañaba.

El viejo aguzó sus oídos.

—Su debilidad por las mujeres...

—¿Y eso qué? —interrumpió Ramiro—, ¿hay algún hombre aquí que no le gusten? Si es así, le gustan los varones y yo no soy maricón. Además, al mismo Fernando le gustan, y mientras sea con mis cuartos, que digan eso me importa un pepino.

—Sí... pero no fue todo. Sacó a relucir el sospechoso papel de su periódico, en el inexplicable recibo de las fotos y del supuesto secuestro de Soraya.

—Mire, hermano, yo soy periodista, y si mil veces me llega una información, dos mil la publico, y él... lo que debería es agradecerme por compartirle el dato. Maldito malagradecido.

—Sin embargo, eso no es lo que ahora cree el presidente. —Hizo una pausa y continuó—: Piensa que usted es cómplice de Elmes y mandó que se le investigara.

—Gran vaina, me tiene sin cuidado; que investigue lo que quiera, pues estoy harto de tanta vaina. Yo creo que... al que tenemos que quitar no es a Gerinaldo, coño, sino a Rivera.

Otra vez la sala fue un murmullo.

—Señores, por favor —intervino el procurador tocando la copa que usó la embajadora con un bolígrafo.

Las incógnitas tenían a Rodríguez aguijoneado; sentía que pasaba la mano a un puerco espín, y en medio de la confusión meditaba que Fernando, más que como su presidente, lo veía como su compañero de estudio, como un amigo, casi hermano, y por ello le resultaba increíble que tomara decisiones en la justicia sin consultarle. Desde que asumió el cargo de presidente, lo había nombrado en esas funciones diciéndole: "Este es tu pedazo de pastel en mi gobierno". Pero contradictoriamente por un lado, lo mandaba a ocultar los CD que Elmes había hecho grabar a sus íntimos, mientras por el otro daba la impresión de que lo había hecho por su cuenta. ¿Quién los mandó a participar en fiestas de sexo, drogas y cuartos?, se preguntó. Ahora sentía que le sacaba la alfombra de los pies diciéndole al granuja de Gerinaldo que ocultaba evidencias. La verdad era que lo había hecho, pero lo hizo cumpliendo sus instrucciones. *¿Qué habrá llevado a Nando a obrar así?*, seguía cuestionándose. Todo le resulta extraño a Rodríguez, pero no podía dudarlo si lo decía Berigüete, su mano derecha. Él conocía la cercanía del procurardor con el presidente, por lo que descartaba que inventara una historia falsa; como tampoco se le ocurriría a Rodríguez sin la certeza de que más temprano que tarde sería descubierto. *Somos pájaros del mismo nido,* sentenció.

—¿De usted qué dijo, general? —preguntó Ramiro.

—De todo y... cosas muy horribles.

28

La yipeta verde se sometió a varios procesos de investigación: una inspección física para verificar objetos personales dejados en su interior; fluorescencia para encontrar huellas dactilares e identificar a sus recientes ocupantes y traza: un procedimiento introducido por Decolores, a través del cual se recuperan restos de drogas. Bastante eficaz, había servido para encerrar a narcos sin ocuparles un gramo: recogían en sus pertenencias residuos que indicaban contacto con sustancias controladas.

En el primer examen se buscó minuciosamente en todos sus compartimientos, se descolocaron sus asientos y se despojó de todos sus forros y plásticos. No se encontró objeto alguno que revelase su pertenencia. En el segundo, los de la Científica fueron más detallistas, pues se trataba de una actividad propia de su especial competencia; sin embargo, no obtuvieron resultado positivo. El de traza no falló. Los restos aguardaban a la vista de todos, como si supieran que los buscarían. Se recogieron en varios lugares del vehículo, y con ello, la yipeta verde resultó más sospechosa de lo que pensaban.

—¿Qué podemos hacer con esa información? —preguntó el jefe.

—Decir que es la yipeta que usaron para matar a Sojo — respondió Decolores jubiloso.

—Entiendo, pero... ahora tenemos otro problema; desde mi óptica no sé... ¿cómo conectaremos ese vehículo con...?

Decolores entendió. Quería decir que no tenían nada por lo cual alegrarse y no se equivocaba. De nada servía saber que esa era la yipeta, sin datos de quienes lo hicieron; en realidad, menos útil que los casquillos recogidos en la escena que, aunque hasta ese momento no coincidían con ninguna arma, a diferencia del vehículo, podían esperar que apareciera tarde o temprano.

—Trabajaré para completar lo que falta, jefe —dijo con el ánimo en el piso.

29

Los economistas presentaron un panorama desalentador. "El país —dijeron— se encuentra sacudido por el crimen y las personas temen salir de sus casas. La actividad comercial es casi nula y los sitios de esparcimientos, otrora abarrotados, tienen que conformarse con la soledad. Señor presidente, nuestra economía, cada vez menos soportada en el turismo, lucha por mantenerse a flote. Solo un golpe de suerte podría ayudar a recuperarla".

Fernando quedó estupefacto. Sintió que el anhelo que abrazaba se derretía como un helado fuera del frigorífico: *Lograr mi reelección en tales condiciones es algo difícil*, pensó. La salvación de su gobierno estaba atada al retorno a la normalidad.

En su oficina, Pola no tardó en enterarse de lo conversado entre Gerinaldo y el presidente; le atribuyó negligencia en sus funciones por no haber hecho lo necesario para resolver los casos, y Pola no podía dejar de imaginar a Gerinaldo diciéndole a Fernando que el general, en quien había depositado su confianza y en manos de quien puso todos los recursos de la institución, había fallado. Que, a estas alturas, ya debía saber dónde estaban escondicos Elmes y su mujer; es más, debió haberlos tenido presos y, de esta manera, le hubiera ahorrado a la policía tener que investigar las muertes de Lantigua, Amado, Sojo y los demás, sin mencionar la de su propio hijo, que sabiendo que no era como lo pintaba, seguía atribuyéndolo a otra cosa. Que si la pandilla de Elmes seguía en lo suyo como si nada, era todo culpa de Pola y, aunque en honor a la verdad, no era su tarea perseguir el narcotráfico, habría destacado de seguro que no tenía preso a ninguno de los sicarios para desmeritarlo.

Por suerte, esta vez las palabras del jefe no tuvieron la efectividad esperada y, aunque Pola no era amigo del presidente, algo lo comprometía a mantenerlo en su puesto: su asistente militar. La negativa de removerlo le dejó un amargo sabor al jefe, no obstante recibir un trato mejor del que esperaba. La decisión del mandatario le alegró y molestó al mismo tiempo. Por una parte, la poca armonía que le unía al jefe terminaba, y, por la otra, lo obligaba a no cruzarse de brazos. El jefe seguiría siendo el jefe y, conociéndole, estaba seguro que, con el nuevo espaldarazo, no pararía hasta lograr su objetivo: sacarlo de la DICRIM.

Una idea hizo *clic* en su cabeza. Vio bien aliarse a los fiscales, quienes, desafectos a Gerinaldo, no rechazarían que alguien dentro de las filas contribuyera a su causa, que de repente pasó a ser común: la destitución del hombre que más tiempo había durado en el cargo, y que el presidente había confirmado por un año más. Pola corrió a la fiscalía donde selló el pacto bajo la consigna: "El enemigo de mi enemigo es mi amigo". Chocó copas con los fiscales, y aunque Rodríguez estuvo ausente, saludó la decisión, seguro de que los días del jefe llegaban a su fin, y recordó el comentario que este hiciera pocos días después de designado, cuando, instruido por el presidente, buscó coordinar acciones con el jefe para combatir la delincuencia que se desbordaba: "Ese maldito enano está en todo menos en misa".

—Sepa, general, que estamos dispuestos a hacer lo necesario para quitarlo del medio lo antes posible, ¿comprende?

—Sí, señor.

Un día de júbilo para el jefe; había convencido al presidente de muchas cosas. Su felicidad era plena. Tocaba celebrar, a pesar de que, internamente, lloraba la pérdida de su primogénito. *Mis enemigos pensaron que retornaría trasquilado y llegué con lana*, se dijo. Ahora su mente volaba y repetía como un desquiciado: "El mar que entre por donde le dé la gana".

30

La reunión llegaba a la frontera de las cinco de la madrugada.

—El presidente, de quien conozco su percal, no creo actuara de esa forma. Darle poder absoluto a un hombre como Gerinaldo, a quien sus hechos lo señalan como un carnicero de humanos y a quien los cementerios le agradecen gran parte de su población. Perdónenme, señores, pero creo que algo le dieron a beber...

—Agréguele, procurador, un hombre a quien los medios de comunicación atacan por no hacer su trabajo bien y, además, por sus vínculos con el narcotráfico y el crimen organizado. ¿Quién no sabe eso aquí? —interrumpió Ramiro.

—Alguien contra quien la sociedad civil marchó y protestó para que lo quiten —continuó el procurador.

Entonces, quien tomó la palabra fue Berigüete:

—Recuerdo que decenas de lisiados lo pidieron con pancartas.

—Claro que sí; muchachos jóvenes en muletas y sillas de ruedas convertidos en guiñapos —recalcó Rodríguez—. Mi presidente debió estar hipnotizado para favorecerlo en esa forma y... sin consultarnos. Por eso no lo culpo y no estoy de acuerdo con Ramiro, aunque puedo entender que se sienta mal; nosotros también, en cierta forma, lo estamos.

—Pero, ¿qué podía esperarse de Ramiro? —preguntó Berigüete con voz medrosa.

—Supe que Gerinaldo cuestionó al presidente por un reloj —comentó el procurador.

—Así es, por un Patek Philippe. El cretino quiso saber si era el que refería el capo en una llamada interceptada por el Departamento de Inteligencia del Estado.

—¡Patek Philippe! —repitió Ramiro, abriendo los ojos en extremo.

—¿Eso es verdad? —preguntó la embajadora que lucía recuperada por completo y atenta a la conversación.

—Desde luego que no —respondió Berigüete—. Nunca el presidente ha recibido obsequio de nadie.

—¿De nadie? —cuestionó Gomera irónico.

—¿Tú en algún momento te reuniste con Elmes? —inquirió el procurador a Berigüete.

—Excúseme pero... no estamos aquí para investigar si alguno de nosotros tuvo contacto con él. Estoy seguro de que en algún momento todos lo tuvimos, sin embargo, eso no nos hace cómplices. Para mí solo era un ingeniero contratista o... algo por el estilo.

Gestos de asco afloraban en la cara de la embajadora.

—Si a eso vamos, señores —continuó Berigüete—, más lo conocían los americanos. Elmes es su hechura y no nos advirtieron hasta que estalló el problema.

Las gafas de Hayly volvieron a destellar con la luz cuando se levantó de su asiento. Iba a empezar a responderle, pero fue interrumpida por el secretario militar.

—Entonces, señores —dijo el alto oficial—. Aparte de nuestro presidente darle el caso de Elmes, soportar se invente injurias y se burle en nuestras narices, ¿consideran justo regalarle que nos peleemos?

Los rostros compungidos revelaron que su mensaje había llegado.

—Vamos a ponernos de acuerdo, señores. Destruyamos al enemigo; su nombre es Gerinaldo. Hagámoslo con nuestras armas o con las de él. No creo que pueda con todos nosotros, empujando en la misma dirección. ¿Es que no nos damos cuenta? Él lo pide a gritos: "jódanme, jódanme".

Miradas de aceptación y silencio se hacían presentes en los convocados. En lo adelante se trataron como amigos y se comunicaron como personas amables hasta llegar a un acuerdo.

—Con una condición —dijo la periodista rubia, amiga de Ramiro—. Ninguno le impondrá cómo actuar al otro, sino que, por el contrario, los acontecimientos que habrán de producirse deben verse como el resultado natural de las cosas, más bien como obra del destino o la casualidad.

Se despidieron y al salir sintieron los rayos del sol caer tibios sobre sus cabezas.

CLAVADA

1

Esa mañana junto a su mujer, Euclides Batista buscaba productos de belleza para su salón. Tenía quince años viviendo en la isla, donde llegó como polizón en 1995, tras enrolarse en un barco de matrícula americana, que atracó en el muelle de Haina por problemas técnicos; uno de sus motores emitió señal de chequeo a su paso por Nassau. La tripulación requirió ayuda técnica y Euclides fue uno de los que trabajó la solución en Santo Domingo.

Resuelto el problema, aprovechó su baja estatura y delgado cuerpo para colarse en el cuarto de máquinas, de donde no salió hasta pisar tierra americana. En Borinquen consiguió empleo como chofer de camión para una empresa distribuidora de combustible y en esas conoció a su compañera Martha, la madre de sus dos hijas, famosa entre sus amistades por deslenguada. Ella, trigueña de pelo largo, instaló su salón de belleza en Guaynabo y sentía tal amor por su marido, que no tuvo necesidad de ir donde el juez para sentirse casada.

La tierra en Guaynabo valía poco y Martha aprovechó esa oportunidad e instaló su negocito para darles servicios a sus amigas; después, cuando el país se convirtió en colonia yanqui, el lugar tomó plusvalía y ricos coparon sus calles. Encopetadas mujeres se convirtieron en sus principales clientas. Pero el cambio tuvo sus consecuencias, y un esguince en la muñeca le impedía "jalar greña", como llamaba a la tarea de pasar el blower, obligándola a contratar ayudantes y, luego, llegó ese hombre flaco y bajo que se convirtió en su marido. Ahora su tarea era solo las compras de los implementos del salón. Euclides ganó peso detrás del volante y ayudar a su mujer con las compras constituía un trabajo a medio tiempo que realizaba en su tiempo libre. A punto de caer la noche la pareja entró a un *beauty supply*, a decenas de cuadras de su negocio, y quedó impactada por un acontecimiento.

—Hola, nene —saludó Martha al entrar.

—Hola, mi amor —respondió el propietario.

El hombre, siempre amable, respondió no obstante estar ocupado. Atendía a una pareja que compraban algunos rinses, champús y acondicionadores. La clienta era alta y de ojos claros. Martha se fijó en su bien cuidado pelo: lacio y negro como el de ella, pero caía hasta las nalgas y, desde luego, mejor tratado, cosa no común, pues como esteticista, llevar el pelo elegante constituía la mejor forma de publicitarse. Miró a su marido de mala manera, pues igual se fijaba en la mujer.

—Ya casi termino, cariño —dijo el propietario al notar que Martha se impacientaba.

Un olor a perfume irrumpió el ambiente. Ella codeó a Euclides.

—Huelen a dinero —le susurró y frunció el ceño al notar que no se dio a entender.

La ropa que ataviaban no solo eran caras, sino que las marcas lo atestiguaban. Ellos las consideraban de lujo, pues se trataba de piezas exclusivas y difíciles de costear. Euclides creyó que eran turistas europeos por sus facciones. El hombre: tez blanca, fornido y pelo rojo. Pero desechó la idea al escucharle hablar; en cambio, Martha se enfocó en el tinte de su pelo: buena marca y bien aplicado. Además, en que llevaba tatuajes.

—Son matas de cardo santo, como las que identifican las gangas de aquí —comentó discretamente Martha.

Guaynabo se había convertido en el barrio más tranquilo. La policía lo bautizó como "Guaynabo Wealth City" y, esa, fue otra razón que los hizo observar con el rabillo del ojo los movimientos de la pareja de clientes.

—¿Cómo pagará, señor? —preguntó el propietario.

El hombre dirigió una mirada cautelosa a los recién llegados.

—Efectivo —dijo en voz baja, aunque no lo suficiente para evitar lo escucharan.

—¡¿Todo?! —volvió a preguntar. Esta vez arrugando la frente.

—¿Algún problema?

—No, claro que no. Solo preguntaba por...

Martha creía haber visto a esa mujer en otra parte y pensaba embelesada en ello mientras pagaban.

2

Pola recibió el consejo de su madre; hacía varios años de su muerte y, aun así, seguía siendo su debilidad: "Hijo, busca al anciano, él te ayudará a resolverlo".

Ese día, así como en la víspera de cada aniversario de su muerte, Pola estuvo inmerso en los preparativos de la misa cual si se tratara de un exvoto. Ordenaba preparar desayuno, comida y cena para los invitados, y esos aprestos lo distrajeron tanto que pensaba en todo menos en Elmes. Resignado a que Gerinaldo le ganara la carrera en la búsqueda del fugitivo, se sentía tan débil que poco le importaba lo que pasase, pero el mensaje lo hacía repensar su resignación. Ver a su *Taita* lo descompuso. Trató de abrazarla y se esfumó. Se levantó de su escritorio, inspeccionó los rincones dudando que fuera un sueño y sorprendido vio que tenía en la mano un bolígrafo. Le aterró más descubrir que, en lugar de la oficina, en pijamas pisaba su apartamento. Su mente retrocedió a los amargos días de su muerte.

No descartaba que ese mensaje pudiera significar algo. Buscó en una de las mesitas de noche un pedazo de papel y garabateó una especie de croquis. Luego colocó el papel junto al bolígrafo dentro de una gaveta y miró el reloj marcaba una hora de la madrugada que no pudo descifrar. Se dejó caer de nuevo en la cama y mientras esperaba que el sueño apareciera, pensaba en lo real de aquello. ¿Cómo llegó el lapicero a mi mano?, se cuestionó.

Al día siguiente, durante la ceremonia, Pola se mantuvo pendiente de aquel papel, y antes de salir vestido al estilo cubano, lo introdujo en uno de los bolsillos de su camisa. Vio a su ayudante y se lo entregó.

—El lunes recuérdame esto —le dijo, como el que entrega un tesoro y advirtió—: Cuidado con perderlo.

Está más seguro en sus manos que en las mías, reflexionó, y así fue. Ese día, a primera hora, lo recibió. Mandó a buscar otra vez al viejo dueño del teléfono que hizo la llamada a Lantigua. Llegó acompañado de un abogado, quien convirtió lo fácil en difícil. El general pensaba que solo se guiaba de algo irrelevante y que ni siquiera descifraba, peor aún, algo que no quería comentar con nadie, dudando de su valor.

Miró lo enmarañado de los trazos y movió la cabeza. Pero seguía negándose a creer en un garabato. Cuestionó nuevamente al anciano y este repitió como un disco rayado la historia que conocía: todo igual, hasta las paradas para tomar aire y expresarse justo en el mismo sitio. ¿Qué busco con este pendejo?, se preguntó. Soportaba con estoicismo todos los gestos de impaciencia del abogado, a quien le urgía terminar con aquel encuentro y ganarse sus honorarios.

—Ok —dijo el general exaltado—, llévame donde adquiriste el maldito celular y te dejo ir.

El abogado y su cliente se levantaron de sus asientos impetuosos y se prestaron a salir. Pola fingía buscar algo, pero temía que una vez le indicaran el sitio, quedaría con la mente en blanco, se le acabarían los caminos a seguir y ninguna pista lo ayudaría. No obstante, eso fue lo que indicó su madre y lo haría en su honor, aunque terminara sin resultado.

Llegaron a la tienda y nada extraño percibió. Estaba cerrada: una de las tantas que hacían ventas, conexiones y reparaciones de celulares. *Algo tan común como encontrar una cerveza en el colmado de cualquier esquina,* pensó. Se hallaba en un sector donde el poder adquisitivo de la gente posibilitaba la adquisición de cualquiera de los equipos que exhibía en el escaparate. ¿Cómo vino a parar este viejo aquí?, inquieto, se reservó la cuestión, pues no quería seguir alargando su desilusión y cumplió su promesa: despidió al viejo y a su abogado.

3

Los clientes cubrían sus ojos con lentes oscuros. Introdujeron los productos en cajas y con la ayuda del propietario del *supply* los llevaron a una furgoneta que les transportaba.

Martha realizó su compra, pero no pudo evitar continuar absorta pensando en aquel rostro. Su espíritu de comerciante, aunque a pequeña escala, le había enseñado a memorizar y a mantenerse informada para aprovechar las oportunidades. Escuchaba noticias con avidez, coleccionaba periódicos y cualquier revista que caía en sus manos. Tenía una habitación repleta con cientos de ejemplares.

Su marido, por el contrario, era un dejado a carta cabal. Ni siquiera se había interesado en legalizar su estatus migratorio. No hacía más que trabajar, copular y ver el béisbol por televisión acompañado de una cerveza y un plato de patatas sobre su abultado estómago. También, pero solo de vez en cuando, pasaba la mano a Cuca, una gata angora que encontró en su trabajo y la llevó a vivir con él.

La pareja terminó de hacer su compra, se despidió del propietario y salió. De camino, Martha lanzó un grito que hizo a Euclides soltar el volante. Por poco estrella el camión contra otro vehículo, cuyo conductor pegó un bocinazo, y a juzgar por la muesca de sus labios, dijo una grosería. Ellos no lo escucharon, pero lo intuyeron.

—¡Coño, qué vaina mujer! ¿Tú quieres que nos matemos?

—Cállate. ¿Te acuerdas la noticia que vimos?

—¿Cuál?

—De un tipo que... se le fue a la policía en Santo Domingo.

—No.

Martha había hecho la pregunta por gusto. Sabía que su marido no sabría, a menos que se tratase de una estadística de béisbol.

—Es él —dijo ella pensativa—, mejor dicho... tienen que ser ellos.

—¿De qué hablas?, ¿ese es o esos son... qué diablos?

—Cállate, maricón, tú no sabes ni lo que pasa en tu país.

—¿Mi país? Mi país es este, querida. No lo olvide, de aquí... solo me sacan muerto.

—¡Bah! Baboso.

Llegaron, bajaron los productos y ella se zambulló en el cuarto; minutos más tarde, salió con un viejo ejemplar de un periódico puertorriqueño que reseñaba la fuga de Elmes Figueroa, alias Junior Bala, y se lo puso en la cara a Euclides.

—¿Qué?

—El que vimos en la tienda —aclaró ella.

—¡¿Estás loca?! Ese no se parece en nada.

—Espera...

Se sentó en la mesa de tarea de las niñas y tecleó varias veces para hacer funcionar el ordenador. La pantalla le iluminó el rostro y sus dedos se movieron rápidos a través del desgastado teclado. Los detuvo al encontrar lo que buscaba.

—Eu —vociferó—, ven a ver.

—Espera... estoy en el baño.

—Por eso es que no sabes, vives sentado en el retrete.

—Déjame tranquilo, mujer.

Euclides se acercó a la computadora, se puso sus gafas de lectura para poder ver mejor y, sujetándola con una mano por la pata rota, leyó la noticia. Le tomó varios minutos hacerlo. Movió la mandíbula como si rumiara. Martha ingresó a otros enlaces y su marido siguió leyendo con ojos negados a pestañar. No estaba al tanto. Ella lo observaba tranquila y estudiaba las cambiantes facciones de su rostro, hasta que quedó convencida que ambos estaban atravesados por la curiosidad.

—Debemos averiguar si son... —dijo.

—¡¿Tú eres loca, mujer, o te cansaste de la vida?!

—¿Y... si hay recompensa?

Los ojos de Euclides brillaron como los de Cuca. Ahora era él quien desdibujaba la imagen de la pareja que había visto. Pensaba en ella: sus ojos claros, nariz ni aguileña, ni bombona; labios carnosos y orejas pequeñas. Sus fugaces recuerdos rebotaban en su cerebro como la pelota en el bate.

—Dime —dijo Martha—, ¿qué piensas?

—No sé... Él no se parece, pero ella... es inconfundible.

—Sabía yo, coño... hijo e puta, solo te fijaste en el culo de la tipa. Eres un maldito enfermo.

—La enferma eres tú, solo crees que pienso en eso. ¡Carajo!, no... ¡Ah!, no te voy a seguir el juego —replicó airado y se apartó.

—¿No qué?, dilo.

—Siempre celando. Me tienes harto.

—Tú te lo ganas.

—Lo que trato de decirte es que... si ese es el tal Agorreta o como se llame, luce cambiado, está distinto, pero ella, no recuerdo el nombre, está igualita, no ha cambiado nada.

4

Elsa se levantó para ir al trabajo y pensó en muchas cosas: la comida, la ropa... hasta si ese día encontraría el amor de su vida. Pero nunca pasó por su mente que sería pieza clave en la investigación del caso Elmes. De escolaridad media suspendió sus estudios para viajar a la capital. Una tía le permitió vivir con ella cuando se quedó sin servicios domésticos. "Si no vienes pierdes la oportunidad de tu vida", fueron las palabras de su tía.

Una vez instalada, odió la prisa de la ciudad, pero al poco tiempo aprendió que debía adaptarse. No era aburrida y solitaria como su sureña Carrera de Yeguas. Pero le asustaba el gentío de un sitio complejo donde costaba adivinar qué querían los demás. Su primera experiencia la tuvo con su tía. Después de empujarla a venir, ahora quería que se marchara y, para ello, la forzó a buscar trabajo. Afortunadamente, lo encontró en una tienda de celulares. Al principio, su timidez la hacía infeliz, pero después del tiempo y su amistad con una compañera hicieron fáciles las dificultades y sortearon sus dudas.

Le cogió el gusto al ordenador, ya no temía pararse frente a él, chateaba por messenger, tenía quince contactos y dos enamorados que le llenaban de "me gusta" todo lo que posteaba, y si en algún momento tenía dificultad bastaba acudir a Toti su compañera de trabajo y amiga.

Elsa saludó al llegar al trabajo y, como de costumbre, llevaba una sonrisa en los labios.

—Hola —dijo Toti.

—Hola, ¿qué tai?

—Bien.

Llevó a Elsa a empujones hasta el baño y le advirtió:

—Escucha con atención y no te asuste —le dijo Toti—. La policía anda preguntando por un celular que se vendió. Yo busqué en la computadora y ¿adivina?

—¿Qué?

—Lo vendiste tú.

Elsa quedó perpleja y con mirada perdida movía la cabeza sin entender.

—Atiéndeme —dijo y le agarró el mentón para hacer coincidir sus miradas—, no le dije a nadie, pero parece que quien lo compró hizo una vaina mala, pues están vuelto locos chequeando todo y averiguando.

La muchacha seguía embobada con la boca abierta.

—Hicieron venir a los dueños y están... ¿cómo se llama?, ¡ah!, interrogándolos... Creo que... en algún momento se sabrá. Tienes que estar preparada para responder todo y que no te jodas. ¿Oíste?

—Pero... ¿Qué tiene de mai vendei un celulai?

—Nada y todo. Imagínate que sea robao

—Pero si aquí son peisonas...

—¿Pero si aquí qué? —interrumpió—. ¿Cómo crees que los ricos consiguen dinero? —Movió la cabeza de lado a lado y continuó—: Robando, querida, robándonos a nosotros los jodíos, nos quitan hasta la vida.

—Pensé que jeran serios

—Ay mihija, serio el culo. Arréglate que tenemos que salir y te veo más pálida que un muerto.

Dos golpes en la puerta las hicieron chillar y se les puso la piel de gallina.

—Abran rápido —gritó una voz.

Temblorosas corrieron el cerrojo y un agente con muesca en cara empujó la puerta. Quedó abierta de par en par y las chicas se pegaron asustadas a la pared. El policía detrás de su inflado abdomen caminó parsimonioso escrutando los rincones. Se tocaba el cinto donde sobresalía una parte de su arma.

—Salgan de aquí —gritó sin mirarlas.

—Sí —respondieron a coro.

—¡Esperen!

Se detuvieron de golpe al compás de otro chillido.

—¿Qué hacían aquí tanto tiempo?

—Nos maquillábamos —dijo Toti valentonada.

5

Martha y Euclides acordaron denunciar a los clientes, convencidos de que eran los buscados; además, animados por la posibilidad de una recompensa. Aunque no lo hallaron en los sitios del internet donde por lo regular se colocan los más buscados y las recompensas. Martha creía haberlo escuchado en algún momento.

Lo cierto es que no podían decir mucho de la pareja; no obstante, decidieron aventurarse y salir de dudas yendo a la misma fuente. Se propusieron visitar la máxima autoridad policial de la isla. Le contarían lo que vieron, solo después de saber cuánto le pagarían. Al llegar frente a la superintendencia, Euclides consideró que no era buena idea poner su cabeza en las fauces de un león. Lo haría al ir allí desprovisto de papeles. Dejó en esos afanes a su mujer, quien se aferraba con uñas y dientes a la posibilidad de ganarse unos dólares; no abandonaría por nada la empresa.

Después de una larga espera, su esfuerzo dio fruto. Consiguió ver al superintendente. Lo imaginaba diferente. En la televisión no se apreciaba de tez blanca, calvo y de fisonomía promedio. Pero eso no era relevante para ella, quien se impresionó con su trato: fino pero firme. Su cara hecha a buril lo acercaba a un alemán del Tercer Reich; no por su nariz aguileña, sino por sus modales: exigente en extremo. Adivinó sin saber que, precisamente estos, les habían hecho merecer su puesto en un país violento, pues los secuestros, las muertes y el tráfico de drogas se convirtieron en comunes.

Martha entró con retraso cuando le llamó a su presencia; se había movido al baño y, a su regreso, fue reñida por el funcionario. Luego, al enterarse del propósito de su visita, no le dio la importancia que ella esperaba. El superintendente tenía decenas de informaciones similares durmiendo el sueño eterno en un archivo que reposaba en su escritorio.

—Aun cuando su información condujera a la captura de esos... prófugos, señora —le aclaró gesticulando los labios con caballerosidad—, siento informarle que no habría recompensa.

—¿En serio?

—Así es. Lamento perdiera su tiempo en algo inútil.

Desilusionada, regresó y encontró a Euclides tomando cerveza y mirando la pelota en la televisión. Un plato vacío reposaba en su vientre y la Cuca calentándose entre las piernas. Con tristeza le contó lo sucedido, pero él, fascinado con su juego, ni siquiera la escuchó.

Después de la salida de Martha, el superintendente recibió una llamada de su homólogo, el general Gerinaldo. No le causó sorpresa escuchar referirse a la posibilidad de que Elmes y Soraya estuvieran en Puerto Rico.

—Es posible que usted tenga razón —le dijo—, pero piense que también es prófugo de la justicia norteamericana y se escapó de una de nuestras cárceles. Creo, general, con todo respeto, que este sería el último lugar para esconderse.

—Tiene lógica... Pero no nos cuesta nada averiguar, ¿verdad?

—¡Bueno! Yo diría que sería perder el tiempo.

El superintendente escuchó la respiración profunda a través del auricular, pero difícil de achantar continuó:

—No lo tome a mal, colega, para su tranquilidad le mencionaré algunos de los lugares donde lo han reportado.

Gerinaldo oyó que removía gavetas y luego algunas hojas.

—Perdone la espera, escuche, tengo reportes que lo vieron tomando un baño en la populosa playa La Vega, al norte de la isla. También le vieron capitaneando un bote en Aguadilla. Nadie con un mínimo de sentido común creería algo así. ¿O sí?

Un silencio sustituyó la conversación. Luego volvió el ruido de gavetas y papeles.

—También tengo reportes de que lo vieron conduciendo un Jeep Wrangler en Bayamón próximo al mercado. En fin, tengo decenas de estas cosas y le aconsejo que, si quiere atraparlo, no es hacia acá que debe mirar. En mi humilde opinión, búsquelo en Haití. Para mí ese sería el lugar indicado para encontrarle e ideal para él esconderse. Fíjese, general, sería iluso de nuestra parte buscarlo en Estados Unidos. Lo lógico es que se mueva desde donde hay más control hacia donde hay menos. Por ejemplo y, excúseme la franqueza, desde aquí tal como lo hizo, vaya donde ustedes y desde Santo Domingo para Haití, ¿qué control tienen los haitianos? ¿Para mí?, ninguno o muy poco. O quizás se va a otra de esas islas con menos control que ustedes. ¿Ha pensado buscar en Cuba?

—No, Cuba ni siquiera nos ha pasado por la mente, pero tiene sentido su razonamiento.

De repente, a Gerinaldo le entraron ganas de terminar esa conversación que se le antojaba pesada. ¿Qué se cree el boricua este?, se preguntaba en silencio.

—De todas maneras, general, si alguna información nos llega, le prometo que será uno de los primeros en saberla. Sé por la situación que ustedes atraviesan, y, aunque no lo crea, no dista mucho de la nuestra. Trabajaremos en equipo para resolverlas.

—Muchas gracias, superintendente. Hasta luego.

Apenas colgó, el superintendente movió el *mouse* de su ordenador y observó que tenía un correo electrónico nuevo. Lo abrió. Un video estaba adjunto al mensaje que rezaba: "Son ellos, señor. Están aquí, no hay dudas". Antes de hacer clic al ícono que daba paso a abrir la imagen, quiso saber quién lo remitía. "Director del Departamento de Inteligencia", leyó. Un tipo perspicaz que gozaba de su confianza. Corrió el video y quedó estupefacto.

—¡Válgame Dios bendito! ¡Tiene razón!

6

Al día siguiente, Gerinaldo llamó a Decolores.

—Prepara maletas que nos vamos de viaje.

—¿Tan urgente?

—Más de lo que te acabo de decir. No te había contado, pero… un amigo me visitó y me confió que un familiar suyo se había topado con Soraya.

—¡Nooo!, ¿y dónde?

—En una calle de Puerto Rico. Según él, iba en compañía de un hombre rubio; quizás uno de los secuaces de Elmes.

—¡No me diga, jefe!

—Aún no escuchas lo mejor —continuó—. Ayer llamé al superintendente de la policía y primero me dijo que no, que descartaba eso y ni qué ocho cuartos, pero después me llamó y aseguró que los dos están allá.

—¡Genial, mi comandante! Iré a hacer mi maleta enseguida.

—Espera. Tengo la corazonada de que... si vamos, necesitaremos la ayuda de los boricuas para atraparlos. Definitivamente, esa partida de delincuentes tiene las horas contadas. Haré los arreglos con el superintendente para que nos espere. ¿Y sabes qué?

—¿Qué, señor?

—Lo vamos a traer y le taparemos la boca a todos esos mierdas que hablan sin saber, y nos meten en tantas vainas. Con esto me la cobraré; dudaron de mí y rieron a mi espalda. Ya imagino la cara que pondrán cuando me vean llegar con ellos. Dios es bueno, Decolores. ¿Quién entiende sus misterios? Alguien dijo una vez, cuando la vida te cierra una puerta te abre otra, solo tienes que buscar a tu alrededor y la encontrarás. Creo que esto es el pago por la pérdida de mi muchacho. El Señor me recompensa por ese sacrificio. No hay dudas, es el pago por mis sufrimientos y el de mi familia.

A Decolores se le aguaron los ojos. Tenía la impresión de que después de la muerte de Juancito, el jefe deliraba y de un tema saltaba a otro. También acusaba a personas de ser sus enemigos y ello era algo difícil, pues, como amigo, tenía que tragarse sus opiniones, y como subalterno más, pues lo último que querría sería ofenderlo.

—Es una buena noticia —Disimuló—. Voy a preparar mi maleta.

—Hazlo rápido, saldremos al aeropuerto en una hora.

—Ok, señor. ¡Ah!, otra cosa, ¿Pola va con nosotros?

—¿Él? — Tosió—. Nooo, se queda.

Decolores cambió de ánimo. Su cara, de común amarilla, se puso rosada. *¿Por qué el jefe rechazaba el acompañamiento de Pola?*, se cuestionó.

—Solo iremos tú y yo. Es bueno que alguien se quede trabajando el caso, ya sabes, con los demás miembros de la organización de Elmes —aclaró el jefe, imaginando el cambio repentino en el rostro de Decolores.

—Bueno... entiendo, pero creí que me había dicho que los principales estaban...

—Tranquilo, Decolores, hazme caso. En una hora con maletas aquí. Mi chófer nos llevará, ya los *tickets* y los permisos están a mano. El presidente está optimista con la información.

7

El agente que sorprendió a las empleadas en el baño asintió; ni siquiera se percató que ninguna tenía asomo de maquillaje. Las condujo a la tienda y las sentó en sendas butacas. Cuando salieron vieron a los propietarios: él continuaba respondiendo preguntas y ella, detrás del mostrador, imprimía algunos documentos que luego entregaba al que dirigía la tropa.

—Comandante —dijo por la radio uno de los agentes—, no hay nada aquí. Todo está cinco-cinco.

Pola no esperaba otra cosa, pero la esperanza nunca la perdía.

—Tráigalos a base —ordenó impetuoso, luego de meditar unos segundos.

—¿A todos?

—Sí, a todos.

El despacho de Pola estaba repleto de personas, pero tenía varias puertas de acceso y una particular muy discreta; su preferida, pues podía entrar y salir sin ser molestado. Solo era visto por los custodias que cuidaban el estacionamiento de Gerinaldo. Por allí hizo que condujeran a los detenidos, y sin tomar en cuenta su condición de mujeres, inició soeces cuestionamientos.

—¿Quiénes son los jodidos dueños? —preguntó Pola cuando entraron.

—Aquí, señor —respondieron, una señora en sus treintas de aspecto fresco y un hombre indio con el pelo cano que le doblaba la edad.

Los separó, y cuando le tocó a Toti, el resultado fue el mismo que le habían explicado los dueños: allí vendieron el celular al viejo. Sin embargo, aquellos ojos vivarachos ofrecían más. Se tomó más tiempo con ella, pero la mujer no se dejaba intimidar; rebotaba como balón de básket cada pregunta capciosa que le hacía. Agotada por la insistencia, al final dijo lo que el general buscaba escuchar.

—Fue Elsa. Ella vendió el celular.

—¿Cuéntame cómo fue?

—Ella —comenzó— tiene poco tiempo trabajando en la tienda y... casi no sabe manejar el sistema; bueno, ni el ordenador tampoco. Lo recuerdo muy bien porque ese día... cuando ella vendió el aparato, tenían que ser como las 5:05 de la tarde, casi cerrábamos y yo tuve que ayudarla para que no se nos hiciera demasiado tarde. Si la dejaba sola digitando con la lentitud que lo hace... amanecíamos, ya sabe...

Toti se detuvo en seco, Pola la miró intrigado y esperó que retornara a la conversación. Pero no dijo más.

—¿Qué te sucede, Toti?

—Nada, señor —respondió cabizbaja.

—¿Por qué te detienes?

—Pensé que recordaba algo, pero... no fue nada.

—¿Qué coño pensaste?

La muchacha se trancó y por más insistencia y amenazas no tuvo más remedio que continuar interrogando la que faltaba. Elsa, en cada movimiento, dejaba sentir sus raíces campesinas. Sudaba copiosamente bajo los dieciséis grados Celsius que soplaba el acondicionador y su delgada figura se hacía transparente de miedo. Pola lo percibió y quiso aprovechar la situacion.

—¿Sabes lo que pasa si mientes? —Recibió por saludo.

Esperó temblando la respuesta de los labios de aquel que la miraba sin pestañar con penetrantes ojos marrones enrojecidos.

—Te pudres ¿oíste? Te mueres en una hedionda cárcel llena de mierda donde te violarán y te harán rodar en la inmundicia y... lo peor, nunca saldrás de ahí. Jamás, jamás... —repitió alzando la voz.

Pola esperó unos segundos y observó cómo la indefensa muchacha se estremecía.

—¿Eso es lo que quieres? —Enfatizó.

Ella negó en silencio y el general recurrió al viejo truco de la media verdad.

—Toti —Hizo una pausa dramática— contó todo, incluso... algo que pasó después de vender el celular al viejo, cuando iban a cerrar el negocio, pero... quiero escucharlo de tu boca. Básicamente para confirmar que ella dijo la verdad.

Elsa lo pensó un momento, cuestionándose. ¿Qué sería to´ lo que dijo Toti?, se preguntaba.

—¿Todo...?

—Sí, carajo... a menos que prefieras lo que te dije.

—No, eñor, la cáicel no por favoi —dijo, irrumpiendo en llanto.

8

Pola se encaminó a la oficina de Gerinaldo para informarle las últimas novedades y, al salir por la puerta privada, lo encontró en el estacionamiento. Junto a Decolores se despedían de algunos colaboradores.

—Jefe —dijo Pola con voz trémula—. ¿Usted... va de viaje?

—Sí —respondió sin tapujos.

—Pero...

—General, le iba a llamar desde el aeropuerto para decírselo, pero... olvidémoslo. Voy a Puerto Rico, todo fue muy rápido y tuve que organizarme a la carrera. Además, la verdad es que no quería interrumpir las investigaciones que usted lleva. Me parece que van por buen camino, que tienes la sartén por el mango, ¿comprendes? No quiero que... las descuides por algo de tan poca importancia. Más rápido de lo que canta un gallo estaré de vuelta. Ahora... tengo que irme porque, si no, me deja el avión.

—Ok, entonces... ¿coordinaré los trabajos con Decolores al regreso de llevarlo al aeropuerto?

El vehículo empezaba a moverse.

—Nooo, él se va conmigo —respondió al tiempo que le hacía señas de que le telefonearía, y subió el cristal de su ventana.

Pola quedó en medio de un océano de dudas, sin más opciones que aceptar quedarse tranquilo, a pesar de lo incoherente de aquello. ¿Tienen que tener algo demasiado importante para irse así?, se preguntaba. Las pocas esperanzas que habían florecido tras las frustradas diligencias de su Taita, se desvanecían otra vez. *Ni me llevaron ni me dijeron, tuve que encontrarlos para enterarme,* pensó. Le pareció una burla que le dejaran, supuestamente porque tenía el caso avanzado. *Si era así, ¿por qué no se quedaron a resolverlo conmigo? Mentiras. Se van y me dejan porque saben que... lo que buscamos está allá y no aquí,* se respondió. Desesperanzado decidió continuar. No iría a llorar por eso donde Berigüete. Pelearía, si era lo único con lo que contaba. Tenía que cerrar el capítulo de la tienda y después se iría a la cama, pues no le encontraba sentido a tanto esfuerzo para nada. No obstante, su depresión por el desprecio del jefe le dejó ver que para él valía menos que un papel higiénico. Mandó a llamar a su equipo.

9

Elsa, nerviosa y confundida, observaba el rostro contrariado de Pola. Al cruzar miradas, sintió derretirse. Él se limitó a observarla y cuando aparentó calmarse, desganado le hizo seña con la mano para que continuara. Con lágrimas deslizándose por sus mejillas comenzó diciendo que después de la venta, no sabía cómo asentar los datos en el computador y, que luego, Toti tuvo que ayudarle porque se hacía tarde para cerrar.

El general escuchaba cabizbajo sin mirarla y ella seguía:

—...después que el señor se marchó llegó a la tienda otro hombre, un tipo bajito, tez blanca y sin cabello, compró otro celular y se marchó.

Pola levantó la cabeza y se acomodó en su sillón.

—¿Cómo dijiste se llamaba ese hombre que llegó?

—No sé, eñoi. Nojotros le llamábamos por ei apodo

—¿Cuál apodo?

—Chico Raro.

—¿Chico Raro? ¿Qué tenía de raro?

—Poique e un tipo raro, siempre anda a to metei y cada ve que va a la tienda e el único que nos da aigo poi la compra.

—O sea que... ha ido muchas veces. Ha comprado celulares, ¿cierto?

—Sí, eñoi. Bueno... no tantísima.

—Ok... entonces vamos a revisar la computadora de la tienda de nuevo para sacar su nombre de allí.

—No, eñoi. Eso... no je pué

—¿No sé qué? ¿Por qué no se puede?

—Ei nunca dio su nombre.

—Pero eso no puede ser. Tengo entendido, por lo que han explicado los dueños, que se debe presentar un documento de identidad para comprar un celular y... que ustedes siempre registran el nombre del comprador.

—Si eñoi pero... eso e lo que pasa.

—Sí, ¿qué diablos es lo que pasa?

Entonces Pola mandó a buscar a Toti y a los dueños y les contó; después de amenazarlos hasta con cerrarle la tienda si no le conseguían el nombre del tal Chico Raro, la voz de Toti se hizo escuchar sobre la suya.

—Oiga...

Todos guardaron silencio mirándola y mirándose.

—Perdón, pero... Él quedó de ir a buscar un teléfono hoy —dijo con timidez en voz aligerada.

—¡Hoy! ¿A qué hora? —Pola preguntó exasperado.

—A las dos de la tarde.

El general se percató de que faltaba un cuarto para las dos y se movió como gacela. Sin darse tiempo de entender todo aquello, quería preparar un operativo para capturar al comprador.

—Lo primero es lo primero; una cosa es la urgencia y otra la emergencia —vociferó mientras corría.

10

Enterada del servicio, Alejandra Rodrigo no podía ocultar su alegría. Tenía cinco años en la policía boricua y, sin embargo, su mejor trabajo, el de más importancia, había sido escribir en un libro los nombres de las personas que llegaban a visitar su oficina o, más bien, la oficina del superior con el que trabajaba. No había palabras que describieran su emoción ya que, por primera vez, fue asignada a una tarea distinta: recibir y acompañar a dos invitados. Alejandrina, como le llamaban en el trabajo, baja de estatura, cabellos rubios recortados a lo macho, anchas caderas y robustas pantorrillas, era la clásica mujer sumisa y obediente. Su juventud la ayudaba a mantenerse en forma, y su obcecamiento por todo lo que representaba un reto, la hacía sudar las manos.

A media mañana, el aeropuerto estaba despejado. Las pocas personas se repartían a partes iguales entre empleados y pasajeros. Un olor a café proveniente de un quiosco traía con jaqueca a la joven, pues desde tempranas horas de la mañana, sin siquiera desayunar, acudió a la sala de espera y como estatua permaneció allí, aguardando por el vuelo que traía los visitantes. Gerinaldo y Decolores tomaron sus equipajes de mano y avanzaron hasta el salón de embajadores. Un empleado de la terminal los guiaba por un laberinto, lejos del camino que seguían los otros pasajeros en el Muñoz Marín. Alejandrina sacó un pañuelo de su bolso y secó sus manos al ver que se acercaban. Empapado lo retornó y paró en firme. Sobre su cabeza un cartel decía "Bienvenidos".

—Respetuosamente, señores. Soy la suboficial Rodrigo y estaré a cargo de su seguridad —se presentó.

Gerinaldo se enfocó en unos pechos firmes y redondos que presionaban los botones de su blusa amenazando salir disparados.

—Tengo instrucciones de mi super —prosiguió la agente— de resolver todas sus necesidades, y cualquier recorrido que deseen hacer les acompañaré, a menos que...

Tragó saliva y apretó los dientes.

—Ustedes no lo deseen.

Los generales dieron las gracias efusivamente y abordaron un Toyota Runner, al que ella se puso al volante. Los llevó con destreza a través de numerosas calles y avenidas atestadas de vehículos hasta llegar a sendas suites del Hotel Intercontinental, en la capital borinqueña. Gerinaldo esperaba que su homólogo lo recibiera en persona, pero la compañía de Rodrigo no le desagradó. Una vez registrados, iban con sus equipajes a las habitaciones, pero ella les recordó que debía llevarlos a la superintendencia.

—Aquí los espero, señores —dijo ella henchida de amabilidad.

—Muchas gracias —respondieron ellos.

11

A las tres de la tarde se terminó de montar el operativo. Las empleadas abrieron la puerta de la tienda y dos agentes vestidos de paisano fingían curiosear los modelos de celulares en exhibición. Afuera, a la distancia, pero con ojos puestos en la entrada, Pola, Luciano, Tineo y un puñado de agentes aguardaban por la llegada del sospechoso. Un pesar ronroneaba la cabeza del general que reconocía se había pasado por una hora del tiempo pautado para recoger el aparato. *Quizás vino y... al encontrar la tienda cerrada se fue a otra parte a comprarlo*, meditaba.

El interés de Pola por detener a Chico Raro creció al poner asunto a la descripción ofrecida por Elsa. Trajo a la memoria el homicida de Omar Lantigua y, sumada a la forma de comprar los teléfonos, así como su vínculo con el lugar donde el viejo obtuvo su aparato, no dejaban dudas que se trataba del autor del crimen. Después del desplante del jefe, Pola volvía a sentir ansias por resolver el caso; además, no olvidaba que Gerinaldo iba a insistir, cada vez que pudiera, en recomendar al presidente su sustitución. Sabía que, junto a Decolores, buscaban hacer lo propio en Puerto Rico, y no quería terminar como un fracasado. También era consciente de que las cosas no le estaban saliendo bien y se conformaría con atrapar, aunque fuera a uno de los sicarios, para exhibirlo como un trofeo o un premio de consolación.

Las cuatro de la tarde no tardaron en llegar y luego las cinco. Nadie apareció por el lugar. Los agentes seguían en sus posiciones y Pola se cabeceaba vencido por el sueño de una tarde calurosa y húmeda. De la nada apareció un carro blanco y se estacionó frente a la tienda. Faltaban cinco minutos para la hora de cierre. Un hombre con las características conocidas se desmontó y, mosqueado, caminó a la puerta mirando a todos los lados. Al ver a dos hombres dentro, se detuvo y volvió su mirada al carro. Permaneció un instante en el umbral y el brazo hidráulico de la puerta la cerró. Nada indicaba anormalidad excepto los dos curiosos.

Los movimientos del sujeto revelaban sospecha: jugueteaba con la llave del vehículo sin dejar de mirar en derredor y cuando empujó con fuerza el manubrio y penetró a la tienda, lo hizo como quien espera ser golpeado en ese instante. Las señuelos no se alarmaron y observaron a verlo que vestía jeans blanco, t-shirt a rayas azules y unas sandalias blancas. Destacaba su corte al ras y su fornida figura. Los agentes cruzaron miradas, pero tenían instrucciones de no actuar hasta cumplirse lo acordado. Diez minutos pasaban la hora de cierre, el cliente curioseaba moviéndose de un lugar a otro y de buenas a primera se acercó a Elsa.

—¿Tienes mi...? —Hizo una señal con la mano que acercó al oído extendiendo los dedos meñique y pulgar y, recogiendo los demás, mientras miraba a los tipos que fingían ignorarlo.

—Sí, eñoi.

La muchacha sentía que el corazón le saldría por la boca.

—¿Se qué? —preguntó el hombre.

Risa estridente y una explicación baladí de Toti intentaron matar la curiosidad.

—Después de que el padre la confesó a todos nos llama: eñor, eñora...

Al sujeto no le causo risa. Pagó el celular y como de costumbre dejó el cambio. Los agentes tuvieron lo que esperaban para actuar. Uno salió del negocio pasándose la mano por la cabeza y los policías afuera, encabezados por los coroneles, se acercaron a la entrada y, tan pronto el hombre puso un pie en la acera, lo encañonaron, lo lanzaron al piso y lo esposaron pese a resistirse.

El camino al cuartel se hizo corto. A su llegada, Pola empezó una larga conversación con el detenido, que se extendió hasta la madrugada del día siguiente. Mentiras y medias verdades no fueron suficientes para apagar la ansiedad que copaba la cabeza del general, sin embargo, todo aquello no ocultaba su conexión con los crímenes, amén de su relación con Elmes.

Pola lograba algo que el jefe no podría regatearle. Rebosante de alegría y convencido que tenía al homicida de Lantigua, trabajaba para lograr que admitiera su responsabilidad y facilitara las cosas; después jalaría la cuerda en busca de los demás implicados.

12

José Sandoval abrazaba con golpes en la espalda a los generales dominicanos.

—Qué placer tenerlos por aquí. Tomen asiento por favor.

—Gracias, José, el placer es nuestro —respondió Gerinaldo con superficial agrado.

Decolores asintió con la cabeza y dibujó una media luna en sus labios. Los hombres ocuparon tres sillones que rodeaban una mesita con un tope marmóreo repleto de coquíes. Los había de porcelana, barro, cristal y yeso, también. En diferentes formas: acostados, simulando un salto, parados y agazapados. Sandoval adivinó el significado de la mirada de sus invitados.

—No son nada en comparación con aquellos —dijo señalando hacia su escritorio.

Después indicó el librero donde tenía otros tantos.

—Son mis amuletos de la suerte —explicó el superintendente, risueño.

Le regalaron sonoras risas que fueron interrumpidas por una señora en sus setentas, que entró por una puerta lateral y preguntó por lo que les apetecía. Ordenaron café. La mujer se marchó por donde había entrado. Decolores miró el escritorio del superintendente y le hizo un gesto discreto a Gerinaldo, quien no tuvo dudas de que Decolores trataba de decirle algo, pero al no comprender siguió conversando animado. Avanzando el café, los planes para capturar a Elmes y Soraya iban y venían. Contrastaban las informaciones del superintendente con las traídas por los generales. Al final estuvieron de acuerdo en que ninguna ofrecía algo concreto que sirviera para localizar los prófugos.

—Me gustaría saber más sobre este hombre que nos tiene cogiendo lucha —inquirió Decolores.

El superintendente miró al techo. Sus ojos dejaron al descubierto un amarillo hepatitoso.

—¡Elmes! —dijo al comenzar—. Todo un personaje, se fugó de una cárcel de máxima seguridad y desde entonces nuestro gobierno ha hecho de todo para atraparlo.

—Eso lo sabemos —interrumpió Gerinaldo—. Quisiéramos saber algo distinto.

—Ok, entiendo —continuó Sandoval—. Aún se investiga cómo se fugó. Cumplía varias perpetuas por sicariato y otros delitos. Mató a varias personas que debían dinero a su gente y asesinó a uno de nuestros agentes.

El superintendente bajó la mirada, luego miró los ojos de sus interlocutores. Seguían atentos a su relato, sin pestañar.

—¿Conocen a su jefe?

—Si se refiere al jefe de Elmes, hemos oído algo de él, pero muy poco —aclaró Gerinaldo como invitándolo a contar.

—Ángelo Millones le apodan. Está encarcelado en Estados Unidos, para ser preciso, en la penitenciaría del Estado de Luisiana. El día menos pensado sé que lo tendremos de vuelta. Ya sabe cómo son los abogados y esta clase de gente tiene para pagar los mejores.

—¿Un delito sencillo? —preguntó Decolores, adivinando.

—Ni grave ni no grave.

—Perdone, no entiendo —repuso.

—Lavado de activo, poca cuantía. Menos de un millón de dólares. Pero... dejando a Ángelo y volviendo a nuestro hombre. Antes de caer preso era un desconocido. Su fama de sicario nació con su detención y como entre sus víctimas había un policía, la justicia primero lo sentenció a doscientos años y después a tres cadenas perpetuas. Prácticamente, esperaría morir dentro, a menos que negociara con los federales y se convirtiera en chota. Algunos dicen que lo hizo. Afirman que Millones, que cayó después de su fuga, es parte del negocio que realizó, pero no hay nada oficial que lo indique, solo... rumores.

Gerinaldo estaba sorprendido por la forma en que su homólogo se expresaba. No dejaba al descubierto su acento boricua; pensando en ello, intercambió miradas que pretendió disimular y que a Sandoval le parecieron de miedo.

—No vayan a ponerse paranoicos —les advirtió.

—Es que allá él andaba con placa diplomática americana y...

—La embajadora lo negó —intervino el superintendente.

—¿La conoces?, ¿cómo sabes...? —preguntó Gerinaldo.

—Lo supuse —aclaró, saboreando restos de azúcar en la cucharilla—. Aquí ocurrió algo parecido. Sucedió hace tiempo, no imaginaba llegaría a esta posición, pero aún conservo su recuerdo. No conozco la embajadora, bueno... solo de vista; ella pertenece a una familia de comerciantes importantes y enviudó poco después de casarse. Fue muy triste lo que le ocurrió: un accidente de coche. Tras la pérdida no se le conoce nueva relación amorosa, al menos formalmente. Dicen quedó frustrada y se ha refugiado en la bebida para soportarlo.

Al final de muchas aclaraciones, historias y anécdotas, las cosas retornaron al punto de inicio: escasez de información. No obstante, acordaron hacer algo: conversarían con la pareja que les vio en el *supply*, luego visitarían Guaynabo y sus alrededores. También conversarían con los aportantes de las informaciones que tenía Sandoval, y verificarían los informes de inteligencia. Finalmente, revisarían los archivos para tomar los datos que pudieran ser útiles.

—Es como buscar agujas en un pajar —dijo el superintendente.

—Sí, pero ninguna diligencia es peor que la que no se hace —repuso Gerinaldo.

—En eso llevas toda la razón. Lo cierto es que sigue siendo nada para nosotros; un prófugo más de la justicia. Sin embargo, después de la fama que ganó con lo que hizo en su país, no tenemos más remedio que considerarlo importante.

Acabaron el café y el anfitrión les convidó a almorzar.

—No es mala idea —dijo Decolores—. Ya el estómago empezaba a hablarme. En el avión apenas probamos maní y una soda, que lo único que hizo fue abrirme más el apetito.

—Conozco un sitio, allí suelo llevar a mi familia. Es seguro. Nos vemos en hora y media, ¿les parece bien? —quiso saber Sandoval.

—Ok —respondieron los generales.

13

Gerinaldo fue informado de la detención de uno de los gatilleros de Elmes. Pola se lo comunicó, ignorando que no era exactamente así, y jurando que Yan Carlos Matos, de 35 años, hecho preso en el operativo, era quien aparecía en el video disparando contra Lantigua. Su parecido no podría ser mayor. Sin embargo, en realidad, el tal Chico Raro nunca había empuñado un arma de fuego, y la cámara había captado la imagen desde tanta distancia, que los técnicos de la Científica poco podían hacer para lograr algo que permitiera ver las facciones del rostro, y confirmar que eran la misma persona.

Las pesquisas en la residencia de Yan no arrojaron los resultados esperados, pero allí se encontraron un par de cosas importantes: un celular que contenía imágenes de la Boulangerie y de su propietario Rafael Sojo. El occiso vestía la ropa del día de su muerte. De pie en el mostrador conversaba con un desconocido. Una imagen huidiza en la que desaparecía y volvía a aparecer por instantes.

—Ladeado, como si quien la tomó se cuidaba de ser visto haciéndolo —analizó Pola.

En otro cuarto de la vivienda del sospechoso, se hallaron tres recibos de divisas. Los remitían desde Puerto Rico. Los dólares venían a nombre de tres mujeres, de las que la gente denominaba *megadivas* y Rayan Pillo. Los investigadores presumían que era un nombre ficticio que intentaba suplantar el de Elmes. Las destinatarias, jovencitas de apenas veinte y tantos años, ligadas al ambiente discotequero, retiraban el efectivo y, como si fuera poco, las fechas de cada una coincidía con las muertes de Lantigua, Amado y Sojo.

Sin embargo, Pola creía que todo lo hallado en las pesquisas y Yan, comprador del celular que hizo la llamada a Lantigua antes de caer abatido, le daba la oportunidad de meter a la cárcel al detenido, pero los fiscales opinaban otra cosa. "Para ser coincidencia es demasiado", dijo uno de los magistrados, "pero... no sirve mucho como prueba, o, mejor dicho, solo prueba que existe coincidencia. Además, para ser un sicario, el detenido no cuenta con antecedentes delictivos, lo que hablaría a su favor en un eventual sometimiento". Pola informó a Gerinaldo que el hallazgo de los envíos desde Puerto Rico confirmaba que Elmes estaba allá y, detrás de las últimas cinco muertes, los envíos debían ser los pagos por los crímenes.

—Yan Carlos sabe todo, jefe —afirmó Pola—. Tenemos pruebas que ubicó a Sojo a través del celular ocupándole en la panadería. Ese bárbaro hizo el video allí —pausó, reflexionó y continuó—: A menos que... lo haya prestado a alguien. Aunque si es así, no bastará que lo diga, tendrá que probarlo en la justicia. Pienso convencer a los fiscales de someterlo, ya que están medio escépticos. Algo muy normal en ellos.

Se produjo un largo silencio en la línea telefónica y Pola tuvo oportunidad de pensar:

La sospecha de que Elmes utilizaba mujeres para algo más que sus placeres sexuales, ahora queda aclarada. Es verdad. La lealtad de sus Afroditas depende del dinero, el alcohol y la droga. La videoteca incautada por la fiscalía, ese delincuente la utilizaba para chantajear a empresarios y funcionarios; gracias a Dios ahora reposa incautada en manos del procurador desde la detención de Soraya.

A pesar de la claridad de miras de Pola, muchos ignoraban la cuestión, por lo que seguían encubriendo al capo y él actuando como si aún tuviera en sus manos esas cintas comprometedoras. Lazos indisolubles de obligada lealtad. Por ello, ni una sola de las *megadivas* que recibió los envíos dijo conocer el paradero del buscado, y juraron no conocer a Pillo, el hombre que les envió el dinero. Dijeron, además, sin poderlo probar, que gastaron el efectivo en ropas, bebidas y comidas. Soportando sin chistar el rigor de los usuales métodos interrogativos policiales.

"Llegado el momento, los abogados de Yan Carlos demostrarán en juicio que sus delitos eran de otro nivel", afirmaban los fiscales. Pola se negaba a prestarle atención, sin saber que una sorpresa asechaba a la vuelta de la esquina. Mientras tanto, el general, reconocido por la prensa, disfrutaba con arrogancia desmedida. Hasta Gerinaldo reconoció su trabajo y le agradeció porque el resultado de sus averiguaciones daba sentido a su viaje que cada minuto iba perdiendo su razón de ser.

—Pienso —dijo el jefe mirando a un punto fijo del piso— que la estructura de Elmes funciona como la de un panal. Distribuye funciones a sus secuaces y él se queda cual la avispa reina dirigiendo todo desde la cima.

Gerinaldo continuó explicando su teoría como si de una cátedra se tratara.

—Consigue lealtades que permanecen en el tiempo y divide a sus gentes entre sus células: tráfico de drogas, lavado y pasatiempo sexual. Las autoridades eligen a su gusto para terminar víctimas de chantajes. No es casual, sino un sistema.

Pola escuchó la explicación, pese a que se le hacía larga y aburrida.

—Hay que ponerse en los zapatos de los que caen en su trampa —dijo Gerinaldo y enfatizó—: La verdad es que... no es fácil resistirse a un polvito así.

14

Aunque la noticia del apresamiento de Yan Carlos se difundió como cualquier cosa relacionada con Elmes, fue Orejas el primero en enterarse. Se adelantó a los medios de comunicación cuando una de sus fuentes tocó sus parábolas. De inmediato se comunicó con sus compañeros de la Maquinaria y se regaron como agua. No volverían a verse ni llamarse hasta que las cosas se enfriaran.

Pero sin enfriamientos, Elmes tenía cuentas por cobrar y no quería perder tiempo. Aunque su mercancía seguía llegando a Europa y Estados Unidos sin tropiezos, otros narcos empezaban a surgir, y amenazaban con adueñarse de la plaza. *Crecen como la verdolaga*, pensaba Elmes, cuando le contaron: "Nuevos grupos se disputan parte de nuestras rutas. Por suerte, hasta ahora algunas no han sido tocadas, aunque eso no significa que la respetarán". Consiente que perder terreno equivalía a perder poder, eso era lo último que Elmes deseaba, por ello no disimulaba su disgusto.

En el cuartel, Yan no admitió ni reconoció como suyo lo ocupado en el allanamiento de su casa. Incluso se negó a comentar las fotos y los videos del celular, limitándose a soportar los interrogatorios y callar. Su abogado, un hombre de mediana estatura, fumador incontenible y que padecía de un tic nervioso que le hacía retorcer el cuello al expresarse, le aconsejó sobre su derecho a permanecer callado sin perjudicarse. El detenido le hizo caso y enmudeció. El jurista pasó el resto del día a su lado, pero cuando la sábana de la oscuridad arropó la luz del día se retiró y los investigadores aprovecharon para presionarle y le propinaron una paliza; sin embargo, el inmisericorde trato no cambió las cosas.

Los exhaustos agentes amenazaron con repetir la dosis en la mañana y al día siguiente si era necesario. Pero sería tarde. Tendrían que conformarse con lo que tenían. Yan Carlos o alguien decidió lo contrario. Mientras Pola, enterado de la resistencia del detenido, llamó al jefe y coordinó sus próximos pasos como todo el que cree tener control del destino y olvidó el viejo dicho: "Quien quiere hacer reír a Dios, solo tiene que hacer planes".

—Si Yan se reúsa a hablar, hay que poner rostros a la lista de contactos de su celular —dijo Decolores en el *three way* telefónico que hicieron.

—Son muchos —aclaró Pola y empezó a nombrarlos—: Job, Ñego, Navaja, Doble U, Orejas, Cabo, Martín, Merma, Calva, Tati, Loca, Naish, Tota. Una tarea pesada descifrar entre decenas de contactos cuáles son de la organización y cuáles no, donde malo podría ser cualquiera y, quizás, todos lo son, nos llevaría mucho tiempo. Imaginen que por suerte logremos saber cuáles son los que interesan al caso, ¿quién lo confirmaría? ¿Yan?, ahí está lo difícil.

—No va a ser fácil de ninguna manera —dijo Gerinaldo—, pero hay que hacerlo. A lo mejor la maldita prensa se calla la boca y nos permite hacer el trabajo. Esos hijos de puta se inventan cada cosa para jodernos.

Para jodernos o para joderte, pensó Pola mientras escuchaba.

—¿Por qué no se interesaron así cuando mataron a mi hijo?

—Al menos ahora tenemos algo por dónde empezar a buscar —repuso Pola, revalorando lo que había conseguido.

—¿Por dónde? —preguntó risueño Decolores.

Pola sintió la burla desconsiderada, pero se tragó su sentimiento.

15

De camino al hotel, Gerinaldo rumiaba la información recibida. Observó el sudor en las manos de Alejandrina y supuso que era atracción. Olvidó a Pola con su arrogante historia, a Elmes y hasta al propio Decolores que ocupaba el asiento trasero. Entabló una conversación con la suboficial que abarcó muchas cosas, sobre todo, las razones por la que no tenía pareja. Decolores se sintió incómodo, pero nada podía hacer para evitarlo. Llegaron y se alegró de separarse al entrar a su habitación. Gerinaldo permaneció en el *lobby* haciéndole compañía a la muchacha, quien no escondía su alago: la sonrisa quedó clavada en sus labios

—¿Me acompañas a comer? —preguntó el jefe, desclavándole la sonrisa.

Alejandrina simuló una tos para aclarar la garganta.

—Nooo, mi super... no va a aceptal que me siente con ustedes.

—Pero por favor —aclaró Gerinaldo con torva faz—, no hablo de almorzar con Sandoval. Yo puedo quedarme aquí, con cualquier excusa y luego me pasas a buscar... nos vamos y a la hora que termine el almuerzo de mi compañero y tu superior... vas a recogerlo.

—No, no puedo hacer eso, señor, sería muy chévere pero no. Si él se da cuenta va´ *decil* que estoy tostá.

—Vamos... no tengo ánimo de ver a Sandoval después de verte a ti. Es más, meteré una excusa, aunque me dejes plantado.

—¡Plantado!, ¿cómo así?

Gerinaldo le explicó y luego se marchó a su habitación. Sentado frente al televisor escuchó sonar el teléfono.

—Jefe —Era Decolores—, recuerda que cuando estábamos en la oficina de José Sandoval, trataba de hacer que usted mirara algo.

—Ahora que lo mencionas sí, ¿qué era?

—La placa... sobre el escritorio.

—¡¿Qué?! —interrumpió curioso—, ¿tenía otro maco aplastado en un toilet o algo así?

—No, señor. El nombre es el mismo de Elmes.

—¡No relajes!

—Sí, casi lo suelto en voz alta al percatarme.

—¿También se llama Elmes?

—Más que eso, él se nos presentó como José Sandoval, pero la placa decía José Figueroa Sandoval y uno de los nombres de Elmes es José Figueroa Agorreta. ¿Será coincidencia?

—Bueno, coincidencia o no, eso me acaba de quitar el apetito.

Decolores, sin proponérselo, le había dado la excusa que buscaba.

—Presta atención: quiero que asistas al almuerzo. Yo me quedaré investigando algo de eso por aquí.

—Pero jefe, es muy peligroso que usted se quede solo, ese tipo puede aparecer en cualquier lado y...

—Tú hazme caso; es más, es una orden. Ve al almuerzo y excúsame con Elmes.

—Querrá decir con José —repuso y preguntó—: ¿Qué quiere que le diga?

—Sí, eso mismo, perdona. Es... la maldita fantochería de Pola con el tipo ese. Ahora quiere pintarse como un Sherlock Holmes. Nada, dile a José eso mismo. O Dile lo que quieras; que estoy mal del estómago, me duele la cabeza o cualquier pendejá que se te ocurra. Después que se inventaron las excusas, nadie... ¡Ah!, otra cosa, por favor, evita que se antoje venir a verme. ¿Ok?

—¡Oh! Sí, señor.

16

Cuando tuvo resuelta la cuestión volvió a comunicarse.

—Por Calva, el primer contacto del teléfono —explicó Pola.

—¿Cómo piensas hacerlo? —intervino el jefe.

—Bueno —dijo Pola aún pensativo—, investigando los números que más actividad tienen, es decir, a los que más Chico Raro llamó y quienes más lo llamaron a él. Seguro que... entre los diez que más aparecen están sus secuaces.

La línea quedó en silencio, al punto que parecía se había caído la comunicación.

—Alou... —repitió Pola varias veces.

—General —respondió Gerinaldo y trató de aguarle la fiesta—: ¿No estarán allí también los números de sus familiares y... de mucha gente que nada tienen que ver con este barullo?

—Sí, señor. Pero esos, una vez detectados, se descartan. Además, nos enfocaríamos en los días antes, durante y después de los crímenes. Considero que... las comunicaciones de esos días son las que nos darán la clave.

—Hablando no vamos a resolver nada —argumentó el jefe—, ya es un poco tarde y necesitamos descansar; empecemos de una vez con esta locura, pues la peor diligencia es la que no se hace.

—Así es, señor.

Gerinaldo, alzando su voz, dijo:

—Si él es avispa reina, que se prepare, porque está próximo a encontrar su sirirí. Pola lo entendió. Había hecho estudios en Colombia donde la expresión era popular. Se refería a aquella ave que se alimentaba de avispas y que describía a alguien que no paraba de acosar a su rival hasta destruirlo. Entonces repitió en forma audible, después que habían colgado, y con el dolor que una daga produce al atravesar el pecho y pensando en el enigmático viaje en el que le dieron bola negra:

—Tú también encontrarás tu sirirí.

17

Elmes contempló que Soraya al medio día seguía rendida en la cama. Una brisa fresca y agradable se colaba en la habitación junto al canto de algunos gorriones. Anidaban en un árbol cercano. Sin encender la luz, miró el reflejo opaco de su cuerpo desnudo en el espejo sin contemplar sus tatuajes. Se caló un buzo de mangas largas y trató de acomodar su despeinada cabellera. Soraya se mofaba, diciendo que, a la distancia, se veía como un cigarro encendido. Luego calzó un pantalón jeans, al que desprendió los sellos con los dientes y completó su atuendo con zapatos deportivos.

—No puedo pegar más los ojos —dijo, acercándose al oído de Soraya.

—¿Y qué vas a hacer?, ¿dónde vas?

—Ni idea. Solo sé que toy que me como un elefante.

Ella gruñó y siguió escuchando sin abrir los ojos.

—Voy a salir a comprar algo.

Ella se revolvió en la cama y la sábana se corrió, dejando al descubierto parte de su erizado trasero.

—¿Dónde vas a ir?

—Donde siempre.

—Si vas donde Pillo, tráeme algo.

—¿Qué quieres?

—Lo que sea.

Se dio la vuelta para colocarse de lado sin dejar de abrazar la almohada. El movimiento terminó de descubrir sus nalgas. Elmes no pudo evitar excitarse, a pesar de ver solo las masas indefinidas. *El valle que tantas veces he explorado me llama como si fuera el primer día*, se dijo.

—¿Y para tu hermana? —preguntó, deteniéndose en la puerta.

Pero Ella no respondió; había vuelto a dormirse. Él se marchó al restaurante, pensando que desde allá la llamaría para preguntar.

18

Gerinaldo caminaba de la habitación al *lobby* y viceversa. Esperaba que el suboficial le fuera a buscar en cualquier momento, como le había propuesto, pero eso no pasó. Alejandrina regresó mucho tiempo después, para llevar a Decolores que, tras el ajetreo del viaje y un abundante desfile de platos puertorriqueños, tenía un sueño irresistible, que le impedía mantener los ojos abiertos. Sin contar la larga conversación y varias copas de vino que compartió con el superintendente. Ella tuvo que despertarlo a su arribo.

El trancazo en la puerta de la habitación le indicó a Gerinaldo su llegada. Le sorprendió que lo hiciera sin avisar y sin plantarle cara, aunque fuese para informarle cómo había estado el almuerzo. Entonces a su mente llegaron inevitables pensamientos: *Si fuera yo, se dijo, daría orden cumplida. Dudo que Sandoval no preguntara por mí. Ahora comprendo por qué la boricua no atendió mi invitación: ligó con Decolores.*

El jefe tomó el auricular en la mano para llamar a la habitación de su subalterno y se arrepintió pensando que sería inoportuno. Se sentó en la cama y empezó a desabrocharse la ropa. Al sacarse los zapatos, el teléfono timbró. Se intranquilizó, pues, aunque intentaba ignorarlo, el aparato sonaba impetuoso y resistía. Lo miraba desde la distancia, rogando que parara. ¿Quién sino José Sandoval estaría llamando para compadecerse de mi malestar?, se preguntó, imaginando que Decolores disfrutaba de lo lindo en la habitación del lado, ocupando su mente en cualquier cosa menos en él. Sin ánimo de continuar mintiendo, quedó inmóvil hasta que por fin paró y la tranquilidad devolvió el alma a su sitio. Se puso de pie y se sacó la ropa que le faltaba, arrojando todo sobre un sillón. En ese instante, el teléfono volvió a sonar, y en punta de pie se dirigió a la mesita donde aguardaba el tormentoso aparato y contestó:

—¿Síí?

—Hola, comandante, estoy abajo esperándole. ¿Está en pie la invitación?

19

Rayan Pillo guisaba unos mus3los de pollo en la cocina y un camarero fue hacia él para darle aviso.

—Llegó su amigo.

Buscó una toalla, se limpió las manos y se despojó del delantal para ir a saludarlo. Aunque podía llegar a cualquier hora, las cuatro de la tarde no eran para que tuviera prisa; sin embargo, así andaba. Se lo había dejado saber, llamándolo de camino. Lo encontró sentado en la barra con un cubalibre en frente, esperando los muslos de pollo guisado con arroz blanco, gandules y ensalada verde, que tanto le gustaban.

Por suerte, después del ajetreo del medio día, La Casita quedó vacía. Solo un par de comensales morosos esperaban servicio. Así los llamaba Pillo: "asisten después de los horarios de almuerzo y piden comida a la carta". Exceptuaba a su amigo, que siempre era bienvenido. "Es como de maldad", se quejaba, moviendo los sartenes en soliloquio. "A uno no le queda un minuto de descanso para rascarse las bolas". Los clientes, una pareja dispareja: "un hombre muy maduro y una chica en la flor de su juventud", describió uno de los camareros, ocupaban una mesa en el fondo del restaurante y como tortolos se secreteaban, intercambiaban miradas pícaras y algunos piquitos.

—¿De dónde salieron estos coyeros? —preguntó el amigo de Pillo moviendo su trago con un dedo.

—Primera vez que los veo por acá.

Nadie había sentido la necesidad de fijarse en los clientes, pero ahora que el amigo preguntaba por ellos, comenzaron a chequearlos detenidamente. Pillo no solo era el chef y propietario del lugar, sino también su informante. La pareja chisteaba y parecía no enterarse de que los observaban. Antes que llegara la comida cambiaron de opinión y solicitaron ponerlas para llevar. *Al parecer las amenidades los llenaron o, quizás, ahora se antojaban de comer otra cosa*, imaginó el camarero que lo atendía, y salió a cumplir lo solicitado, con la esperanza de una buena propina. Pero fue detenido en seco y cuestionado por Pillo acerca de la decisión y algo más.

—No sé por qué se van —respondio—, pero por el acento el tipo parece quisqueyano.

Así mismo se lo soltó a su amigo, quien abrió los ojos más de lo normal. Los platos estuvieron listos al mismo tiempo. Ellos se levantaron de la mesa y el amigo de la barra. Se disponían a salir cargando sus fundas cuando al acompañante de la muchacha le llamó la atención escuchar la voz de aquel hombre. Se despedía y le pareció conocida. Levantó la vista para ver su cara. Cruzó mirada con la suya y quedó convencido de que nunca antes lo había visto. Ambos continuaron su camino, abordaron sus respectivos vehículos y se marcharon. Sin saber frente a quién estaban.

JAQUE

1

El teléfono ronroneó y Pola lo sintió como un martillazo en su cabeza. Tumbado en la cama, trataba de reponerse del día más largo de su vida. El apresamiento y la investigación de Yan Carlos habían hecho que las horas se estiraran y parecieran no pasar.

—El tipo había salido un hueso duro de roer; no aportó ni mierda —dijo a su ayudante cuando se retiró.

Las pruebas en su contra eran insignificantes en relación con los secretos que se llevaba a la prisión, si finalmente el fiscal lo envía al juez y este hace lo que corresponde, meditaba, y sin poder soportar más el ruido del aparato, atendió.

—Adelante, habla Pola. ¿Quién es? —preguntó semidormido.

—Señor, qué bueno lo consigo. El preso… está muerto.

—¿Quién me habla, carajo?

—El operador, señor.

—¡Oh, el operador! ¿Qué preso y qué muerto? —preguntó, ya totalmente despierto y rogando haber escuchado mal.

—El que le apodaban Chico Raro.

—¡Maldita sea!

De una gruesa soga de nilón amarrada de la ducha, pendía el cuello del detenido. Ladeado con rostro inexpresivo, Yan Carlos mostraba sus ojos abiertos y vidriosos sobre sus flácidos labios que, al observarlos, a Pola parecían decir: jódete.

El general regresó tan aprisa al cuartel que no se percató que vestía el pijama bajo la ropa. ¿Será que este maldito día nunca va a pasar?, reflexionó, sin tomar en cuenta que hacía rato había amanecido. Tenía que comunicarle lo ocurrido al jefe, antes que la prensa lo hiciera y él tomara la peor versión y sobre este pretexto no solo lo sacara de la DICRIM, como era su deseo, sino también de la policía. Consciente de que, desde el lanzamiento al vacío de Miranbeaux no ocurría dentro de un cuartel algo parecido, instruyó al comandante de Homicidios ocuparse del asunto y se encaminó a su despacho.

2

Un hombre de tez blanca, baja estatura y fornido zigzagueaba por una acera. A la distancia su aspecto era típico de un militar. Se detuvo y miró hacia arriba, pero su vista nublada no le ayudó a apreciar la belleza en el firmamento. A tropezones entró a una discoteca. Una mujer de piernas bien torneadas, las cruzó seductora sobre uno de los taburetes de la barra al verlo entrar. El movimiento fue tan rápido, que él no estaba seguro si imaginó o vio su interior. No obstante, hasta allí se dirigió. Estaba solo y creyó que ella también. Se equivocó.

—Hola, preciosa —La abordó con torpeza, esperanzado en impresionarla.

El hombre tenía en su mente reburujados pensamientos que lo traían de cabeza. Pensaba que la noche era joven y que no se volvería a su casa solo acompañado de su borrachera.

Tenía claro, además, que en la madruga el lugar se ponía más interesante y que muchas otras mujeres aparecían por todas partes, que salían como las *jaivas* al levantar las piedras a orillas del río, pero todo se tornaba más costoso y no disponía de muchos recursos. Si no conseguía ligar ahora se la iba a ser imposible coseguir una buena puta. La vaina de la vida, se decía. Ahora, además de daile lo cuaito uno tiene que gutaile a la diabla (...)

Pasión Disco, principal sitio nocturno de Santiago y favorito de todos los hombres; no solo era luces, música y alcohol, había más. Abría sus puertas a las once de la noche y cerraba en la mañana del día siguiente. Pero los eventos especiales solían extenderse hasta el mediodía. Al centro, una pista de baile con tubos y espejos servía de exhibidor: un escaparate de hombres y mujeres al mejor postor. Las mesas alrededor de la pista facilitaban la subasta. Sin embargo, su mejor lugar era la barra: un rincón con pocas butacas que obligaba a los que lo preferían permanecer en pie; allí, bebida en mano y moviendo el hielo con el índice, o, aparentando hacerlo, se conseguía pareja a precio antes del *show*.

Como asiduo visitante y santiaguero, conocedor del mismo, se acercó con ese propósito a la mujer.

—No —respondió ella a secas.

Pestañeando movió sus piernas, como si algún insecto le picase y añadió, sin que le preguntara:

—Ando con... janiqueras.

Las mujeres más procuradas en el lugar eran las de Jánico, un pequeño pueblo a treinta y cinco kilómetros de allí. Las llamaban jaquineras por su lugar de origen y, por lo común, su blancura y limpieza desvivían a la clientela. Solo las rusas, a decir de muchos, se destacaban frente a las criollas de la amplia variedad de extranjeras por su altura, nariz perfilada y caras angelicales que contrastaban con su comportamiento en la intimidad.

Taciturno, apoyó sus codos en la barra, y entre despierto y dormido, bajo el efecto luminiscente del neón, recordó su época de estudiante. Su vocación religiosa le granjeó peleas con muchachos que doblaban su edad.

¿Quién me iba a decí que yo iba a teiminai en eta vaina?, se preguntaba el hombre que imaginó por un instante que el lugar estaba vacío, y continuó recordando su niñez. Un día lo golpearon con la Biblia y le hicieron tragar algunas de sus páginas. No recordaba con exactitud porqué había sido, pero siempre pensó que por haberse atrevido a predicar el evangelio en público, un público con escasa diferencia a la misma cantidad de personas que observaba esa noche en la discoteca. Aun así, se sintió bien porque mantener su fe le ganó el apodo por el cual lo conocían ahora: "Uz". Conservó su fe hasta la adultez, luego, al abandonar la fe por mujeres, dinero y droga, sus amigos comenzaron a llamarle Job, considerando que le iba mejor a su estilo de vida.

La chica seguía de pierna cruzada y aparentemente desentendida del interés que despertaba. Cuando la lucidez regresó a la cabeza del hombre, comenzó a observarla con el rabillo del ojo, y adivinó que ella también debía ser janiquera. *Demasiado cuero para no serlo*, se dijo. De repente descruzó las piernas y puso un puro en sus finos labios pintados de morado lila. Él se aproximó para ofrecerle fuego: pasó sus manos por toda la ropa y no encontró ni fósforos, ni encendedor. Un camarero que servía en el bar encendió un cerillo y lo acercó a la punta del enorme cigarro. La muchacha chupó varias veces antes de que el fuego hiciera su trabajo y le regaló una sonrisa. El interés de Job se multiplicó; por su mente pasó una obscena idea: *Si fuma tabaco es capaz de cualquier cosa.*

—¿Y... como cuánta son tus amiguita, cariño? —preguntó con lengua estropajosa.

—Tres.

Trató de hacer la suma con los dedos, pero desistió después de intentarlo varias veces sin éxito. Con donaire y risueña para sus adentros, ella le observó de reojo echando hacia atrás su rojiza cabellera y lanzar el humo al techo.

—¿Poi qué no dejamo a tus... aquí, un chin chin y no vamos a dar una vueitica? —propuso, creyendo ser elegante en su hablar.

—Um... Así... no se puede.

La destreza con la que manejaba el tabaco le hacía lucir mayor. Sin embargo, sus mejillas y su dulce voz revelaban su juventud. Suficiente estímulo para que pocos hombres la despreciaran. Job, a pesar de su estado, supo que no pasaba los veinticinco años y se dispuso a llevarla, a pesar de las dificultades, antes que otro se le adelantara.

—Vamo a hablai con tus amiga, quizá ellas... —decía entre dientes, cuando una baba se acercó a la comisura de sus labios.

Ella lo entendió a pesar de lo confuso que resultaba aquel murmullo en medio de la música, y respondió al instante:

—No me dejan sola, vinimos juntas y juntas nos vamos.

—Ok, como tú diga.

Tambaleándose entre humo y gentío se alejó con las manos en los bolsillos. Caminó hacia el otro extremo del bar y trató de conectar con una mujer morena de exagerado maquillaje. Luchaba por colocarse unos aretes y él le ofreció hacerlo. La morena lo ignoró y se apartó. En ese momento, una mano firme le asió por el hombro y, al darse vuelta, se encontró en frente de la chica de hermosas piernas.

—Invítanos a todas y te acompañamos donde quieras —le dijo, dejando que su aliento jugara con la nariz.

—No caigo... —balbució, sacándose los bolsillos.

—Solo pagarás por las que uses, y las otras, si no las toca, serán gratis.

—¿Y... la salía?

—Tranquilo. Espera afuera y no pagarás salida. Nosotras sabemos cómo solucionar ese problemita. Vete, aguarda allá. —Señaló la puerta con un dedo de uña larga.

El deseo de acabar en aquellas piernas no le permitió preguntarse, ¿por qué? En su sano juicio, se hubiera arrepentido en ese instante. Sin embargo, Job esperó como niño obediente por treinta minutos, para salir escoltado por cuatro mujeres hermosas. En ese instante no se cambiaría por nadie, pero después se recriminaría por ello: una de ellas estaba más interesada que él por su compañía.

3

Decolores se levantó temprano, pero sintió que la cabeza le daba vueltas. Cuando intentó ponerse en pie las piernas flaquearon. Miró su reloj; le sorprendió que no hubiera dormido tanto como suponía. El crujido de una puerta le hizo creer que el jefe salía. Aguzó su oído y escuchó la voz risueña de una mujer. Conversaba con alguien que apenas dejaba escuchar las eses. Se acercó, pero un silencio prolongado se tragó la conversación y unos pasos parecían alejarse. Regresó a la cama y desde allí volvió a escuchar el inconfundible crujido y finalmente un portazo. Se dirigió a su baño, se mojó la cabeza y la cara, y vio en el espejo los pocos pelos que resistían la calvicie chorreando agua. Tomó el teléfono y marcó varias veces a Gerinaldo. No contestó. Se echó de bruces sobre la cama y lentamente concilió el sueño.

En la mañana, Gerinaldo estaba alegre. Lucía recuperado y daba la sensación de que había olvidado las razones que lo habían llevado allí. El poco recuerdo lo terminó de borrar en el restaurante con el quinto vaso de whisky sour. Sorprendido por Decolores, que había ido a desayunar, contestó el saludo de buenos días con un gesto de mano; terminó el resto de la bebida y caminó con dificultad silbando hasta su habitación. Tras la puerta se sacaría la ropa y rápidamente quedaría dormido. No se enteraría que el teléfono timbraría incontables veces. Lo sabría en la tarde, al desaparecer su embriaguez.

Decolores lo siguió con la mirada mientras se alejaba. Impotente, se tomó un zumo de naranja y permaneció en el restaurante del hotel hasta el mediodía. Almorzó frugalmente, y sin nada que hacer regresó a su habitación. En la tarde, cuando volvieron a verse las caras, las cosas habían cambiado. Gerinaldo no recordaba lo que había hecho; ponía interés en continuar la misión y apuraba los trabajos como al principio.

4

En Santo Domingo, otra vez el celular fastidiaba a Pola quien acababa de dormirse. Dirigió su rolliza mano en su búsqueda y algunos objetos cayeron al piso antes de encontrarlo. Lo logró justo cuando dejó de sonar. En medio de la tiniebla miró la pantalla que lo deslumbró y se le dilataron las pupilas. El Jack Daniels y el puro que soportaron el impacto de la muerte del detenido y la imposibilidad de conseguir al jefe para enterarle, a pesar de llamarlo a todas partes, le dejó un dolor de cabeza terrible. Para colmo, no reconocía el número que quedó registrado, pero tenía seguro que el código de área no era puertorriqueño.

Chequeó la hora en el aparato. *Un cuarto para las cinco de la mañana*, se dijo. Calculó que apenas había dormido una hora. Colocó el teléfono boca abajo en la mesita de noche y se envolvió. Así trataba de dormir, pero le era imposible. La llamada y el recuerdo de lo acontecido terminaron matando el sueño. Además, la jaqueca subía de intensidad y el aire acondicionado se le antojaba picante; en sus sienes un tambor replicaba los latidos de su corazón.

—¡Oh, Dios mío! —se dijo, tomando la temperatura con el dorso de la mano.

Se puso en pie y estos lo dirigieron a tientas hasta la cocina. Colocó en su frente un termo con agua helada y levantó la cabeza por unos segundos. Luego buscó en el gabinete sobre la nevera una caja de píldoras y se echó un puño en la boca. Las masticó, y antes de tragarlas, se pegó del envase y bebió hasta dejar solo el hielo. Retornó a su cuarto, tomó el celular y volvió a mirar el número que se registró. ¿Quién coño será a esta hora?, se preguntó.

Repasó en su mente las posibilidades y, al no llegar a ninguna conclusión, se rindió a la adivinanza. Llamó de vuelta, pero nadie contestó. Sin sueño, y padeciendo malestares que se negaban a desaparecer, decidió dar tiempo a los calmantes para que hicieran su efecto y se sentó en un sofá de masajes. Hacía tiempo lo había comprado en una de esas ofertas televisivas. Reposaba al lado de la cama y hasta ese momento no lo había utilizado. Activó uno de sus botones y el asiento se reclinó hacia atrás, al tiempo que empezó movimientos suaves en el espaldar que al principio lo pusieron más tenso, pero luego lo relajaron; cerró los ojos y entró en el letargo que antecede al sueño.

—Maldita sea... ¿Y quién será ahora? —exclamó Pola, al escuchar el teléfono de nuevo.

Dejó el sillón, pensando que valió la pena adquirirlo y tomó el aparato antes de caerse la llamada. Con el teléfono sobre su cara confirmó que era el mismo número de la llamada anterior y respondió molesto.

—Hable, coñooo —insistió, mientras el latido de las sienes continuaba recordándole la jaqueca.

—Hola, señor —dijo una voz trémula en la línea—, disculpe que... le llame a esta hora, es de parte de su hija. Ella me dijo que solamente tenía que darle la dirección y usted iría a buscarla.

¡Qué extraño!, se dijo. No tenía mujer ni novia y mucho menos hija. No obstante, analizó la cuestión y tras conversar sobre el particular cerró convencido que se trataba de una llamada equivocada. Encendió la luz y buscó su agenda; anotó la dirección que conservaba en su memoria y, buscando conectar la curiosa situación, descubrió que el dolor de cabeza había desaparecido. Remarcó el número y atendió una voz que le pareció diferente. Dijo "alou" en medio de un bullicio de voces y música estridente. Pensó colgar creyendo que había errado al marcar, pero recordó que lo hizo presionado la tecla de remarcado.

—Alou... alou, ¿quién me habla?

—¿Quién me habla a mí? —recibió por respuesta.

Definitivamente no es la voz que me dejó el mensaje, meditó Pola. Sin embargo, ahora la situación le pareció desafiante. No quiso dejarla hasta ahí; desde pequeño, los acertijos fueron su pasión, y aquello parecía ser uno. Recuperado del malestar, le resultaba imposible despegarse, aun cuando en el fondo seguía desanimado por el ahorcamiento del preso. Pero sin sueño y sin tareas que le apremiaran, excepto comunicarse con el jefe, continuó el jueguito buscando una entretención que le hiciera olvidar su mal día.

—Me llamaron hace unos minutos de ese número —dijo sosegado.

—¡Ah! Debió ser Keko —aclaró la voz—. Espere un momento.

—Hola —dijo segundos después otra persona que vino a la línea.

La voz de la llamada anterior apareció nítida, y Pola concluyó que era quien le había dejado el mensaje de su hija.

—Keko —dijo con fingida confianza—, me llamaste hace un momento y me diste una dirección para ir a por mi hija.

—Así es...

—Pero resulta, Keko, que... al parecer te equivocaste, porque yo no tengo hija.

—Bueno, ese fue el número que ella me dio. Solo quise hacerle un favor, y si es equivocado, quien se equivocó fue ella.

—¿Dónde la encontraste?

—¿A quién?

—A... mi hija.

—Entonces de verdad es su hija.

—No, pero... bueno, sí, es mi hija, aunque...

—Decídete, pana, ¿es tu hija o no es tu hija?

—Claro es mi hija, pero... por favor, dígame dónde la vio.

—En un club, andaba con varias chicas, y... por si le interesa saber, y perdón que me meta, el tipo que andaba, creo, su novio...

Hizo una pausa y un espantoso silencio se apoderó del aparato.

—No pinta buena cosa y... está linda la muchachita, pero deberías hacer que se fije en algo mejor que un borracho. Desde que me dio la dirección donde tenía que llevarlo, cayó como una guanábana y despertó cuando llegamos a la casa. Después hubo que recordarle dónde estaba y hasta quién era para que pagara el servicio.

—¿Dónde?

—En la dirección que te pasé. Una cosa, viejo, no quiero problemas con policía, si tú la va a buscar o lo va a matar, yo no te dije nada. ¿Ok?

—Ok, no hay problemas.

—Pues te dejo.

—Un momento, por favor...

—¡Sí!

—¿Cómo era el tipo?

—Blanco, entre veinticinco y treinta años, pelado al ras como los guardias, ¿qué más quiere que te diga? Igual a todos los santiagueros.

—¿De quién era el carro en que andaban?

—Mío, ¿de quién va a ser? Soy taxista.

—¿Y mi hija cómo era?

—¿En serio?, ¿es una broma de televisión? ¿Cómo es que no conoces a tu hija?

—No es eso, solo quiero me la describas para estar seguro.

Una radio fañosa interrumpió vomitando palabras incomprensibles y Keko respondió: "Copiado, en cinco ahí. Montro, dale cinco minutos, cambio".

—Debo dejarte, *men*, el trabajo me necesita y yo a él.

—Solo dime rápidamente cómo es ella.

—Blanca, pelo teñido de rojo, joven y con acento. Me atrevería a decir que es santiaguera. Bueno... no sé exactamente.

—Ok, gracias, Raúl.

—Keko —corrigió y preguntó—: ¿Quiere que le diga cómo eran las otras?

—No, no, así está bien.

5

En la mañana, Pola continuó tratando de localizar al jefe. No lo consiguió. Entonces intentó con Decolores con el mismo resultado. No respondían en el hotel ni contestaban sus móviles. Enterado por su ayudante que una camada de periodistas buscaba saber sobre la muerte del preso, llamó al vocero, quien le aconsejó no dejarse ver. Más tarde, cuando Gerinaldo se enteró de las llamadas de Pola, en ese momento, medio país estaba al corriente de lo sucedido con Yan Carlos. El jefe, después de conocer las noticias que publicaron los periódicos, y después de una larga espera en el teléfono del despacho presidencial, Fernando atendió. Gerinaldo se esmeró en los detalles tal como había leído, ignorando que el presidente los conocía mejor que nadie. Sin embargo, Fernando escuchó sin interrumpir por más de diez minutos. No mostró desesperación ni preocupación, más bien parecía no darle importancia al asunto. Entonces, le recordó su inconformidad con Pola.

—Definitivamente, señor, le queda grande el puesto — argumentaba el jefe—. La muerte de ese detenido nos atrasa la solución del caso, pues un eslabón de esa categoría no vamos a conseguirlo nuevamente por ahora. Fue mucho lo que tuvimos que hacer para lograrlo. Vine confiado en que él podía manejar el asunto, pero el desastroso resultado demuestra lo contrario.

El presidente preguntó por los avances en la captura de Elmes en Puerto Rico.

—Qué bueno que pregunta, señor. —Gerinaldo pensó un instante para organizar sus ideas—. Con lo que estamos haciendo, quedamos a un paso de atraparlo. El superintendente de la policía puertorriqueña nos colabora... nos asignó agentes de gran valor. Se entregan totalmente al trabajo y... sin condición.

—Me alegra saberlo, y espero que no vuelva de allá con las manos vacías. Confío en usted y su trabajo. ¡Ah! Permítame decirle, por si no lo sabe, que ya fueron identificados los responsables de la muerte del preso.

La información dejó sorprendido a Gerinaldo que torvamente enmudeció, pensando: ¿Por qué nadie me había dicho eso?

—Manténgame al tanto —se despidió el presidente, sin dar tiempo a que Gerinaldo justificará su ignorancia y sin enterarlo de las contradicciones en que había incurrido al intentar explicarle el caso de la muerte del preso.

6

A media mañana, Gerinaldo seguía sin aparecer. Pola tenía una llamada perdida de Keko, el taxista de Santiago, y sintió el impulso de devolverla, pero estaba harto de desilusiones y se contuvo. Se duchó, salió envuelto en una toalla y abrió una gaveta en busca de ropa interior. La agenda saltó a su vista. Al abrirla, y sin proponérselo, fue a dar donde tenía anotada la dirección. *¿Qué es esto? ¡Oh, verdad! Ni me acordaba,* se dijo. Llamó a su despacho; las cosas estaban tranquilas, le comunicó su ayudante, solo unos periodistas acechaban su llegada en la cercanía. Se vistió, tomó sus cosas y junto a su chófer se dirigió al lugar donde había ido a parar su supuesta hija.

Un par de horas a velocidad moderada y sin inconvenientes separaba a Santiago de la capital. Sin embargo, el chófer aprovechó que Pola cayó rendido una vez el vehículo se internó en la autopista, llegó a su destino en una hora. Luego, atravesó la ciudad hacia el oeste y se encontró con el barrio Villa Progreso. Pola revisó la agenda y confirmó que era el señalado. Un grupo de modestas casas, construidas unidas: pared con pared, y donde los residentes hacían de sus calles parte de sus viviendas. En todas las esquinas los colmadones competían con música estridente; aceras pobladas de ancianos dormitando en mecedoras y hombres jugando al dominó; así como una jauría de perros realengos plagociando sobras. Pola lo percibía mientras recorría el sector en busca de la dirección. La gente miraba con recelos aquel vehículo, en inmejorables condiciones, que recorría las calles a baja velocidad. Los más optimistas imaginaban que se trataba de alguien que erraba su camino, o un desesperado comprador de drogas. Los menos, presagiaban peligro: algún distribuidor llegaba a cobrar, o la DNCD ubicaba para luego volver por su peaje.

No pasó mucho tiempo para que despejaran sus dudas. Se detuvo frente a una casa azul, de verja baja y ventanas de blocks calados. Preguntó por la casa de enfrente y una joven morena de protuberantes caderas le respondió sin ambages.

—Hace poco la aiquiló un cabeza rapá. No sé quién é ni cómo se llama poique no habla con nadie; para aburrío. Yo mima, yo mima lo he vito solo un par de vece pero si le digo que hemo hablao le digo mentira.

—¿Y vive con quién?

—¿Yo?

—No, digo... sí, ¿con quién vives?

—Con mi vieja, pero no tá.

—Ok, ¿y él? —Señaló la casa interesada.

—No é vito a nadie. A veces uno tipo lo recogen, lo dejan y se van. Uno sabe que tá ahí poique a vece lo ve salí o poique se asoma a asechai por la ventana

—Y... tú crees que... ¿está ahí ahora?

—No sé. Tóquele y vocele: ey... que si tá ahí ei saca la cabeza.

—Gracias. —Se despidió Pola, mostrando sus grandes dientes.

Recorrió la calle hasta el final y telefoneó a un colega de puesto en lugar. En pocos minutos tres carros patrulleros llegaron al sitio. Pola les explicó brevemente la situación a sus integrantes y rodearon la casa. Algunos subieron al techo y otearon por la parte trasera, pero no lograron determinar si estaba ocupada. El general pensó que solo quedaba algo por hacer: lo que la morena había sugerido. Instruyó que se hiciera.

—Con mucho cuidado —advirtió, colocando dos dedos en sus ojos y dirigiéndolos a los miembros en señal de alerta.

Uno tocó la puerta repetidas veces, y como nadie respondía, se acercó a la ventana vociferando por los blocks calados. Silencio. Después de unos minutos regresó al patrullero. No se había acomodado en su asiento, cuando una mujer abrió la puerta. Pola identificó a la distancia que se trataba de la pelirroja que acompañaba a Rafael Sojo el día que le mataron. ¿Qué pasa aquí?, se cuestionó. En cuatro horas comenzaría a oscurecer y cualquier operación aumentaba el riesgo, pues había escasas posibilidades de conseguir una orden de allanamiento.

Los curiosos arremolinaron en torno a Pola y sus agentes, y el murmullo que producían penetraba las paredes de las viviendas. Entonces, un hombre con el pecho velludo y en pantaloncillos blancos se asomó a la puerta. Se percató de la presencia de la policía y retrocedió. Un arma ocupaba su mano. *Algo feo pasaba ahí dentro*, se dijo el general Pola. Acabó de convencerse de la necesidad de actuar e hizo señales al que cubría el techo para recordarle permanecer atento; lo mismo indicó a los demás que, colocados detrás de sus carros, empuñaban sus armas.

—Te necesito aquí, hermano —telefoneó nuevamente a su colega.

En poco tiempo se presentó en compañía de un fiscal, ataviado con chaleco antibalas y un altoparlante. Pola tomó el aparato y lo colocó en su boca antes de hacerlo funcionar.

—Atención, mucha atención —dijo—. Salgan con las manos en alto, los tenemos rodeados. Repito, los tenemos rodeados...

7

En Puerto Rico, Gerinaldo y Pola desarrollaron planes en compañía de la suboficial boricua y otros miembros. Cumplieron sus metas con reservas, ya que no olvidaban la azarosa coincidencia del apellido. Sin embargo, por mucho que buscaron no consiguieron dato que confirmara parentesco entre ellos. Los oficiales dominicanos vieron el sol ponerse sin que alguna diligencia los acercara a los buscados. Euclides y Martha confirmaron que vieron alguien parecido. No obstante, sus informaciones quedaban incompletas y no llevaban a ningún lado. A fin de cuentas, las diligencias parecían fallidas. Gerinaldo no desaprovechó la oportunidad y cada vez que fue posible disfrutó de la compañía de Alejandrina, a quien de pronto ya no le sudaban las manos.

Después que pasaron por el *supply*, al teléfono de Elmes entró una llamada que lo alejó de las calles.

—Cangrí.

—Dímelo.

—El jefe de la policía dominicana y otro general se colaron al patio y andan buscándolo.

—¿De velda? ¿Quién te sopló?

—Lo vi, pasaron por aquí. Andan con una boricua más fea que la palabra sobaco.

—Ok, gracias. Mantente ajorao y sin pelo en la lengua.

—Ok.

Elmes reforzó su seguridad y se preparó para cualquier cosa. No quería encontrarse con Gerinaldo, a quien tanto había amenazado, menos sin saber con qué contaba. No por temor a un enfrentamiento, sino porque, si pasaba, tendría que irse a otro lugar con el riesgo de alertar a los colombianos que seguían buscándole. Ignoraba tanto como el propio jefe que habían sido ellos los primeros en mirarse a la cara, y aunque el capo tenía control sobre gran parte de la policía, era consciente de que en todas partes del planeta los había honestos, difícil de sobornar y proclives a ganarse un rango a costa de cumplir su deber. Dicen que el dinero lo compra todo y no es verdad, reflexionó.

8

Dentro de la casa el hombre iba de un lado a otro y, tiradas en la cama, las mujeres se arrepentían de estar allí. Derretidas de temor presentían un desenlace fatal. Chillaban cada vez que su acompañante les pasaba por el lado. En una mesa de comedor, varias líneas esperaban inhalación.

—Maiditos, coño, maiditos —decía cada vez que escuchaba los altavoces pedir que se entregara y que estaba rodeado.

Como pudo, se caló la ropa que llevaba la noche antes y llamó a uno de sus amigos con el teléfono en altavoz.

—Me se tirán la gente. Necesito ayuda rápido. Manda gente a mangai.

—¿Cuántos son? —preguntó el que hablaba en la línea.

—Qué sé yo... ¿cómo lo voi a sabei? Cómo sei o siete. No lo vi bien.

—¿Ello saben quién tu ere?

—Loco, no sé. Yo lo que toi é enchuchaó.

Un soplido de nariz interrumpió la conversación.

—Men, no siga fueteándote porque va cometé una locura.

—Si tardan mucho me voa matá con tó ahora mimo.

—No, loco, no lo haga. Aguanta.

La conversación se cortó y dejó el aparato telefónico en la mesa al lado de la droga y se movió a la cama. Tomó por los cabellos a una de las mujeres, la empujó hasta la puerta. Se detuvo en el marco al observar que realmente estaba rodeado y con pocas posibilidades de salida. Los curiosos, al verlo con la chica en esa actitud, retrocedieron y los agentes se prepararon. Pola hizo sonar el fututo.

—Está rodeado. Suelte el arma y ríndase.

La tarde agonizaba. El fiscal, que había diligenciado desde su llegada una orden de allanamiento, se acercó a Pola para decirle emocionado:

—La tenemos.

El general no le puso atención. ¿Cómo allano sin que alguien resulte herido o muerto?, se preguntaba. La situación se tornaba más tensa. El hombre cerró la puerta y afuera nadie tenía idea de qué pasaba dentro. Los minutos corrían y el sospechoso no respondía a los bocinazos de Pola. Un olor a bacalao llenó las narices del equipo de operaciones especiales, que listos esperaban la orden de incursionar. Pero Pola no se decidía a darla. De pronto falló la energía eléctrica. El murmullo como enjambre de abejas se tornó denso y más ruidoso. El lugar oscureció y el general ordenó encender las luces de los patrulleros. Colocó sus focos en dirección a la casa. En poco tiempo la puerta volvió a abrirse y con ella se escuchó el sonido seco del tableteo de armas. Entonces apareció una mujer. *No es la pelirroja,* se dijo Pola. Tenía el rostro rosado y el pelo negro azabache. Lucía alta por efecto de sus tacones de aguja y una falda corta dejaba ver sus largas piernas delgadas. Con la mano como visera avanzó tambaleante hasta que uno de los agentes la haló por el brazo y la revisó. Como no estaba armada la llevó donde Pola.

—Comandante —dijo la mujer con voz ronca—, el hombre dice que se entrega. Que no disparen.

—¿Y quién es el hombre?

—No sé. Apenas ayer lo vi la primera vez.

—Pero... ¿cómo...?

—Normal en mi trabajo —interrumpió la muchacha dando por sentada la curiosidad en la expresión de Pola.

—¿Cuántos hombres hay dentro?

—Uno.

—¿Y cuántas personas a parte de él?

—Tres compañeras.

—¡¿Compañeras?!

—Sí. De Pasión Discotec.

Las preguntas continuaron. Pola quería tener todos los detalles antes de arriesgarse. Era mucha responsabilidad; más bien, su responsabilidad lo que allí sucediera. Gerinaldo no solo le cobraría con creces por actuar sin informarle, sino que, ausente, no cargaría con culpa si las cosas salían de control; además, la muerte de Yan Carlos pesaba sobre sus hombros y otras más serían caldo de cultivo para el fin de su carrera.

—Ok, voy a decirles que salgan.

La mujer se movía de regreso a la casa cuando fue impedida.

—Tú quédate aquí —ordenó el general volviendo a zarandearla por el brazo.

Puso el altavoz en su boca y le hizo saber a los que quedaban que saldrían uno por uno a medida que les indicara. En poco tiempo las mujeres abordaban diferentes patrulleros, incluida la pelirroja que fue la primera en salir, en el momento que retornó la luz. Eso le facilitó a ella ver a Pola a la distancia, y moviendo su cabeza como cola de perrito ante su amo trató de llamar su atención, pero él fingió no darse cuenta y continuó atento a lo principal: la salida del hombre, quien, una vez salió, fue maniatado.

El general Pola respiró tranquilo.

9

Gerinaldo y Decolores chocaron copas con José Sandoval. La cena de despedida fue amena. Los generales, aunque resistían reconocerlo, se iban con las manos vacías. Puerto Rico pausaba hasta nuevo aviso. Las cosas no habían salido tan fáciles como pensaron. Desde que supieron de su regreso, acordaron lo que dirían al llegar: "Las informaciones fueron buenas y valió la pena el viaje. Sin embargo, la suerte no nos ayudó a dar con los prófugos. Pero regresamos convencidos de que en algún momento caerán porque ellos están allí".

En Río Piedras, pocas residencias superaban la del superintendente. La casa tenía muchos atractivos, pero el preferido de Sandoval, era el comedor: un mueble con tope de cristal, soportado en una especie de hierro forjado. Daba la impresión de que el cristal quedaba suspendido en el aire, mas no era así. Una escultura diseñada por el Artístico, mostraba una enorme rana agachada con los brazos abiertos donde se apoyaba el tope. Diez comensales llenaban los espacios; un mueble apropiado para la familia de Sandoval, pues él y su pareja habían procreado ocho hijos y la mitad se había independizado; ahora sus sillas las ocupan sus nietos. Esa noche las llenaban Gerinaldo, Decolores y Alejandrina. Ella, una vez enterada de la inminente partida de los dominicanos, empezó a sudar las manos como antes.

—La velada fue buena, pero, ¿por qué no me lo habías dicho?, ¿por qué no me dijiste que te ibas? —preguntó Alejandrina entre las ropas de cama cuando regresaron al hotel.

—Muchas razones, amor mío, ahora no vale la pena explicarlas. ¿Qué te parece si mejor aprovechamos el tiempo que me queda en otra cosa?

—Si me prometes que... me vas a llamar cuando llegues.

—Lo prometo —dijo levantando su mano derecha.

En la mañana, Alejandrina escuchó el teléfono y por instinto dirigió su brazo para contestar. Gerinaldo extendió el suyo y se adelantó tomándolo primero.

—Hola, amor —dijo Danixa y preguntó—: ¿interrumpo algo?

—Solo mi sueño.

—Perdona, solo quería saber si puedo ir con los oficiales que van a recogerte al aeropuerto.

—No, no es necesario. Mejor... nos vemos en casa.

Quedaron en silencio por unos segundos.

—¿Todo bien por allá?

Danixa escuchaba todo tipo de rumores acerca de su marido, pero uno en particular la consumía en su mente: El presidente lo destituyó. Como otras veces al escuchar comentarios similares, rezó con fe y pidió a Dios que aquellos no fueran ciertos. Pero también, como otras veces, se los reservó. Lo que menos deseaba era mortificarlo.

—Sí, todo bien.

—Excelente. —Volvieron a quedar en silencio—. Bueno... tengo que dormir.

—Ok, cuídate. Te quiero mucho.

—Igual yo.

Gerinaldo colgó y se quedó pensando en la forma que le había hablado su mujer. Alejandrina pasó varias veces la mano por su cara y no reaccionó.

—¿Quién era? —preguntó sentándose en la cama.

—Da igual, ocúpate de que valga la pena nuestros últimos minutos.

Ella lo haló por un brazo y él la rodeó con los suyos.

MATE

1

En el allanamiento el fiscal encontró algunas evidencias: residuos de cocaína que resistió desaparecer en el flochado del inodoro, otra pistola escondida en medio de una pared de playwood y varias cajas de tiros. Un agente encontró un pasaporte que tenía la foto del detenido y lo identificaba como Alexander Belliard, de Montecristi. También encontró un sobre con la inscripción: "Para el paquetero" y algunos instrumentos para consumir drogas: papel de traza, pipas y varios pitillos inhaladores.

La fiscalía tomó todo y lo puso a resguardo, excepto el arma. Pola se apoderó de ella como hizo con la ocupada al momento de la detención del hombre, para verificar si las usaron en las muertes de Lantigua, Amado o Rafael Sojo. El general se propuso que no telefonearía a Gerinaldo hasta tener algo concreto. Instaló su cuerpo en la oficina de su amigo y la preparó para entrevistar. Un escribiente armó un viejo computador, y con dificultad logró hacerlo funcionar sobre una mesa cercana al escritorio.

Encerrados en cárceles contiguas, el detenido dio muestra de su veteranía, indiferente a los olores a orina y cigarro, se acomodó en el piso como si llegara a su casa y se durmió. Las mujeres encontraron compañía y de inmediato comenzó la discusión entre ellas. La pelirroja no salía del asombro y, parada en la puerta enrejada, miraba a todos los lados, esperanzada en ver aparecer a Pola o que él la llamara a su presencia. Sin embargo, la única que apareció por allí fue una vendedora de té, cigarrillos y café.

—Media cajetilla y un café —solicitó una de las detenidas.

La señora sirvió el café en un vaso plástico y le alcanzó una cajetilla pequeña.

—Sesenta pesos —dijo la vendedora extendiendo una mano arrugada con uñas mugrientas.

—Mira, tu maldita madre... ¿Qué tiene este café?, ¿oro?

Una discusión hizo que un custodia se acercara a poner orden. La pelirroja aprovechó para enviar un mensaje.

—Dígale al general que Ingrid necesita que la mande a buscar. No, mejor dígale que la pelirroja o su hija.

—¿Eres hija del comando que vino de la capital? —preguntó el agente frunciendo el ceño.

—Sí, en realidad no, es... broma.

—¿Qué tú me vas a dar por eso?

—Lo que me pidas —respondió con sonrisa coqueta y recorriendo su figura de los pies a la cabeza, con la mirada como había aprendido en su oficio.

En segundos, Pola recibió el mensaje y volvió a ser indiferente. El custodia regresó llave en mano a procurar lo prometido, pero la pelirroja le aclaró que sería después que la mandaran a buscar.

—No jodas más, ese tipo se olvidó de ti —le dijo una de sus amigas.

Es verdad, ese hijo de la gran puta ya me olvidó, se dijo. Se tiró al piso y se acomodó para pasar la noche como sus compañeras.

2

—Traigan la del cabello colorao —ordenó Pola una vez terminó de acondicionar la oficina.

Un agente se movió hasta la cárcel y, tras cumplir la orden, la chica sentada en una silla miraba de reojo.

—Quítele las esposas.

—General, porque me trata como si yo fuera...

—Heyyy —interrumpió con el dedo en los labios—, tranquila, sé lo que estás... pero no lo tomes a mal, solo trato de protegerte de ese tipo. Nadie sabe qué contactos tiene... incluso, en este cuartel. En este pueblo todo el mundo se conoce. Hay un refrán que dice: "Pueblo chico, infierno grande". Eso precisamente es Santiago.

Tomó del interior de un sobre el pasaporte ocupado. Su amigo lo observaba sentado a su derecha. La pelirroja y el general sentados frente a frente: a un lado y otro del viejo mueble de madera que servía de escritorio.

—Alexander Belliard —leyó Pola en voz alta.

—¿Alexander qué? —preguntó ella.

—Belliard.

—¿Quién es... ese?

—El tipo que te tenía secuestrada. Bueno, a ti y a tus amigas.

—No creo que... sea su nombre.

—¿Entonces, cuál es?

—No sé, solo conozco como le dicen.

—¿Su apodo? —intervino el colega de Pola.

—¿Apodo? Sí, su apodo es lo que sé.

—¿Cuál es? —intervino el general.

—Job, le dicen, y también comentan que... fue quien lo hizo.

—¿Hizo qué?

—Mató a Rafucho.

—Raqué...

—Perdón, a Rafael Sojo —aclaró sonrojada.

Con un respingo se paró de su silla, rodeó el escritorio y se agachó para mirarla a los ojos. Puso su cara frente a la de ella como un amante, y el rostro de Ingrid descansaba en medio de las gruesas manos de Pola.

—¿Cómo sabes?, ¿quién te lo dijo? —preguntó en tono cariñoso.

Ella tragó saliva antes de responder y miró de soslayo al escribiente. Pola lo hizo salir con una orden.

—Mis amigas y yo... esperamos que apareciera por la disco. Antes, supe por alguien que lo conocía de muchacho que él frecuentaba Pasión y... busqué trabajo allí. Tenía pocos días cuando lo vi por primera vez, pero en ese momento no pude hacer nada. Los nervios... me traicionaron y, después, no había vuelto hasta anoche. Desde que lo vi supe que sería mi oportunidad: parecía borracho y lo convencí de llevarme. Ya me había combinado con unas amigas y gracias a Dios lo hicimos, lo logramos.

Pola y su colega de Santiago intercambiaron miradas.

—Estoy segura que... es él, aunque dentro de la casa... busqué toda la noche y no encontré ningún papel con su nombre. Ni en los cajones, ni en la ropa o cualquier cosa que me dijera que era él. Pero, una compañera de trabajo me aseguró que lo era, habían salido juntos y me confió que es así como le dicen.

—¿Una de las que vinieron contigo ahora?

—No, señor.

—¿Dónde conseguimos a esa muchacha? —preguntó el colega de Pola.

—No lo sé. Desde el día que me habló no ha vuelto a la discoteca.

—Humm. Bueno saberlo, pero, la verdad es que no ayuda lo suficiente.

—Pero estoy segura —dijo la chica agarrando los ásperos antebrazos del general.

—No, no estás segura —le ripostó Pola cambiando el tono—, imaginas, tienes una corazonada, quieres o deseas que sea así, pero la verdad es que no podemos estar seguros basándonos en suposiciones. Hay que probarlo y, hasta que se determine lo contrario, a quien tenemos preso es a Belliard no sé qué y, quizás, hasta se apode Job, pero todavía no podemos cantar victoria ni decir que es a quien buscamos por la muerte de tu... bueno, del señor Rafael Sojo.

Mandó a la muchacha a una oficina y coordinó con su amigo para que los técnicos, especialistas en identificación trataran de confirmar la identidad a través de las huellas dactilares.

—Además, ellos pueden determinar si tiene antecedentes delictivos —dijo el colega, como si descubriera algo que Pola no supiera.

—Desde luego —afirmó el general, dando por sentado que así se haría y regalándole una mirada de enojo.

Pasaron tiempo entrevistando a las otras muchachas y la hora de dormir se le adelantó al dato esperado. La información no llegó sino hasta el día siguiente. Pola despertó temprano, pero se quedó en la cama pensando en algo sin saber en qué; solo sabía que miraba a un punto fijo del techo sin objetivo alguno. Tras varios toques en la puerta escuchó una voz que lo procuraba.

—General, general Pola...

—Deme un minuto —vociferó tirándose de la cama para ir al baño.

Miró el cuerpo desnudo de la chica y se sintió avergonzado. *Pensará que me aprovecho*, musitó. Entonces supo que era tarde para arrepentimientos y que se había consumado. Se envolvió en una toalla y abrió la puerta por la mitad.

—Diga, guardia.

Un olor típico bofeteó la nariz del agente. Aguantó la respiración y respondió.

—Señor, llegó la depuración.

—¡Bien!, ya era tiempo, ¿tiene antecedentes?

—Sí señor, tiene tres fichas: dos robos a mano armada y un homicidio.

—Excelente, ¿y cuál es su nombre?

—Jorge Tejeda.

—¡¡¿Jorge Tejeda?!!

—Sí, señor.

—Humm.

—Otra cosa, comandante.

—¿Qué?

—Tiene algunos... apodos y... de acuerdo con lo que informan —dijo revolviendo algunos papeles— imagino que le interesará saber que le apodan Job.

De dentro de la habitación salió un chillido. Pola no pudo evitar volver a sentir vergüenza, culpa y desprecio por sí mismo. Luego su cabeza divagó en el vacío y cuando retornó a la cama, un nudo en la boca del estómago lo hacía feliz y triste al mismo tiempo. Se vistió y al llegar al cuartel hizo que prepararan al detenido para llevarlo a la capital. Ni siquiera se despidió de la pelirroja que quedó en el hotel celebrando a solas. Ahora que el general sabía que tenía al Job que buscaba, no pensaba empezar su interrogatorio allí; prefería la comodidad de su despacho, además, el tiempo en la carretera le permitiría tener, cuando llegara, el resultado del análisis balístico de las pistolas. Aunque menos, también pensó en su suerte y en que le debía una a su "hija".

3

Gerinaldo y Decolores se despidieron del superintendente cuando acudieron a su oficina, la mañana del día siguiente a la cena. Alejandrina quedó encargada de conducirlos al aeropuerto. El boleto indicaba su salida en la madrugada, pero el jefe lo cambió para volar a media mañana. La suboficial volvió a necesitar un pañuelo para controlar el sudor de las manos mientras conducía. Al llegar al Luis Muñoz Marín, esperaron en el salón de embajadores el momento de abordar. Cuando el altavoz anunció su vuelo, las lágrimas se deslizaron en fila por las mejillas de la joven y los oficiales la consolaron. Luego tomaron el mismo pasillo serpenteante que recorrieron a su llegada hasta la puerta de embarque.

—Espero que pronto consiga un marido bueno. Se lo merece, es muy buena chica. Le prometí que la volvería a llamar, pero no será así y ella no podrá conseguirme; le proporcioné un número falso.

—Sí, señor, afortunadamente... tiene edad para esperar.

El jefe viró a verle a la cara a Decolores en el asiento del avión; dudó que fuera eso lo que le diría y no se equivocaba. *Quiso decir que la bigamia no era delito*, pensó Gerinaldo. Lo cierto era que el jefe no podría ser ese marido bueno para Alejandrina, pues Danixa no era celosa, pero tenía carácter para hacerla trizas si se enteraba de cosa semejante.

—Sabes, sé que tú y el general Pola se llevan bien, pero...

—Jefe —intervino—, no es lo que usted...

—Aguarda. Déjame terminar de explicarte, es muy simple lo que voy a decir. Quiero llevar la fiesta en paz; mi abuelo utilizaba esa expresión para dejarnos dicho que no le interesaba reñirnos y había otra frase, pero... no la recuerdo. En fin, no quiero peleas, muy pronto, cuando todo esto pase, lo asignaré a un buen puesto. Lo que quiero es que lo persuadas para que... entienda que debe dejar de buscar preso a Elmes. ¿Entiendes?

—Lo entiendo, señor.

—Decolores, él nos amenazó la familia y empezó a cumplir su promesa: mató a mi hijo. No sabe cuánto me duele no haber dado con él aquí, pero... ya habrá chance.

—Pero nunca es tarde, señor.

—Así es. Pero con ese superintendente no lo íbamos a conseguir. Ese fatal no fue capaz de sacar un solo día para salir a investigar con nosotros. La maldita burocracia acaba con las policías del mundo y los delincuentes se aprovechan. Nos sacan la lengua y se burlan en nuestras caras. ¿Tú sabes lo que es poner a los jefes por carita, por amiguismo, sin tomar en cuenta su capacidad para el cargo? No me gusta hablar de mí, pero cualquier otro que tuviera que enfrentar lo que yo... Mira, los políticos son los que mandan y los que ponen y quitan a los jefes. Nadie les puede contradecir y, peor, a veces son los protectores de los delincuentes y uno, por más jefe que sea, no pueda hacer nada.

La bocina dentro de la nave transmitió un anunció en inglés. Los oficiales esperaron que lo repitieran en español.

—Siempre que me sucede esto creo que se trata de alguna falla técnica y pienso lo peor. Hasta me dan ganas de cambiar de avión.

—Es cábala, Decolores. Ponte positivo y piensa que quizás es por otra razón. Lo más tedioso es tener que esperar aquí sentado.

El jefe se acomodó para la espera, presionó el botón de asistencia y se hizo servir sendas tazas de café caliente mientras se resolvía la situación.

4

De camino a su despacho, Pola tomó varias veces su celular para llamar al jefe y otras tantas, lo dejó antes de marcar. Volvió a considerar esperar el resultado del análisis balístico antes de difundir noticias especulativas, y reflexionó que, aunque se determinara que el detenido era el Job que se buscaba, no significaba que él fuera quien mató a alguna de las víctimas. Sería una conclusión sin sentido que podría hacerlo ver como un idiota. No iba a tropezar dos veces con la misma piedra; lo ocurrido con Yan, el detenido encontrado ahorcado en la celda, había sido suficiente para aprender a no adelantarse demasiado a los acontecimientos y esperar estar seguro antes de informar.

Las diferencias con Gerinaldo no justificaban la falta de comunicación de Pola. Si Job resultaba ser quien mató a Rafael Sojo, como aseguraba la pelirroja, o a cualquiera de las víctimas, algunas de las armas tendrían que coincidir con los casquillos encontrados en la escena. Pero al menos, eso justificaría su viaje de varios días a Santiago. No obstante, el general ensayaba la respuesta que daría, en caso que lo llamara reclamándole no haberle informado la detención del sospechoso. Sin embargo, aquello solo era una forma de eludir su falta, pues la verdadera razón la guardaba en secreto: que todos, al final de la jornada, sepan que él, y solo él, había resuelto el caso. Desde luego que ese "todos", incluía al presidente Fernando.

Pola se acomodó en el asiento de su yipeta para disfrutar el viaje. Reconfortado, empezó a restarle importancia a lo que pasara en Puerto Rico. Consideraba que, en cualquier caso, los méritos quedarían divididos a partes iguales: ellos conseguirían la pareja y él los sicarios. Pero cada minuto que pasaba, el silencio se le antojaba como la revelación de que allá estaban a punto de lograrlo, y eso lo ponía ansioso. Era difícil engañarse; ellos se llevarían la mejor parte del pastel. *Quizás, de ahí su hermetismo respecto a lo que pasa allá,* meditaba Pola. Sacudió la cabeza y se cuestionó: ¿Y si los prófugos están aquí? El general confiaba que podría negociar con el detenido y, una vez declarara todo cuanto sabía, no solo resolvería los asesinatos, sino que, además, con algo más de suerte, también se cargaría a su favor el mayor trofeo: el arresto de Soraya y Elmes. Envuelto en sus cavilaciones, Pola en cada timbrazo se sobresaltaba pensando que se trataba de la llamada esperada, pero llegó a su despacho sin que se produjera. Luego, organizaba algunos documentos y se ponía al día con el trabajo cuando se enteró del resultado esperado.

—Señor —le dijo su ayudante—, el director de la Científica lo procura.

—Que pase inmediatamente.

La noticia que le sirvió el director fue como una patada en la boca del estómago.

—Con su permiso, general.

—Adelante.

El coronel se quedó en pie, a pesar de que le señaló un asiento que quedaba a su lado.

—Comandante, el análisis de las armas del detenido… —Hizo una pausa para tragar en seco—. En lo que respecta a la muerte de Omar Lantigua, no fueron positivas; en cuanto a la muerte del coronel Amado, tampoco coinciden.

—¿Y en relación al caso de Rafael Sojo y…?

El coronel movió la cabeza de un lado a otro.

—Ok, ok, suficiente, gracias.

Sabía que, si uno no coincidía, los demás tampoco, pues las evidencias coincidían entre sí, en lo que respectaba a los casquillos nueve milímetros. Las armas largas eran otra cosa. La esperanza de los investigadores giraba en torno a que cuando apareciera el arma en cuestión, tendrían resueltos todos los casos. *Pero si no eran esas, entonces ¿cuáles serían?*, se preguntó Pola frustrado. No entendía cómo esas pistolas ocupadas a quien habían identificado como Job, no fueran el cuerpo del delito que conectaba con los hechos.

Pero no todo era malo, había encontrado la justificación perfecta para no haber informado la detención de Job. Faltaba trabajar con el detenido; quizás confesaba su participación e indicaba dónde tenía el arma buscada. Trabajó abnegadamente, utilizó todo tipo de argucias, técnicas investigativas y hasta torturas. No obstante, el preso se resistió a hablar. ¿Vale la pena jugársela?, pensaba Pola. sabiendo que tenía mucho por ganar y poco que perder. Aun si las cosas no salían como esperaba. Pero nadie antes que él estaba dispuesto a hacer lo que fuera para conseguir su objetivo. Extenuado y sin ganas de rendirse, mandó a llamar a su ayudante.

—A su orden, señor.

Antes de que Pola le informara la razón de requerirlo, se adelantó a decirle.

—En el antedespacho, señor, aguarda otra visita.

—No estoy con ánimo de recibir a nadie. Además, ¿no ves que tengo trabajos que hacer? ¿Por qué no le dices que vuelva más tarde o, mejor, mañana? Ahora necesito hacer algo importante.

—Entendido, señor, así le diré.

El ayudante se apuraba a abandonar el despacho, cuando escuchó:

—Aguarde, no le he dicho para qué lo mandé a pasar.

—Excúseme, señor.

—¿Quién es el hombre que me busca?

—No sé, señor, no me dio su nombre. Solo me dijo que es abogado y que desea verlo.

Sonrió sacando los dientes y su rostro se iluminó como un aura.

—Ya me imagino lo que quiere. Por casualidad... ¿te dijo que era el abogado de Job?

—No, señor.

—¿Te dijo de quién es él el abogado?

—Tampoco. El problema es que... no le pregunté.

—Ufff. ¿Te adelantó algo del motivo por el que desea verme?

—... No, señor.

—Entonces ve a preguntarle. ¿Para qué diablos eres mi asistente?

Al momento se reprendió por gritarle. El caso lo traía enfermo y empezaba a convencerse de que Gerinaldo y Decolores le ganaban la carrera. Por más que se esforzaba, cuando creía conseguir algo valioso terminaba descubriendo que fallaba en dar en el blanco.

—Espera —Lo detuvo—, perdona. No quise... Sabes cómo están las cosas... bueno, creo que me afecta el estrés. Tú comprendes, ¿verdad?

El joven oficial movió la cabeza en silencio y antes de marcharse escuchó:

—Ok, pásame al abogado.

5

—Vamos vida, ya es hora —dijo Soraya.

Elmes tenía sus ojos abiertos posados sobre el televisor. No estaba seguro de escuchar bien, pero la vista no le engañaba. Su nombre volvía a ser noticia: "¿Dónde está Elmes, el autor intelectual de estos hechos?", preguntaba el editorial. Refería al apresamiento de un hombre en Santo Domingo, señalado como uno de sus sicarios. ¿Por qué ese canal difunde esa noticia?, se preguntaba. El narrador calificaba los acontecimientos como una horrible y vulgar obra de teatro, un circo para entretener a la gente.

—Espera. Quiero ver en qué termina.

Soraya lo apuraba para llegar al aeropuerto. Su hermana abordaría el vuelo de Iberia hacia Holanda, pautado para la una del mediodía. Por encargo de Elmes, dirigiría las operaciones en el mercado europeo, donde los números indicaban que los negocios iban a la baja.

La hermana de Soraya, metida en un jean apretado, arrastró una maleta hasta donde estaba el capo.

—Cuñao, olvídese de esas noticias —dijo, colocándose unas gafas de sol—. Todo va a salir bien. A mí me parece que se preocupa más de la cuenta.

Tenía infiltrados dentro de la policía antinarcóticos puertorriqueña. Pagaba sobornos en varios programas de radio y televisión y ni hablar de la tajada que le hacía llegar a políticos y militares, pero lo agarró desprevenido esa noticia en la televisión boricua. Hacía esfuerzo por tratar de entender qué pasaba o qué quería decir. Horas antes, le habían informado que los generales dominicanos tomaron un avión de regreso a su país. Entonces, no bien se alegraba porque las cosas volvían a la normalidad, aparecía ese hombre hablando de cosas pasadas en otro lugar. *Ciertamente era uno de los sicarios que buscó Amado*, pensó. Le consolaba que, aparentemente, nadie daba crédito a aquello. Pero no se confiaba y sentía que necesitaba madurar el asunto. Sin tiempo que perder por el vuelo, Elmes se apartó del televisor y se dispuso a salir.

—¡Vamos! —dijo apurando a las mujeres.

Salieron a una carretera para desayunar y tomar tragos en forma de augurio de buena suerte. Veían bien borrarse el sabor de los últimos acontecimientos. De regreso, él debía coordinar el recibo de un cargamento desde Venezuela. El asunto lo tenía arreglado César, un dominicano que ganaba terreno en el negocio. Se hacía famoso por su temeridad:

arriesgaba el pellejo donde otros no se atrevían. Además, el capo retenía en su memoria informarle a Ángelo Millones, que, aunque preso, seguía teniendo el control del narcotráfico en Puerto Rico.

—Ok —dijeron las mujeres y subieron al vehículo.

En la mañana, el sol calentaba como el de mediodía. Miró su reloj para convencerse de que aún estaba a tiempo para alcanzar el avión y hacer las paraditas en el camino. La radio del todoterreno escaneaba buscando música y se detuvo en una estación que le alegró aún más el día a Elmes: anunció la destitución de Gerinaldo. El alboroto de Soraya y su hermana no permitió escuchar a quién habían puesto en su lugar. El capo imaginó que a eso se debió su sorpresiva salida.

La preocupación por la detención de Yan, primero, y Job, después, quedaba resuelta con la destitución de Gerinaldo. Elmes confiaba que, en algunos meses, si arreglaba la cuestión con los colombianos, podría regresar a Santo Domingo y hacerse cargo de todo. Le entusiasmaba retomar el control, pues las cosas empezaban a desarticularse con gentes que, aunque ignoraba a quién respondían, tenía claro que no respondían a él.

6

Una calva penetró el umbral de la puerta, seguida por el olor de una fragancia que a Pola le pareció un perfume francés mezclado con cepa de apio en descomposición. El general arrugó la nariz; se acercaba el mediodía y no quería perder el apetito. La oficina se llenó de aquel aroma y se arrepintió de haber recibido al abogado. Le pareció recordar la cara de luna llena del jurista, entonces lo observó detalladamente: un traje barato. Reparó en que se trataba de un profesional poco exitoso y descartó la idea de conocerlo. ¿Cómo le llaman a esa clase de abogado?, se preguntó. *¡Oooh!, ya sé: pica pleito,* se dijo. Su atuendo hacía tiempo que no veía la lavandería y su corbata estrujada y polvorienta contrastaban con el lustre de su calzado. Pola se vio reflejado en ellos al estrechar su mano.

—Doctor —dijo el general, acelerando el final del encuentro—, ¿en qué puedo serle útil?

—No soy doctor, soy licenciado —corrigió, como si aquello le ofendiera—. ¿No me invita a sentarme, general?

—Perdone, lo que pasa es que tengo prisa. Hice una excepción con usted.

Antes que Pola terminara la explicación, el abogado tomó una silla y dejó caer pesadamente su cuerpo.

—Soy el abogado de...

—Déjeme adivinar... usted es el abogado de Job.

—No, aunque es posible que lo sea... más adelante. General, vine a proponerle un acuerdo.

Pola se mordió los labios y miró al abogado con ceño fruncido.

—¿Qué acuerdo?

—Más bien... acordar la entrega de unos jóvenes que... le interesan a la policía.

—¿Qué jóvenes?

—Unos muchachos que... lo mencionan como parte de una banda.

—¡Ah vamos! Al grano, licenciado, no tengo mucho tiempo y me esperan cosas importantes que atender. ¿Por qué no le entrega esos muchachos al coronel Luciano o Tineo? Les daré ahora mismo instrucciones para que lo reciban.

—No sería bueno. Creo que es demasiado para ellos.

—¿Cómo así?

—Los muchachos a los que me refiero son los que... la policía dice pertenecen al grupo de amigos de Elmes.

7

Elmes conducía y Soraya observaba el paisaje a través de unas enormes gafas de sol; sus pies descalzos descansaban sobre el tablero y su hermana se familiarizaba con el funcionamiento del nuevo BlackBerry que le había entregado el capo. Tomaron la carretera Acuarela en dirección Este, y antes de avanzar demasiado hicieron parada en el Downtown Restaurant. Desafortunadamente no encontraron cervezas dominicanas; luego se detuvieron en Juntos Café, donde se hicieron de tres jumbos. Celebraron en grande a pico de botella, haciendo pasar el frío líquido por sus gargantas. Continuaron su trayecto y los miembros de un patrullero que los vio pasar levantaron la mano. Elmes los saludó sonriendo. *Mi día de suerte*, murmuró.

—Con lo corrupta que es la policía, estas cervecitas hubieran salido por quinientos cada una.

Rieron como locos y en la marginal Baldorioty cruzaron otro par de patrulleros. Parados a la derecha se limitaron a verlo. No obstante, llamó la atención que los agentes permanecieron dentro de sus vehículos.

—No sé porqué me da con creer que no es mi día de suerte.

Quiso devolverse, pero, si lo hacía. la cuñada perdería su vuelo. Habían tomado el camino más largo pensando que no se toparían con patrullas, sin embargo, había sido todo lo contrario. Sospechaba que esos encuentros, en una carretera donde nunca había policías, no eran casuales.

—¡Avemaría!, ¿viste?

—¿Qué, mi vida? —inquirió Soraya, que seguía distraída con una lima para uñas.

—No me gusta cómo están esos bugarrones; parecen burunquenas en cueva esperando que llueva.

Un par de millas más y unas patrullas trabajaban con los vehículos que transitaban la vía. Él lo vio claro y se dispuso a retornar; el vuelo de la hermana se realizaría en otro momento, pero observó que los patrulleros que había dejado atrás avanzaban en su dirección.

—No te detengas —sugirió la cuñada, deseosa de no perder el vuelo— avanza normal.

—¿Quién te reconocerá? —interrogó Soraya—. A veces a mí misma me cuesta saber que eres tú. Tengo que mirarte bien para reconocerte y... ¿sigues usando la identificación esa? ¿¡No!?

—Cuñao, no le pare a eso que... ya el peligro pasó. El tal jefe de la policía dominicana de mierda se fue. Ese cobarde... el caso es que aquí no va na´ contra usted. Nadie va inventá y mucho menos un fregao policía borinquen.

—Boricua —corrigió Soraya.

—Sí, eso mismo. Lo que viene para nosotros es dinero y felicidad. Ángelo será el jefe aquí porque lo dejas tú, pero nadie tiene el "pauel". Hay que pensárselo muy bien... para marcharte.

La cuñada levantó su botella de cerveza desde el asiento de atrás y dijo con voz estropajosa:

—¡Salud por los nuevos tiempos!

—Salud —respondieron los otros, aunque él lo hizo retraído y pesaroso.

8

Pola se dejó caer en su asiento. Pensó que si era como decía el abogado, debía informar a Gerinaldo, pero recordó el problema de los teléfonos. Además, imaginó que debía estar en pleno vuelo en ese momento. Al final se convenció de que no tenía más remedio que esperar su llegada para enterarlo.

El abogado salió en busca de los sicarios y llegaría en cualquier instante. *Qué irónica es la vida; las oportunidades para sacar ventaja ahora se me presentan sin buscarlas*, reflexionó. Se planteó que tan pronto recibiera a los detenidos, daría razón a su amigo Berigüete, antes de que llegara el jefe, y caso resuelto. Sin dudas, el mensaje llegaría directo al presidente y sus bonos subirían al cielo, aumentando la posibilidad de ser considerado para cumplir su sueño.

Por el momento, solo había un detalle que cuidar: los fiscales. Debía evitar que se enteraran. Fácil y difícil a la vez, porque el licenciado había insinuado que tenía contacto directo con ellos y algunos eran amigos de Gerinaldo. Por eso no renunciaría a intentarlo. Rogaba a su Taita que lo ayudara para que el avión que traía al jefe y Decolores desde Puerto Rico permaneciera en el aire más tiempo de la cuenta, luego alegaría cualquier cosa si no resultaba; pero los minutos pasaban y el abogado no aparecía. Caminaba de un lado a otro con las manos enlazadas a su espalda, como un profesor de secundaria. ¿Qué habrá pasado?, ¿se habrá arrepentido?, se preguntaba Pola en cada paso. También reparaba que no se había quedado ni con el nombre ni el número del teléfono. *Habló con tanta seguridad el pendejo este que consideré lo menos necesario llamarle*, pensaba Pola. Los pensamientos entraban y salían de la cabeza del general cual rayos en una noche de tormenta.

—Señor —dijo el ayudante de Pola—, si me lo permite, me retiro a almorzar.

—¿Qué hora es?

—Once y cuarto.

—Gordo de mierda, dizque amigos de Elmes —susurró entre dientes.

—Excúseme, señor, no le copié.

—Dije que... puedes irte.

—Ok, gracias.

El ayudante caminó a la salida para recoger sus cosas. Al instante regresó con la respiración agitada. El general lo encaró al verlo.

—Puedes irte tranquilo, yo me encargaré de todo cuando me vaya.

—No es eso, comandante —aclaró ahogado en su respiración—. Olvidé decirle que en la sala de espera está el abogado.

—¿Llegó ahora?, pásalo.

—No, señor. Hace tiempo está aquí.

—¿Y por qué no me avisaste?

—Porque usted me dijo que no le anunciara a nadie.

—Pero a él sííí —le dijo alzando de nuevo la voz.

El oficial se movió hasta la sala de espera, pero no encontró a nadie. Buscó en los alrededores y todo indicaba que se había marchado. Caminaba apesadumbrado a la oficina del general y sintió que alguien carraspeaba a su espalda. Al dirigir su vista en esa dirección vio el abogado. Lo hizo pasar a la carrera. El jurista arrastraba consigo un bulto que parecía pesarle. Tras la salida del ayudante, el general indagó sobre el resultado de la diligencia, temiendo que le avisaran en cualquier momento la llegada del jefe y todo se fuera a pique.

—Y bien —se introdujo.

—Un minuto más y me voy a mi casa. He esperado porque...

—¡Por favor! —interrumpió desesperado—. No empiece, doctor, y dígame qué me trajo.

—No soy doctor, soy...

—Eso ya lo sé —volvió a interrumpirlo—. Vayamos al grano, pasemos esa página, ombe.

Pola impaciente pensaba en el tiempo. Le daba la impresión de que el abogado debía ser de las personas que se sientan a analizar las cosas con tal nivel de paciencia que desesperan a los demás.

—¿Dónde está lo prometido, doctor?

—Necesito que se disculpe por lo que me hizo esperar y... si no puede recordar que soy licenciado, agradezco me llame por mi nombre: Portes.

—Ok, discúlpeme.

Arrojó el bulto sobre el escritorio y poco faltó para que despedazara el cristal que recubría el mueble. Al general no le importó; su mente pensaba en el nombre y pronto cayó en la cuenta: lo recordaba, pero conservó la información.

—¿Qué hay en el bulto?

—Un pequeño obsequio de mis clientes.

—¿Obsequio? ¿Qué es esto? —preguntó, señalando el bulto sobre su escritorio.

9

Portes se quedó viéndole, y antes de responder se sentó en una silla. Le pidió al general, que no salía de un asombro mezclado con rabia, hacer lo mismo, pero este no pudo complacerlo. Esperaba a los implicados, los llamados "amigos de Elmes", quienes, para él, no eran más que los sicarios homicidas de varias personas. Sin embargo, el abogado le entregaba un bulto como regalo de ellos. *Si se trata de lo que imagino, lo más probable es que este maldito gordo termine preso*, meditaba Pola. Contrario a muchos de sus colegas que hacían parte de su trabajo la corrupción dentro de un sistema que la reconocía como norma, el general se había opuesto durante su carrera a aceptar sobornos.

—Siéntese —insistió con cortesía Portes.

Pola no se convencía de seguirle el juego; por el contrario, veía una trampa. Creía que si lo hacía le daba *plácet* a los propósitos ocultos del licenciado que, aunque no estaba claro cuáles eran, sospechaba que el único interés que podía mover a un abogado a las puertas de un cuartel era tratar de resolverle el problema a su cliente.

—Doctor, no juegue conmigo porque...

—Aceptaré que me llame como quiera, pero permítame explicarle.

Desesperado, el general oteaba el reloj en la pared sobre su cabeza: un cuarto para las doce. Por suerte, no había informado a Berigüete, pues hubiera hecho el ridículo y, desde luego, había dicho menos a Gerinaldo, quien no solo se burlaría sino, además, hubiera sido capaz de informar al presidente, que él entró en contubernio con el jurista a cambio de dinero.

—Tengo cosas que hacer. Diga lo que tenga que decir. Yo permaneceré de pie.

—¿No le gustaría revisar usted mismo el bulto? Vamos, ábralo y vea el regalito. Estoy seguro que... le gustará más de lo que imagina.

—No imagino nada, abogado. Dígame lo que trajo y prepárese para escuchar cosas desagradables. Quizás usted es de los que piensa que, en la policía, todos somos iguales, pero se equivoca. Prefiero perderme de cualquier cosa antes de vender mi moral.

—Pero... ¿de qué moral habla, general? Creo con todo respeto que quien se equivoca es... otro. Parece que usted considera a todos los abogados iguales.

Se paró de un salto, y a pesar de su peso se movió como pluma hasta donde reposaba el bulto y haló del zíper.

—Si ese es el problema, quedó resuelto, general. Ya puede acercarse a mirar el regalo.

Pero esa actitud, en lugar de arreglar las cosas lo que hizo fue echar leña al fuego. Pola recordaba varios bultos similares y, más, haber visto por televisión a quien tenía delante defender a Soraya en el tribunal. *Este debe ser el bulto que el capo y su mujer reclaman*, se dijo. Dejó de lado su encono, esperanzado en desentrañar el enigma que, gracias a la prensa, nadie olvidaba, y al menos cerrar ese capítulo. Tímido, se acercó a mirar en el interior y varias armas desorbitaron sus ojos.

—Pe… pero, ¿qué significa esto? —tartamudeó.

Los dientes salieron de la boca de Portes, y una carcajada retumbó en la oficina.

—Le dije que le iba a gustar, mi querido general. Antes de entregarle a los muchachos, quise adelantarme con las pruebas, pero le prometo que mañana los tendrá en sus manos. Había algunas cosas que ellos tenían que resolver, y yo me he tomado la libertad de autorizarles que las hagan, y mañana, tan pronto estén listos, los recogeré donde están para traérselos.

El rostro del abogado no podría mostrar mayor expresión de burla. Se regodeaba en la cara incógnita de Pola, que no salía del pasmo a pesar de haber bajado su disgusto al escuchar que la entrega seguía en pie, además de albergar la esperanza de que en el paquete también viniera otro regalo: Soraya y Elmes.

—Estas armas son las que los muchachos usaron en sus trabajos. El cómo, cuándo y dónde, ellos le explicarán cuando sean interrogados. General, son muchachos buenos, desde luego: poco orientados. Se pueden tratar bien, con decencia y, tenga la seguridad de que cooperarán con la investigación. Espero que no se le ocurra hacer como se acostumbra en la policía, pues si me entero que los han maltratados… me tendrá de frente.

Pola viró a verle inquisitivo.

—¿Es una amenaza?

—Usted sabe que no.

Volvió a mirar las armas, las sacó una a una y las fue colocando sobre su escritorio: un fusil Fal, con culata plegable, una metralleta Ingram con cargador curvo, un revólver 357, niquelado; una pistola Browning con cacha de bandera y una pistola Glock, nueve milímetros.

—Ok, doctor, pero no puedo esperar a mañana. Los quiero hoy.

—Licenciado —corrigió y agregó—: ¿Qué le cuesta eso? Además, ¿no cree que debería darme un descargo?

—¡¿Un descargo?!

—Por las armas.

—Sí, lo olvidaba. Ahora mismo instruyo a mi ayudante.

El ayudante se había marchado. Pola tuvo que hacerlo de su puño y letra, ya estaba en el juego y no podía dar marcha atrás. Cuando el abogado salió, mandó a llamar al director de la Científica y le entregó las armas sin especificar a quién pertenecía cada una. *La maldita prisa,* se recriminó Pola.

—Quiero que analice estas armas. Haga el cruce lo antes posible con los casos de Omar Lantigua, Rafael Sojo y los vigilantes, Amado y cualquier otro caso que tengamos pendiente.

—Sí, señor, mañana le estaré dando respuesta.

—No, coronel. Mañana es demasiado tarde, tiene diez minutos.

—Pero...

—Ya solo le quedan nueve —interrumpió Pola, autoritario.

10

Después de recibir las armas, Pola se deshacía entre informar o no a Berigüete, que, en todo caso, era lo mismo que al presidente Fernando. Las piernas parecían petrificadas. Tenía deseos de orinar, pero no encontraba la forma de pararse de su escritorio, a pesar de que el baño estaba a menos de diez pasos.

—Buenas, comandante. Justo ahora terminamos el análisis de las armas —dijo el director de la Científica, que le llamó a su celular.

—Ya me desesperaba. Dígame pronto, por favor.

—Nos tomó algo más de tiempo, porque quisimos asegurarnos antes de darle respuesta. —Hizo una pausa para dejar escapar un suspiro—. Tenemos diferentes resultados.

—Bien, abrevie.

—Las armas que me entregó, son positivas con los casos.

—Perdón... ¿puede explicarme en detalle?

El director quedó perplejo. Había abreviado cumpliendo la orden y ahora le exigía detalles.

—Tanto las armas largas como las cortas —empezó el oficial— fueron usadas en los casos de Lantigua, Amado y Sojo. Solo el revólver no fue usado en dichos crímenes, sin embargo, da positivo con la muerte de una mujer; la mataron mucho antes, próximo a la discoteca Jet Set. Le apodaban la Gorda. El caso aún está pendiente.

—Buen trabajo, muy buen trabajo —Cerró, dejándole la palabra en la boca.

Las lágrimas bajaban por las mejillas de Pola. Tenía resueltos los casos y la solución llegó con el jefe a distancia: con el Canal de la Mona por medio. Eso era una gran cosa y agradecía a su Taita; aunque faltaban los presos, podía informar a su amigo Berigüete. Mientras marcaba, reparó en que había cometido un error: no advertirle al director de la Científica, guardar el secreto de aquellos resultados, pero ya no había tiempo de pensar en eso y continuó.

Portes llegó con los detenidos al despacho de Pola, justo en el momento que el general informaba a Palacio. Al ver al abogado y los detenidos, aprovechó para darle también la buena nueva a su amigo Berigüete. Cerraron la comunicación y, minutos después, el presidente instruía al procurador preparar la rueda de prensa y coordinar la presentación del caso.

El abogado observaba todos los movimientos del general: hacía llamadas, secreteaba a su asistente, se movía de un lado a otro en fracciones de segundos. Hacía tantas cosas al mismo tiempo que semejaba restarle importancia a su presencia. Ni siquiera miraba a los buscados. *Este general debe estar loco, tan interesado minutos antes y ahora parece que no,* pensó Portes. Dejó de intentar entender el cambio de actitud, cuando de repente Pola volvió a atenderlo. Sin reclamar razones, entregó a sus muchachos y recibió un documento formal de entrega por las armas.

11

El avión aterrizó faltando un cuarto para la una. Todo se había retrasado: la salida, el aterrizaje y el desabordaje. Los rostros de los recién llegados aparecieron delante de la reducida comitiva que los recibió. Decolores fue el primero en notarlo y se lo reservó. Habían regresado sin los prófugos, pero mostraban un rostro de victoria. Sin idea de dónde Elmes y Soraya se encontraban, comentaron que su viaje valió la pena a un reportero que se le aproximó, quien no tomó imagen ni nota de la respuesta, lo cual hizo que se miraran y fruncieron sus ceños.

Al abordar el vehículo, Gerinaldo tomó un ejemplar de un periódico y leyó:

...El viaje del jefe a Puerto Rico solo sirvió para que mientras él turisteaba, Pola lograra identificar y detener a la mayoría de los sicarios, además, recuperó la paz que había perdido el país. Los restaurantes, cafés y bares volvían a abarrotarse. La vida nocturna en las plazas recuperaba su esplendor. Y aunque no faltaron quienes, como crítica, atribuían lo ocurrido a un golpe de suerte, comoquiera que fuese había sido una gran hazaña...

Gerinaldo levantó la cabeza incrédulo y observó a los agentes de la comitiva, quienes disimulaban no darse cuenta de lo que pasaba, porque ninguno se había atrevido a darle la noticia: "Decreto destituye al jefe de la policía", decía el titular de otro medio.

—¿Cuándo salió este decreto? —preguntó Gerinaldo.

—No lo sé, señor —respondió el chófer sin atreverse a mirarlo a la cara.

—¿Tú sabías esto? —preguntó mirando a Decolores.

—No, señor —dijo Decolores tomando otro periódico y leyendo entre líneas. Se sujetó la mandíbula con una de sus manos.

Luego exclamó:

—¡Jefe, el presidente lo sustituyó en la jefatura y lo puso en retiro y... también a mí!

—Estoy marcando a Palacio para ver urgente a Fernando —dijo Gerinaldo tapando el micrófono del celular.

—Correcto, señor.

—Debe haber una explicación para esto, Decolores, y la encontraremos; el presidente no puede hacerme eso.

Interrumpió de golpe su conversación cuando una dama le dio las buenas tardes.

—Hola, señorita, ¿si es tan amable me comunica con el presidente?

—¿De parte, señor?

—Dígale que... del jefe de la policía.

Unos segundos desesperantes antecedieron la respuesta.

—Señor Gerinaldo, el presidente está ocupado y no puede atenderle. Debe agendar una cita llamando al teléfono de visitas...

Cortó la llamada antes que pudiera explicarle. Confundido por la respuesta que parecía confirmar su condición, y al mismo tiempo desconocerla, se sumergió en instrospección:

Si la joven me hubiese dicho que el presidente le mandaba a preguntar cuál es el nombre del jefe, supondría que hay otro en mi lugar, pero, además, la respuesta de ella fue clara: "Señor Gerinaldo", o sea, que sabe que sigo siendo el jefe.

Ordenó al conductor desviar su camino y fue directo a Palacio. Sentado en el antedespacho, junto a Decolores, esperaron dos horas. Luego, cansados de la espera y del trajín del viaje, resignados encaminaron sus pasos al cuartel, donde fueron recibidos por Pola.

—Buenas y bienvenidos, señores —les espetó, dejando al descubierto una hilera de dientes blanquesinos.

Gerinaldo pensó que se burlaba. Iba a preguntar qué tenía de buena cuando reparó que vestía uniforme.

—Lo felicito, jefe —dijo Pola.

—¿Por qué?

—Recibí una llamada del superintendente de la policía boricua. Quería hablarle a usted, pero en vista que no llegaba yo... atendí. Dijo que la estrategia que coordinaron dio resultados positivos. Los dos fueron apresados.

—¡Los dos! ¿Cuáles dos? —preguntó Decolores.

—Sí, los dos —repitió Pola y aclaró—: Elmes y Soraya, según me explicó, llegaron a la terminal aérea y tras una escaramuza que incluyó forcejeos y disparos cayeron en la red. Gracias a Dios ninguna baja.

Ante las caras de asombro, Pola agregó:

—¡Ah!, una segunda mujer que le acompañaba escapó. Logró abordar un avión con destino a Europa, pero ya hicieron los arreglos con la Interpol para detenerla a su llegada. El superintendente hizo hincapié en que sin su colaboración no hubiera sido posible.

Gerinaldo y Decolores escucharon sin chistar. La mente del primero vagaba repitiendo cronológicamente todo lo que había hecho en Puerto Rico, sobre todo pensando que quizás era él quien tenía que agradecer a Sandoval, porque con esa información no los dejaba llegar con las manos vacías. En cambio, Decolores, pensaba todavía en la desafortunada coincidencia del nombre.

—El superintendente Sandoval —enfatizó Pola— explicó que el marido de la mujer que reportó haber visto a los prófugos en un *supply*, fue la clave del arresto. El tipo tropezó con ellos en un parador de carretera, donde habitualmente los camioneros almuerzan, y los vio llegar con otra mujer a comprar algunas cervezas y comentaron sobre su urgencia de llegar al Luis Muñoz Marín. El marido conservaba el teléfono de una suboficial, cuyo nombre olvidé, pero recuerdo agregó que, junto a ustedes había ido a su casa a interrogarlo y que al final, compartió su teléfono con él y su mujer, a quien el camionero consideró llamar, pues no reconoció el rostro del hombre; pero estaba seguro de que la mujer era la misma que habían visto comprar los champús, Sin embargo, temió a un berrinche de su pareja y decidió contactar a la policía puertorriqueña. Ella, a su vez, lo notificó al superintendente, quien organizó un operativo en la terminal aérea y capturó a los buscados.

Tras el relato, tomaron juntos el elevador. Gerinaldo pensaba en que había borrado el contacto de Alejandrina al ingresar al avión y cómo le había suministrado un número telefónico falso; a menos que se lo pidiera a Sandoval, le sería imposible comunicarse con él. Cuando las puertas se abrieron en el tercer piso, reparó que Pola lucía en su cuello las insignias correspondientes al grado de jefe.

—¿Está contento, señor? —preguntó al salir del ascensor y percatarse que lo observaba.

—¡Contento! ¿Con qué? Con que a usted lo hayan puesto en mi lugar mientras yo arriesgaba el pellejo para atrapar a ese delincuente; o con el precio que pagué al perder a mi hijo por el bien de mi país; o quizás por haber venido para acá a solo escasos minutos de conseguir mi objetivo, con el agravante que el presidente me sustituye en pleno vuelo, y ahora ni siquiera quiere contestarme el teléfono. ¿De eso debo alegrarme?

Nada de lo que dijo estaba en la cabeza de Pola. Había hecho la pregunta pensando en otra cosa: las palabras con las que le había asignado la misión que al fin acababa y, aunque no había sido él quien atrapó a Elmes, como se lo había pedido, hizo gran parte de su tarea atrapando a los asesinos y recobrando la confianza en la policía. Nunca olvidó la expresión que le dijera Gerinaldo la primera vez que le recibió en su despacho: "Trate de servir a la patria, al gobierno y a la institución con honor, de manera que no nos arrepintamos de su paso por aquí, cuando le despidamos". Quizás no había hecho la pregunta correcta, pero ahora a quién despedían era a otro y consideraba mejor dejarlo así, pues no lo entendería, como nunca entendió la muerte de su hijo.

12

En la jefatura algunos agentes recogían las pertenencias de Gerinaldo. Las introducían en cajas y luego en un camión para llevarlas a otro destino.

—Es mucho lo que se acumula en tantos años. Esos muchachos han bajado muchas cajas y... todavía les faltan la mayoría —dijo Pola intentando decir algo para romper el hielo.

Gerinaldo permaneció en silencio. Su rostro altivo buscaba disimular el quiebre de su corazón.

—Discúlpeme, jefe, debo dejarlo. Voy a la procuraduría a terminar la rueda de prensa.

Pola pensó que Gerinaldo se interesaría por saber cómo llegó a la solución del caso. Por el contrario, permaneció absorto, dejando escapar la oportunidad de saberlo de su boca, no porque Pola albergara alguna consideración especial para con él, simplemente porque así lo bofetearía a la cara sin mano.

—¿Por qué me llamas jefe? Ahora tú eres el jefe —fueron las únicas palabras que salieron de los labios de aquel hombre que por más que tratara de esconderlo lucía derrotado.

En la procuraduría, los medios estaban listos: periodistas, cámaras, micrófonos y libretas. Una mujer que fungía como presentadora tomo el micrófono en el pódium y después de tocar dos veces el aparato con los dedos expresó:

—Buenas noches, estamos aquí para dar por concluido un episodio negro, nefasto y triste. Vamos a presentarles al grupo de sicarios pertenecientes a la temible y peligrosa red de narcotráfico, crimen organizado y sicariato del fugitivo Elmes Figueroa. Se les someterá por implicarse en las muertes recientes. También, le suministraremos en detalle las circunstancias de su arresto en Puerto Rico, junto a su mujer, que se creía secuestrada.

Los flashes de las cámaras no pararon, tampoco el teléfono de Pola, que en vibración quería saltar del bolsillo de la chaqueta. Cada cierto tiempo lo sacaba para ver quién le llamaba o leer parte de los mensajes: "Felicitaciones, jefe". Pero no era el lugar y mucho menos el momento para contestarlos. Escuchaba atento las explicaciones del caso, aunque no las necesitaba, pues lo conocía mejor que nadie. Las articulaciones del cuerpo le estallaban y el procurador Rodríguez, sentado a su lado, adivinaba: serán los dedos, el cuello o los brazos. ¿Estrés? No. Miedo...

Al día siguiente, Gerinaldo fue recibido en la oficina del presidente. El acto de juramentación del nuevo jefe le dio la oportunidad de encontrarse con Fernando, pero no tuvo chance de hablarle; una vez tomó el juramento desapareció por uno de los tantos pasillos.

—Lo juro —dijo Pola, levantando su mano derecha.

El nuevo jefe prometió, como todos los llegados antes, cumplir y hacer cumplir las leyes, ser distinto a su antecesor. Sin embargo, también igual que todos, hizo que su promesa no durara mucho. "Menos que una cucaracha en un gallinero", calculó la gente. Tan pronto se sentó en la silla que había ocupado por tanto tiempo Gerinaldo, empezó a realizar las mismas acciones que tanto criticó. Los agentes destacaron el singular parecido: "Dos gotas de agua". Por suerte, la prensa no le puso atención y no se inoculó del odio visceral del anterior, gracias a lo cual Pola desempeñó sus funciones en absoluta tranquilidad.

SOBRE EL AUTOR

 Graduado de la Academia de Cadetes 2 de Marzo de la Policía Nacional en 1987, alcanzó el rango de General de Brigada en 2007, con el cual fue retirado después de servir por treinta años a la institución y ocupar puestos importantes en departamentos de investigación criminal tales como falsificaciones, homicidios e inteligencia delictiva. También se recibió de abogado en 1993. En 2013 publicó la novela titulada *La búsqueda* y es miembro del Taller Literario Narradores de Santo Domingo desde el 2018.

Made in the USA
Middletown, DE
11 January 2022

58384258R00194